ROMPIENDO EL SILENCIO

Ficción Histórica Sobre La Guerra Civil Española

MARIA J. NIETO

INK START MEDIA
5710 W Gate City Blvd Ste K #284
Greensboro, NC 27407

CONTENIDO

Hoy en día se oye hablar poco de la Guerra Civil española, lo cual es una lástima, porque fue uno de los acontecimientos definitorios del siglo XX, cuando por primera vez el fascismo sacó pecho, en su camino por intentar apoderarse del mundo. Aquí tenemos una fascinante colección de las impresiones de una joven relatadas por la inteligente anciana en la que se ha convertido.

Creo firmemente en el uso apropiado del Punto de Vista (POV, por sus siglas en inglés) de presentar la historia desde la realidad de uno de sus participantes. Sin embargo, toda regla tiene sus excepciones. El punto de vista de esta historia es siempre el de la autora (la anciana sabia), pero a pesar de ello, el mundo de la niña cobra vida de forma vívida.

De hecho, compartí la angustia de su abuela cuando la pequeña Mari sufrió terribles heridas por la explosión de un proyectil, animé a la gente de a pie de Madrid que luchaba contra el ejército de Franco, apoyado por la aviación y los tanques alemanes…estuve AHÍ, en la historia.

En la novela aparecen muchas personas admirables. No sé si son ficticias o históricas, y tampoco importa. Admiro al abuelo de Mari, el obrero filósofo idealista. Sus interacciones con la niña son encantadoras, y es una persona digna de respeto. También está su tío, que la acoge en un pueblecito, y un soldado moro adolescente, que muestran la mejor versión de lo que es ser un ser humano, lo que contrasta fuertemente con la bestialidad de otros que violan y torturan. El contraste del horror descrito con su nobleza es especialmente eficaz.

Como soy una editora obsesiva, siempre encuentro erratas y otros errores técnicos en todo lo que leo. Me impresiona mucho que este libro autopublicado tenga muy pocas. Es técnicamente superior a muchos de los libros de las grandes editoriales.

Este es un libro poderoso, un libro que te hace pensar, y cuestionar, y en ocasiones, llorar. Y el final te sorprenderá.

"Hoy en día se oye hablar poco de la Guerra Civil española, lo cual es una lástima, porque fue uno de los acontecimientos definitorios del siglo XX, cuando por primera vez el fascismo sacó pecho, en su camino por intentar apoderarse del mundo. Aquí tenemos una fascinante colección de las impresiones de una joven relatadas por la inteligente anciana en la que se ha convertido."

Dr. Bob Rich, autor de libros premiados
http://bobswriting.com

España, un trozo de roca entre océanos.
España, silenciosa y apartada del resto del mundo:
Un cementerio
Que nutre a sus muertos con el
Crecimiento de nuevos olivos y cubre
La sangre de sus hijos bajo nuevos y frescos prados.
Ya soy viejo.
No puedo ver la Nueva
España: autopistas concurridas y bulliciosas,
Turistas hablando, riendo, comiendo y
bebiendo en los cafés al aire libre de
Madrid.
Solo veo las cabezas de mis amigos de la infancia,
Decapitadas y sangrantes,
Rostros hambrientos que miran desde sus tumbas
Mientras la Nueva España come
jamón serrano Y queso manchego.
España es una pesadilla agonizante a la que vuelvo
Cada Vez que me olvido.
Ya soy viejo. Es importante que te cuente lo que ha pasado.
Tal vez le hagas un saludo silencioso a los niños muertos
De España la próxima vez que la visites.

INTRODUCCIÓN

Existe una fosa común en España donde descansan los restos de cientos de víctimas del régimen franquista desde hace setenta y cinco años. En esta fosa, alguien ha escrito:

"OLVIDARLOS ES DEJARLOS MORIR PARA SIEMPRE"

Una vez finalizada la Guerra Civil española de 1936-1939, España se vio obligada a guardar silencio bajo las formas salvajes y brutales de la dictadura franquista. Aquellos días fueron una oscuridad nocturna larga y dolorosa, durante la cual el silencio era la única protección contra la tortura y la muerte. Los niños de España vivieron en este silencio, aprendiendo a distanciarse emocionalmente del sufrimiento y los horrores de los años de la guerra, convirtiéndose pronto en páginas en blanco para las sofisticadas doctrinas fascistas de pureza racial y religiosa. El régimen de Franco exigía obediencia y, si era necesario, que la gente muriera por el nuevo dictador y por España. Los niños crecieron cantando canciones fascistas y escuchando las alabanzas del Vaticano a la dictadura de Franco, calificando sus brutales métodos como una "cruzada " contra los ateos y los "Rojos."

Tras la muerte de Franco, la nueva España era joven e inestable. En una feroz lucha por no volver a caer en otra época de odio y venganza, su pueblo optó por dejar que la historia de la guerra civil durmiera de una generación a otra, terminando por olvidar a sus héroes muertos. No todos los héroes fueron olvidados. Ellos fueron aquellos niños que nacieron demasiado jóvenes para luchar en el frente, pero lo suficientemente mayores como para haber sufrido el dolor, el hambre y los horrores de la guerra. Algunos de estos héroes fueron asesinados durante la guerra y descansaron en tumbas sin nombre. Otros murieron más tarde por la castración emocional y los asesinatos que se produjeron bajo el régimen franquista.

Jamás se olvidó a ninguno de estos niños porque jamás se les recordó.

Era tan solo mediodía, pero el sol abrasador del verano ya había conseguido que las temperaturas subieran en las calles de la Vieja Madrid, haciendo que el ambiente de los barrios con estrechos adoquines fuera pegajoso e incómodo en toda la ciudad, especialmente en las calles sin árboles ni sombra, donde las mansiones de antaño se habían convertido en viviendas de apartamentos para familias trabajadoras con unos ingresos modestos. Estos viejos edificios, de dos o tres pisos, contenían numerosas y espaciosas habitaciones unidas a grandes áreas de recepción, donde los ricos y poderosos alguna vez se entretuvieron juntos. Hacía tiempo que estas habitaciones se habían dividido y subdividido para hacer apartamentos destinados a familias menos privilegiadas. Las fachadas exteriores se habían dejado intactas y seguían manteniendo el encanto de antaño, un encanto acentuado por las esculturas que no habían sido alteradas por el paso del tiempo. Edificios fuertes, historia viva de la arquitectura de los tiempos en que solo entraban y salían por estos portales las familias ricas y mimadas y los aristócratas, portales que habían sido testigos del paso diario de carruajes muy elaborados y caros que transportaban a la élite. Aquella parte de la historia de la ciudad hacía tiempo que había desaparecido, y ahora, especialmente en verano, esas mismas calles resonaban con el parloteo y las risas de los niños que jugaban, así como con las voces de las mujeres que intercambiaban conversaciones de camino al mercado. En este día de verano, en el que el sol salía para brillar sobre todos los seres vivos, las calles de la Vieja Madrid permanecían vacías y silenciosas. No hubo gritos de vendedores ambulantes que empujaban carros cargados de fruta y verdura, ni vendedores de pescado que prometían pescado fresco del Mediterráneo frente a la costa de Alicante, ni niños jugando y riendo.

Esta mañana, los sonidos y la actividad habían desaparecido de las calles, mientras el sol acariciaba silenciosamente los adoquines sin que los pasos humanos los perturbaran. Del interior de las mansiones reconvertidas no salían más sonidos que los de las radios, todas sintonizadas en la misma emisora, que reproducían continuamente la misma música tras los balcones cerrados, normalmente abiertos durante los meses de verano. Tampoco había señales de vida o movimiento desde las ventanas que daban a los patios de la parte trasera de los edificios, salvo la misma música de las mismas radios que se oía desde los balcones que daban a la calle. Atrás quedó el parloteo matutino de madres e hijos preparándose para ir a la escuela y las voces malhumoradas de los padres ladrando órdenes, exigiendo buena conducta y menos ruido en el hogar. Atrás quedaron las interminables discusiones entre hermanos. Todo había cesado de repente. Si no fuera por las radios, los patios parecían no tener vida dentro de los apartamentos.

Pero *había* vida en los apartamentos. Familias enteras se movían dentro de sus casas, escuchando tranquilamente la radio y esperando la noticia que cambiaría sus vidas para siempre. Escucharon hora tras hora mientras una voz ronca masculina interrumpía la música de vez en cuando con noticias procedentes del Ministerio de la Guerra sobre un levantamiento militar en el Marruecos español.

La Segunda República Española, débil e inestable por las constantes desavenencias en el seno de sus propios partidos, intentaba ahora explicar al pueblo los esfuerzos que se estaban realizando para frenar la sublevación utilizando métodos constitucionales y pedía paciencia a todos los ciudadanos, ordenando a todos los gobernantes locales que retuvieran toda y cualquier distribución de armas a la población civil.

Mientras el gobierno jugaba a juegos diplomáticos desesperados para someter al enemigo, se pidió a la población de Madrid que esperara dentro de sus casas y escuchara la radio para mantenerse al corriente, sin protección y sin armas. Las escuelas cerraron; los hombres se quedaron en casa y no fueron a trabajar, pero hacia el mediodía, salieron de casa y se reunieron en los bares del barrio para discutir todos los posibles métodos de defensa en caso de ataque. Necesitaban armas, y la negativa del gobierno a distribuirlas aumentó su miedo y su ansiedad porque se sentían impotentes a la hora de defender a sus familias.

Mientras los hombres discutían y discutían en los bares sobre la situación, las mujeres mantenían a los niños ocupados con tareas domésticas mientras escuchaban la radio y esperaban noticias, al tiempo que atendían las tareas diarias habituales de limpiar y hacer las camas. Ese día no se lavaría ni se colgaría ropa en los patios, ni se apoyarían en los alféizares de las ventanas para cotillear con otras vecinas en los patios. Era suficiente con recoger y hacer las camas. El resto tendría que esperar.

A medida que la mañana se convertía en las primeras horas de la tarde, la gravedad de la situación quedó aún más patente cuando los hombres no volvieron a casa para comer, momento en el que toda la familia se reunía a diario para compartir comida y mantener animadas conversaciones antes de retirarse a dormir una breve siesta. Después de esa siesta, los hombres volvían al trabajo, y los niños regresaban a la escuela mientras las mujeres se reunían frente a sus balcones, cosían y cotilleaban con sus vecinas. Ese día, las mujeres habían esperado a que los hombres volvieran a casa para comer, pero a medida que pasaba el tiempo, se dieron cuenta de que tendrían que comer solas. Se disculparon con los niños. Llenas de miedo y preocupación, las mujeres decidieron no cocinar una comida completa. El ambiente que se percibía en los patios resultaba extraño y vacío sin los olores familiares del aceite de oliva y el ajo que normalmente inundaban los patios a esa hora del día. En su lugar, las mujeres prepararon bocadillos en una comida breve y casi silenciosa, durante la cual solo los niños pequeños charlaban entre sí, sin mostrar ninguna preocupación. A la comida le siguió el ritual de la siesta; era casi un interludio religioso, en el que el silencio en los patios y apartamentos era absoluto y estrictamente respetado. Nada se movía en esos momentos; incluso el zumbido de las moscas al entrar y salir de las ventanas pareció detenerse. Ese día, la hora de la comida había sido corta en todas partes, y el habitual silencio absoluto de la siesta había sido transgredido por madres que, sin poder dormir, escuchaban la radio mientras los niños yacían en sus camas.

El silencio en los patios continuó durante todo el día. No había charlas ni risas, solo los irritantes sonidos de las radios que crepitaban entre la música y las voces roncas que emitían comunicados de vez en cuando hasta el atardecer. Finalmente, los hombres volvieron a casa, cansados y aprensivos después de haber planeado unificarse y marchar al Ministerio de la Guerra por la mañana para exigir que se les armara. Aquella noche, el olor de la discordia y la incertidumbre se respiraba en el aire. Un pueblo cuya vida cotidiana había estado arraigada en las tradiciones, la buena comida y las buenas interacciones familiares se sentía ahora atemorizado sin la fuerza de lo familiar y con la posibilidad de perder o ser separado de los seres queridos por la distancia o la muerte.

Las calles permanecieron vacías durante toda la noche. Nadie paseaba para disfrutar del aire fresco de la noche. Nadie se sentaba en los cafés de la acera, bebiendo vino o cerveza de barril y cogiendo con palillos sabrosos aperitivos de una bandeja. No había familias reunidas en la cocina para compartir aperitivos con una botella de vino después de la jornada laboral. Eran los momentos de la tarde en los que, en el pasado, los patios cobraban vida con el sonido de la música, las risas y el parloteo de las familias que compartían entre sí los acontecimientos del día. Todas estas actividades habían sido sustituidas en un solo día por el silencio de familias enteras escuchando radios y esperando.

Al poco tiempo, llegó la temida información: la primera unidad del Ejército de África, doscientos soldados moros bien conocidos por su brutalidad, trataban ahora de cruzar el Estrecho de Gibraltar y avanzar por el sur de España hacia Madrid, donde el gobierno republicano tenía su sede. Ante la amenaza de avance de las tropas rebeldes hacia la península y la continua negativa del gobierno civil a armar a sus ciudadanos, España se encontraba en un estado de caos. Miles de trabajadores tomaron las calles de Madrid pidiendo armas. Las mujeres se unieron al frenesí y empezaron a construir barricadas en sus barrios. Los múltiples intentos del gobierno republicano de revocar la sublevación por métodos constitucionales antes de iniciar un contraataque habían dado al enemigo más tiempo para organizarse en toda España y avanzar desde las provincias del norte, así como desde Marruecos. Los gritos de guerra atronadores se elevaron sobre el cielo nocturno de Madrid hasta bien entrada la madrugada. Para cuando salió el sol, el gobierno había aceptado la declaración de guerra de los fascistas, y cientos de fusiles habían sido distribuidos por las calles de Madrid. Españoles de todos los partidos políticos se echaron a la calle, vitoreando y coreando, embriagados por el fervor de cazar y matar a quienes se sabía que simpatizaban con la revuelta fascista.

Mientras los adultos se impregnaban de la energía que acompaña al odio y al miedo, algunos de los niños imitaban a los adultos sin comprender el significado de su comportamiento o de su lenguaje, iniciando juegos e introduciendo frases vulgares en sus discursos. Otros niños se sentían perdidos en ese nuevo y extraño comportamiento de los adultos que no reconocían y que les hacía sentirse abandonados, pensando que todo lo que estaba ocurriendo era de alguna manera culpa suya.

Uno de estos niños era Mari, una pequeña de seis años que vivía con su familia paterna en uno de los barrios de la Vieja Madrid y que, al igual que otros miles de niños en España durante esta época de caos, se despertó una mañana con el preámbulo de lo que se convertiría en un mundo patas arriba sumido en la confusión y en el miedo de los adultos. Lo primero que notó al despertarse fue que la radio del comedor estaba encendida y sonaba música. Esto nunca debía suceder por la mañana, una regla estricta establecida por su abuelo, especialmente música alta, otra norma en la familia. Incluso para una niña pequeña, este tipo de intromisión era ruidosa y molesta, y más tarde, cuando estaba sentada en la cocina desayunando con sus abuelos y su tía sorda, Mari metió la barbilla hacia adentro, enroscó los dedos alrededor de un bigote imaginario e imitó en broma la voz gruñona de su abuelo pidiendo que se apagara la "máquina de ruido."

El padre de Mari y sus tíos habían abandonado el apartamento esa misma mañana, y su abuelo, don Juan (*don* se escribe con *d* minúscula en lugar de la *D* mayúscula que se utiliza para los aristócratas y los ricos), como todos le llamaban respetuosamente, estaba callado y más serio que de costumbre. Su seriedad no era un problema; casi siempre estaba serio. Su silencio era extraño; don Juan nunca permanecía en silencio cuando la familia se reunía para comer. La hora de la comida siempre le brindaba la oportunidad de explayarse sobre su rectitud como cabeza de familia, así como sobre los comportamientos familiares que debían corregirse.

Ignorando el silencio de su marido, María, la abuela de Mari, hablaba de un viaje cancelado a Alicante en el que ella y don Juan tenían previsto asistir a la boda de su hija Cristina. "Puede casarse sin nosotros. Hubiese estado bien estar allí, pero no estoy segura de lo que va a pasar con los trenes si entramos en guerra, ¡y desde luego no quiero que me pille en Alicante!"

Pilar, la tía de Mari, que había estado leyendo atentamente los labios de su madre, le preguntó: "Si no vas a la boda, ¿asistirás a la reunión del sindicato de mujeres en Tetuán?"

"Sí, y probablemente estaré fuera todo el día porque tenemos que organizar las cosas con varias empresas constructoras para conseguir sacos de arena y empezar a construir barricadas. Si los chicos vuelven a casa antes de que te vayas a dormir, asegúrate de que comen algo y vigila a Mari. Hoy está terminantemente prohibido salir a jugar."

Mari escuchaba a su abuela, pero lo único que realmente oía era que no podía salir a jugar. Había hecho planes para atrapar ranas con su amiga Isabel en un arroyo secreto que nutría unos pequeños jardines cercanos. La abuela de Mari era muy buena arruinando planes, ¿o era por algo que la propia Mari había hecho? Sin saber qué pensar, Mari preguntó: "*Abuela*, ¿estás enfadada conmigo?"

"No." Eso es todo lo que dijo la abuela de Mari. *No.*

Mari presionó un poco. "Abuela, si no puedo salir a jugar, ¿puedo irme contigo?"

"No."

Sin explicaciones, sin razones, sin excusas, únicamente otro no. Cuando más tarde la abuela de Mari se marchó sin ella, fue doloroso. Es cierto que su abuela parecía seria y preocupada, pero eso no era excusa para irse sin ella. Mari deambuló por el apartamento durante mucho rato, pero al no encontrar nada que hacer, finalmente se acurrucó en la cama y se enfurruñó. Vivir con adultos era agotador; siempre estaban mintiendo o poniendo normas. Pensó en tal vez cambiar su plan de alistarse en la Legión Española cuando fuera mayor y, en su lugar, alistarse ahora. África no podía estar tan lejos.

Ya era por la tarde cuando Mari se despertó, pero la radio no había dejado de sonar. La música continuaba igual que antes, interrumpida por sonidos crepitantes a los que seguían las mismas voces roncas y cansadas. Las voces seguían gritando palabras difíciles de entender y a menudo incomprensibles, especialmente para una niña.

Recorrió el apartamento y encontró a la Tía Pilar fregando el suelo y haciendo las camas; el abuelo de Mari estaba en el comedor, mordisqueando un puro, con una mirada ausente. Su padre y sus tíos no habían regresado de dondequiera que hubieran ido por la mañana, lo cual no era muy inusual y, de todos modos, no importaba, porque cuando estaban en casa, rara vez tenían tiempo para ella. A veces, Alfonso, su padre, le hacía cosquillas, la lanzaba al aire y se reía, pero la mayor parte del tiempo no parecía enterarse de que ella estaba allí. Eso duele mucho.

De vez en cuando surgían nuevos ruidos y voces airadas de la calle que, junto con la radio, hacían que Mari empezara a sentirse ansiosa y temerosa de que algo fuera realmente mal y de que fuera a ocurrir algo terrible. Se sentía amenazada y sola y necesitaba la seguridad de un adulto que le explicara las cosas y le asegurara que no le iba a pasar nada. A veces, por la noche, cuando se sentía sola, si cerraba los ojos con fuerza y susurraba la palabra mágica, *Mommy*, una señora sonriente de pelo negro rizado y grandes ojos oscuros la abrazaba hasta que se dormía. Tal vez la señora de pelo rizado y ojos oscuros la ayude ahora. Cerró los ojos y susurró "Mommy" tres veces, pero no ocurrió nada. Después de esperar un rato, estaba claro que la señora de pelo rizado y grandes ojos oscuros no iba a venir.

Mari fue a buscar a la Tía Pilar, pero se detuvo y dio la vuelta antes de encontrarla. Su tía era sorda, y como no podía oír lo que ocurría, probablemente acusaría a Mari de mentir para llamar la atención, como hacía siempre la Tía Pilar, tal y como hizo el día en que el Tío Chato escondió a Teodoro, el oso de peluche que el Tío Fernando (que vivía lejos) le regaló a Mari. Su tía señaló con el dedo a Mari y dijo que nadie había escondido a Teodoro. "Mira debajo de la mesa de la cocina y deja de mentir." Bueno, pues si el Chato no había puesto a Teodoro bajo la mesa de la cocina, ¿quién lo hizo? Las cosas siempre fueron así con la Tía Pilar.

Mari entró en el comedor, donde su abuelo escribía a máquina, y se quedó junto a la puerta, esperando a que la viera. Su atención estaba en lo que estaba escribiendo y nada más. Tras evaluar la situación durante un rato, Mari entró en un debate interno consigo misma sobre las posibilidades de mantener una conversación pacífica con su abuelo. Es cierto que a él le gustaba explicarle las cosas, y nadie más en la familia lo hacía, y por eso ella le quería mucho. A veces no le importaba que le interrumpieran, pero también había ocasiones en las que *sí* le molestaba que le interrumpieran y se enfadaba, pero no siempre, sobre todo si la interrupción le daba la oportunidad de contar una de sus historias. A él le encantaba hablar, y a veces podía hacerlo durante horas y horas. Eso era un problema, sobre todo si decía "Déjame empezar por el principio." Esa era la señal de que su charla sería interminable. Ella Decidió darle una oportunidad, así que se acercó a su abuelo y le preguntó por las voces de la calle y porqué la radio estaba encendida todo el tiempo.

Él dejó de mecanografiar y apartó su silla de la mesa. Colocando sus gafas sobre la máquina de escribir, tosió un poco. Su nieta parecía un poco pálida y asustada, así que le preguntó: «¿Le tienes miedo a las voces?»

"No", mintió. "Solo quiero saber si es por eso por lo que hoy no puedo salir a jugar."

El abuelo Juan sonrió y se aclaró la garganta. Bajito y corpulento, este hombre correcto de mediana edad, con pelo rapado y bigote, siempre vestía con un traje de tres piezas y corbata, incluso cuando estaba en casa. Se enderezó la corbata, dio una calada al puro para ocultar una extraña necesidad de romper a llorar y se inclinó hacia su nieta. Dijo: "Bueno, mi amor, ¿tienes tiempo para que te cuente toda la historia de cómo empezó todo?"

Mari no estaba segura de querer saber toda la historia, ya que los relatos de su abuelo no solo eran largos y grandiosos, sino que a menudo también eran aburridos, sobre todo cuando tenía que empezar por el principio. Mirando al techo, pensó en la situación. No había forma de escabullirse para salir a jugar a la calle. Probablemente la Tía Pilar no sabía lo que estaba pasando y únicamente se burlaría de Mari por tener miedo. La señora de pelo rizado y ojos oscuros estaba aparentemente ocupada. Mari tenía miedo a estar sola. No había nada más que hacer. Devolviendo la mirada de su abuelo, dejó escapar un largo y profundo suspiro y susurró: "Sí, *Abuelo*. Tengo tiempo."

Don Juan ignoró el tono de voz condescendiente de su nieta. Cruzó las piernas y le sonrió. Era un castellano orgulloso que había nacido en un pequeño pueblo situado detrás de colinas y montañas, no muy lejos de Madrid. Con una educación de octavo, él era un genio del hogar que ya sabía leer y escribir a los seis años, una hazaña desconocida en un pueblo en el que la mayoría de los adultos iban a la escuela durante dos o tres años pero que rara vez iban más allá de aprender el alfabeto y aprender a firmar con su nombre. Obligado a dejar la escuela para ir a trabajar, había tomado prestados libros del cura del pueblo y leía ávidamente cuando no se encontraba trabajando en el campo. Karl Marx le fascinaba, y se convirtió en un político informado y firme creyente del marxismo, dominando la lengua universal del esperanto antes de ser mayor de edad con la creencia de que si toda la gente hablara la misma lengua, el mundo se uniría.

Durante el final de su adolescencia, don Juan sintió que sus pensamientos necesitaban ser contados, así que empezó a hacer garabatos en cada papel que encontraba. Cuando empezó a utilizar las cartas de jugar de su padre para tomar notas, este compró una vieja y oxidada máquina de escribir a la viuda del maestro de escuela y pidió al mercader ambulante del pueblo que le consiguiera a su hijo en Madrid papel para escribir. Desde entonces, don Juan escribió cientos de páginas utilizando la máquina de escribir que le había regalado su padre, la misma máquina de escribir que llevaba de un continente a otro tratando de educar a los trabajadores, la misma máquina de escribir que estaba utilizando cuando su nieta le interrumpió aquel día.

Don Juan mantuvo una sonrisa en su rostro mientras se estiraba y hacía crujir los nudillos. Le gustaba que su nieta le hiciera preguntas; era un poco como él, curiosa y obstinada. Él esperaba que, algún día, tal vez siguiera los pasos de Dolores Ibárruri y luchara para acabar con la discriminación y los abusos de clase social en España. Dolores Ibárruri era una valiente miembro del Partido Comunista que estaba enseñando al país a aceptar por fin las ideas de las mujeres como una valiosa contribución a la humanidad, algo mucho más valioso que fregar suelos. A Don Juan le gustaba la camarada Ibárruri, pero era comunista, y el comunismo se alejaba rápidamente de las enseñanzas de Karl Marx y acabaría explotando a los trabajadores tal y como hicieron las monarquías, el fascismo y el capitalismo.

Don Juan esperaba que, algún día, su nieta desarrollara una mente clínica, analítica y política y ayudara a España a convertirse en una de las mejores democracias del mundo. Hasta entonces, podía estudiar y aprender a ser una buena discípula de Karl Marx y proteger los derechos de igualdad y libertad del pueblo español y de todas las personas.

Mirando a su nieta, que parecía esperar ansiosamente a que hablara, pensó que tal vez este día era un buen día para comenzar por fin su educación política. Colocó a la niña sobre su regazo, dio una calada a su puro y empezó a hablar con una mirada distante. "Había una vez una maravillosa tierra de verdes praderas y densos bosques, con interminables cascadas de agua que brotaban de la montaña, manteniéndolo todo verde. Las vacas campaban a sus anchas, y en esta tierra de verdes prados y vacas errantes vivían unos Granjeros Fuertes y Felices. Trabajaron la tierra de sol a sol para mantener fértil la tierra que les fue entregada de padres a hijos durante cientos de años y que luego les fue arrebatada lentamente por los ricos y poderosos."

"Pero *Abuelo*, ¡has dicho que eran Granjeros Felices! ¿Cómo van a ser felices si les han quitado su tierra?"

"Ah, Mari, hija mía, esa es una buena pregunta. Estaban contentos porque, la mayoría de las veces, seguían teniendo algo que comer, aunque tuvieran que trabajar muy duro."

Mari se contoneó, poniéndose cómoda en el regazo de su abuelo. Tenía toda su atención, y eso la hacía sentir segura y querida, cosa que no ocurría muy a menudo. Apoyó la cabeza en su pecho y siguió escuchando.

"Los Granjeros Fuertes y Felices trabajaban duro para alimentar a sus familias, pero lo que les daban los ricos y poderosos no era suficiente para sobrevivir, así que sus hijos trabajaban dieciséis horas al día en los talleres clandestinos de la ciudad, y sus hijas (y a veces las hijas de sus hijos) trabajaban como criadas para los aristócratas autodeclarados que no respetaban a las mujeres. En ocasiones, los aristócratas llegaron incluso a forzar a estas mujeres a tener hijos y las dejaron sin dinero para alimentar a los bebés una vez que estos nacieron. Pero los Granjeros Felices esperaban poder recuperar algún día lo que les pertenecía por derecho, y seguían trabajando la tierra para otras personas sin causar problemas a nadie, tratando de ser felices."

Hizo una pausa y luego añadió: "Pero tienes razón; es probable que se enfadaran un poco de vez en cuando. Trabajaban la tierra de sol a sol, y sus esposas trabajaban limpiando y cocinando para los mismos ricos, y al final del verano les daban una parte tan pequeña de la cosecha que apenas era suficiente para alimentar a sus familias durante el invierno. Pero eran buenas personas y procuraban que todo fuera mejor para ellos y sus familias, tratando de ser felices por las tardes cuando volvían a casa después del trabajo. Estos Granjeros Felices de antaño siempre se reunían por la noche y bailaban en las calles del pueblo, dando palmas al ritmo de una alegre guitarra, y como sabían que Dios estaba muy ocupado haciendo crecer las cosas, solo se quejaban y ponían en duda el amor de Dios cuando cantaban profundos lamentos."

"¿Los Granjeros Felices de antaño eran gitanos?"

"No, hija mía, pero tenían una gota de sangre gitana en alguna parte, porque al principio…"

Mari sonrió. Sabía que, tarde o temprano, su abuelo volvería al "principio del principio", así que se preparó para una historia muy larga.

"Al principio," continuó su abuelo, "la tierra de los Granjeros Felices pertenecía a sus antepasados, y esta tierra quedaba aislada del resto del mundo al norte por unas altas montañas nevadas que más tarde se llamaron Pirineos. No había nadie que supiera que los antepasados de los Granjeros Felices estaban detrás de las montañas, ya que éstas eran demasiado altas y siempre estaban cubiertas de mucha nieve, tanta que era imposible que alguien las atravesara."

Mari interrumpió: "¿Por qué no lo sobrevolaron en avión? ¿O esquiando?"

El abuelo puso los ojos en blanco y levantó las cejas. "En aquella época nadie tenía aviones y no sabían esquiar. Bien, ¿por dónde iba? Ah, sí. Las montañas estaban en el lado norte de la Tierra Feliz; en el lado sur, había una estrecha y traicionera masa de agua en la que se unían dos océanos, ahora conocida como el Estrecho de Gibraltar, que separaba a los bisabuelos de los Granjeros Felices de un mundo loco y salvaje repleto de toda clase de locos que hacían toda clase de cosas, cada uno de una manera diferente. A los antepasados de los Granjeros Felices les habría gustado cruzar el agua y, tal vez, hacer algunas compras, pero las corrientes eran demasiado peligrosas para cruzar nadando."

Mari no entendía por qué aquella gente hacía tan difícil el cruce del Estrecho de Gibraltar, y volvió a interrumpir a su abuelo. "¿Por qué no cruzaron en barco o en submarino?"

El abuelo volvió a levantar las cejas y soltó un gran suspiro de falsa exasperación. "En aquella época no había barcos ni submarinos y, por eso, pasaron muchos años (cientos de años) cuando, finalmente, un montón de gente maleducada de lugares situados al otro lado de las montañas, ahora llamada Europa, empezaron a cotillear y a difundir rumores sobre los antepasados de los Granjeros Felices.

"A los europeos les gusta mucho cotillear. En realidad, eso es lo único que hacen: cotillear y pelearse entre ellos. En cualquier caso, los cotilleos circularon y pronto, unos cuantos tipos duros siguieron esos cotilleos, y los antepasados de los Granjeros Felices fueron descubiertos. Pero eso no ocurrió hasta el siglo VII antes de Cristo." Se quedó mirando fijamente a su nieta. "Sabes quién es Cristo, ¿no?"

Mari torció la cara molesta. Por supuesto que lo sabía. "Sí. Fue un judío que se enfadó con los rabinos. Son como los sacerdotes, salvo que tienen la nariz más grande. Así es como puedes distinguirlos de los sacerdotes. En cualquier caso, los rabinos vendían décimos de lotería en el templo judío, y Cristo se enfadó mucho y pidió al Papa que le hiciera católico."

Al principio, don Juan no movió ni un músculo de la cara, pero luego se tapó la boca fingiendo que tosía, y dio unas largas caladas a su puro mientras intentaba no reírse. "Sí, era judío, sin duda. ¿Quién te ha hablado de él?"

"El Tío Chato. Sabe muchas historias."

Don Juan asintió. Chato era su hijo más pequeño. Tenía quince años, con la imaginación de un quinceañero. Tenía otros cuatro hijos que eran bastante tolerables, excepto el mayor, Alfonso, el padre de Mari. Soportarlo había sido toda una cruz. Ahora era un gallito narcisista de treinta años bastante brillante, sin una pizca de sentido común ni de responsabilidad hacia nada en su vida. Mirando a su nieta, don Juan empezó a pensar en la madre de la niña, Rosa, ahora de nuevo en Nueva York y gravemente enferma. Pobre Rosa, era tan joven cuando se casó con el gallito…demasiado joven para haber sido tratada tan mal por Alfonso y su madre. Oh, sí. Don Juan amaba a su hijo, pero no estaba orgulloso de ser su padre, y Alfonso lo aborrecía profundamente. La mujer de Don Juan era simplemente una ignorante. Sus hijas estaban bien, no eran especialmente brillantes, pero eran jóvenes serias y responsables, las tres. Don Juan siempre lamentó el haber arrastrado a sus hijos por los campos de emigrantes en América, donde la familia al completo se dedicó a recoger fruta y donde su hija menor, Pilar, perdió la audición por una epidemia de meningitis en uno de los campos. Oh, sí, pasaron muchas cosas en Estados Unidos, en el estado de California, donde otra hija, Margarita, que entonces tenía seis años, murió mientras la familia cruzaba el desierto en un camión que se averiaba cada ocho kilómetros. América no había sido la tierra de las oportunidades para don Juan o su familia.

Un fuerte tirón de corbata devolvió a don Juan al presente. Su nieta se removía impacientemente sobre su regazo. "Abuelo, ¿vas a terminar algún día el principio del principio?"

Don Juan asintió con la cabeza y sonrió. "Está bien, sigamos. Cuando los antepasados de los Granjeros Fuertes y Felices fueron mencionados o reconocidos por primera vez por los cotillas del otro lado de las montañas, se les llamó íberos y, hija mía, estos íberos eran gente fuerte, oscura y peluda. Tenían una fuerza y un instinto de supervivencia increíbles. Nadie sabía realmente cómo habían llegado a la Tierra Feliz, ni siquiera ellos mismos. Eran un poco feos pero eran buenos padres y esposos."

"Abuelo", interrumpió Mari una vez más. "¿Se casaron alguna vez los íberos con alguien de nuestra propia familia?"

"Estoy seguro de que lo hicieron. Algunos dicen que incluso se casaron con gente asiática, ya sabes, gente de ojos rasgados, como los chinos. También se casaron con un pueblo mixto de África con muchos problemas llamado afrosemita. Pero, Mari, no tienes que recordar todos esos nombres; esas personas ya están muertas. Solo recuerda que los Granjeros Fuertes y Felices eran descendientes de personas de muchas razas distintas, como esos celtas altos, rubios y cotillas que vinieron del norte a través de las altas montañas nevadas, las montañas que nadie se había atrevido a cruzar antes. ¡Oh, sí, los celtas eran inteligentes y aventureros! Les gustaron los íberos e inmediatamente se unieron a ellos para formar una tierra de celtíberos, con un modo de vida pacífico centrado en grupos familiares (o lo que ellos llamaban clanes). Todos ellos vivían juntos y compartían la tierra y todas las cosechas, y si alguien se escabullía y no compartía algo, lo mataban. Esa era la ley. Y entonces los romanos llegaron a esa Tierra Feliz, seguidos de los visigodos. Todos intentaron ser los únicos dueños de la Tierra Feliz. Durante muchos años fue un desastre, casi como lo es hoy." [La cepa pura celta tiene el pelo negro y liso y los ojos azules. El pelo rubio procede de pueblos germánicos como los anglos y los sajones].

"Abuelo, ¿fueron los visigodos los que llegaron anoche a Madrid y esta mañana han provocado todo ese ruido?" "No, pero algunas de esas personas puede que sí sean descendientes de los visigodos. Los visigodos estuvieron aquí hace mucho tiempo, y seguro que se casaron y tuvieron hijos con mujeres celtíberas. Mucha gente llegó a la Tierra Feliz después de que los visigodos estuvieran aquí, y puede que fueran algunos de sus descendientes los que esta mañana han hecho todo ese ruido en las calles. Verás, toda esa gente, toda esa gente que cruzó las montañas desde el norte y las peligrosas aguas desde el sur, se convirtieron más tarde en nuestros tatarabuelos, los tuyos y los míos."

Don Juan no estaba muy seguro del orden de las cosas desde tan atrás en la historia de España, pero su nieta estaba escuchando y ya no tenía miedo. Eso era lo único que importaba. Se volvió a acomodar en la silla mientras intentaba poner en orden sus pensamientos y continuar su narración. Pilar entró en la habitación y colocó en silencio un plato con dos bocadillos junto a la máquina de escribir, junto con dos vasos, uno lleno de vino tinto muy diluido para su sobrina, el otro con vino tinto puro, rico y sin diluir para su padre. Don Juan levantó la vista y sonrió a su hija con gratitud. Ella le devolvió la sonrisa y salió de la habitación con el mismo silencio con el que había entrado. El abuelo dejó su puro, y tanto él como su nieta cogieron cada uno un bocadillo y miraron entre las dos mitades del pan crujiente. El rico, aromático e increíblemente sabroso jamón de bellota salvaje estaba dentro del pan.

Mari comió, y don Juan se unió a ella. Masticaron y tragaron unos bocados enormes de jamón, asintiendo con la cabeza mientras se sonreían; los bocadillos estaban buenos, y ese, el momento en el que terminaron de comer en silencio mirándose con expresiones de amor y aprobación mutuos en los ojos, fue realmente un gran recuerdo.

"Bien, ¿no?", preguntó don Juan.

Mari bostezó y asintió con la cabeza, hundiendo su cuerpo un poco más en el pecho de su abuelo.

El abuelo le preguntó: "¿Estás cansada? Podemos terminar en otro momento. No creo que hoy podamos llegar a la historia de los ruidos de la calle y las radios."

Mari no respondió. Don Juan sintió que se le caía la cabeza. Su nieta se había dormido.

Él enderezó la espalda en la silla y la besó suavemente en la mejilla. «Oh, bueno. No hay tiempo suficiente para hablarte de los romanos…o de los devastadores visigodos…o de cómo los íberos aprendieron a luchar, a cambiar de bando, a crear guerras civiles, a crear y romper alianzas.» Dejando escapar un gran suspiro, levantó a la niña dormida en brazos y salió de la habitación buscando a Pilar, que estaba leyendo en la cocina.

Totalmente absorta en el libro que estaba leyendo y sin ver que su padre se acercaba a ella, Pilar se levantó de un salto, mirando a su padre con sorpresa cuando éste le tocó el hombro. Le habló despacio y pronunció sus palabras cuidadosamente. "La niña se ha quedado dormida. O tu padre es muy aburrido, o tu bocadillo estaba muy bueno, o quizá le has echado demasiado vino al agua. En cualquier caso, estoy buscando una cama."

Cogiendo a la niña de los brazos de su padre, Pilar se dirigió hacia su habitación. "Deja que duerma conmigo esta noche. Creo que le asusta la música alta. Debe de estar muy fuerte, porque las plantas de mis pies no han parado de hacerme cosquillas todo el día por las vibraciones."

Don Juan siguió a su hija hasta la habitación y observó cómo colocaba con cuidado el cuerpo inerte de Mari en la cama y luego le quitaba las *alpargatas* de tela y suela de cuerda de los pies para después tapar a la niña con una manta ligera. Saliendo de la habitación con su hija, don Juan pasó el brazo por el hombro de Pilar mientras volvían a la cocina. "Pilar, ¿tienes café? Voy a quedarme despierto y esperar hasta que vuelvan tu madre y los chicos. Deberían volver pronto."

Pilar asintió.

"Solo espero que las calles sean seguras", musitó don Juan. "Tal vez debería haber ido con ella o con los chicos, pero lo cierto es que no quiero ver el desastre que ha provocado el gobierno. Deberían haber ido un paso por delante de lo que Franco planeaba hacer en Marruecos, y si los hijos de puta franquistas no se retiran esta noche, probablemente los chicos y yo tendremos que unirnos a la milicia civil por la mañana e intentar conseguir algunas armas."

Pilar colocó una taza de café junto a su padre y le miró con ojos interrogantes. Preguntó: "¿Quién es Franco?"

"Oh, es un general de brigada. Formó la Legión Española en Marruecos. Es astuto, un católico convencido nacido en Galicia y bastante brillante para ser gallego. Se ha mostrado insatisfecho con la reforma agraria y, sobre todo, con la separación de la Iglesia y el Estado."

Pilar frunció el ceño. "Tendré que leer más sobre él. ¿Qué es lo que han hecho hoy los chicos exactamente? No he entendido por qué es necesario hacer manifestaciones públicas frente al Ministerio de la Guerra."

"Querían mostrar la necesidad de contar con civiles armados en caso de que Franco llegara a Madrid antes de ser detenido por el ejército." Don Juan se sentó detrás de su máquina de escribir y olfateó el fuerte aroma a café de la taza que le había dado su hija. "Um, el café es bueno. Gracias, mujercita." Leyó las últimas palabras que él mismo había escrito antes.

La Segunda República Española no ha logrado convencer a algunos de sus ciudadanos de que la reforma agraria y la separación de la Iglesia y el Estado son pasos necesarios hacia una España pacífica, democrática y España. En consecuencia, España está a punto de entrar en otro de sus interminables bucles de violencia y dolor nacional. ¿Cuándo vamos a dejar de ser empujados por falsos dioses para devorarnos a nosotros mismos y no dejar más que huesos podridos como única herencia para las futuras generaciones? Camaradas, conciudadanos, ¡no permitamos que esto se repita! Todos somos hijos de esta gloriosa tierra, independientemente de la provincia de la que procedamos: Aragón, Sevilla, Cataluña, Galicia, Asturias

(o de si venimos de Murcia o Valencia). Todos somos individuos con, quizás, distintos rasgos y pensamientos, pero todos somos descendientes de razas especiales con combinaciones especiales de fuerza, honor e inteligencia. Puede que hayamos brotado de la tierra por separado, pero nuestras raíces son profundas y se entrelazan, alimentándose de la misma tierra y bebiendo de la misma agua. Nuestros distintos pensamientos nos hacen más fuertes, pues a pesar de esas diferencias, seguimos siendo hermanos, iguales y unidos por una larga herencia de nobleza y honor, ¡nunca enemigos!

Cuando terminó de leer lo que había escrito ese mismo día, don Juan sacó el papel de la máquina de escribir y lo rompió en pedacitos. Ya era demasiado tarde para ese tipo de lógica.

Cuando Mari se despertó, se sorprendió al encontrarse en la cama de su tía, y se sentó esperando encontrar a la tía Pilar a su lado, pero el otro lado de la cama estaba vacío. El fuerte crepitar y la música que salía de la radio no habían cambiado, pero ahora Mari también oía muchas voces que cantaban, gritaban y coreaban. Este sonido procedía de los balcones del comedor que daban a la calle. El patio seguía en silencio. Ninguna de las voces y risas habituales de los vecinos había vuelto desde el día anterior. Moviendo las piernas hacia un lado de la cama, Mari intentó recordar por qué estaba en esa habitación, pero solo recordaba haber comido un bocadillo con su abuelo la noche anterior y haberse dormido sin saber por qué las radios estaban encendidas todo el tiempo causando todo ese ruido y por qué no la habían dejado salir a jugar a la calle.

Mari estaba completamente vestida, pero tenía los pies desnudos, lo cual era algo extraño que su tía permitiera; la tía Pilar siempre era quisquillosa y no toleraba ningún descuido, sobre todo no llevar pijama por la noche. Pero durante los dos últimos días todo había sido diferente, como por ejemplo el hecho de que su abuela se hubiera ido todo el día sin decir dónde iba y que no hubiera venido a casa a hacer la comida para la familia. Las voces y los ruidos de la calle también eran extraños.

Mari miró a su alrededor en la habitación. Todo brillaba con el resplandor del verano que se colaba por las cortinas de una ventana entreabierta. La brisa que soplaba desde el exterior era agradable y podría haber hecho que la habitación pareciera segura y cómoda si no fuera por el persistente crepitar y la música alta de la radio, que hacía que todo fuera confuso y alarmante. Ahora había más voces que coreaban y gritaban en las calles. El único lugar que estaba en silencio era el patio, con la excepción de los ruidos sibilantes e intermitentes producidos por algo que volaba y dejaba un sonido que resonaba al chocar con un objeto sólido.

Los sonidos eran balas, como las que disparaba su padre cuando practicaba con su rifle de caza. ¿Quiénes estaban cazando? ¿Qué estaban cazando? Mari se estremeció un poco y corrió a la cocina. Observó en silencio cómo su abuela y su tía preparaban grandes rebanadas de pan con salchichas y los envolvían en periódicos. Al trabajar rápidamente para terminar el almuerzo de don Juan y sus hijos, las mujeres no se dieron cuenta de que Mari miraba a la familia con los ojos muy abiertos.

Los hombres, ocupados preparándose para unirse a otros cientos de trabajadores en una marcha hacia el Ministerio de la Guerra, tampoco la vieron. Actuaban como si no hubiera nadie más que ellos en el apartamento: hablaban y reían, se daban palmadas en los hombros, casi como si estuvieran embriagados por los sonidos procedentes de la radio que sonaba a todo volumen. Todos iban vestidos con monos azules y brazaletes rojos y negros. Cada uno de ellos llevaba una gorra militar puntiaguda con una borla en la parte delantera. Alfonso cargaba el viejo rifle de caza que poseía desde su juventud. Se metió las balas extra en el bolsillo. Pascual y Max llevaban granadas de mano que colgaban de gruesos cinturones de cuero alrededor de sus cinturas, y el joven Chato, de quince años, llevaba una pistola metida por dentro del cinturón. Don Juan era el único que estaba desarmado. [Intoxicados: Esta palabra se queda en la mente de Mari. Puede que haya entendido el concepto viendo a gente borracha, ____ Es importante entender el lenguaje de la persona, porque induce al lector a identificarse con el personaje. Por ejemplo, su historia sobre Cristo en ese sentido fue excelente].

Esperaban conseguir fusiles y municiones después de la marcha al Ministerio de la Guerra, porque el gobierno ya había empezado a distribuir armas a la población civil. El ejército rebelde no podía ni quería entrar en Madrid. Ya se había perdido bastante tiempo con los intentos del gobierno de revocar la sublevación por métodos constitucionales y cometiendo el fatal error de negar las armas a la población civil. Ahora, los moros de la Legión Extranjera de Franco, libres de toda oposición armada y a los que el gobierno británico permitía el paso por el Estrecho de Gibraltar sin penalizaciones, vertieron batallones de tropas marroquíes en el sur de España, dejando tras de sí una nube de muerte y violencia mientras rápidamente se iban acercando a Madrid.

Los hombres no se fijaron en Mari cuando se apartó de la puerta de la cocina y observaba cómo su abuelo metía los pies en unas botas pesadas. Su abuelo nunca había llevado botas ni monos; debía de estar pasando algo realmente grave. Mari estaba acostumbrada a ver a su padre vestido con mono cuando arreglaba algo o cuando jugaba con su rifle, que a menudo sacaba del armario y limpiaba cuando no tenía otra cosa que hacer. Con la pistola metida en el pantalón, el tío Chato parecía un gángster o un vaquero de esos de las películas. Mari no reconoció aquellas cosas feas que parecían bolas de metal que colgaban del cinturón de sus otros dos tíos; nunca había visto nada parecido. Mucho más tarde, supo que eran granadas y que las granadas mataban a la gente. Mari observó durante un tiempo antes de dar unos pasos hacia su abuelo, que ahora se estaba atando los cordones de las botas. Al notar un par de pies pequeños y descalzos frente a él, don Juan levantó la vista y se encontró cara a cara con su nieta, que señalaba con la barbilla hacia los balcones y los sonidos que provenían de ellos.

"Abuelo, ¿están los visigodos intentando robar la tierra a los íberos?"

Sorprendido, don Juan se agachó y abrazó a la niña. La abrazó y la besó. "Sí, pequeña, podría decirse que eso es lo que ocurre. Ya nadie quiere compartir nada."

Alfonso miró a su padre y le reprendió. "Padre, ¿por qué siempre le llena la cabeza con cuentos de hadas?"

Encogiéndose de hombros, don Juan soltó a su nieta y se dirigió a la cocina. Cogió el paquete envuelto en periódicos y se dirigió a la puerta principal, murmurando en voz baja: "No son cuentos de hadas, hijo mío. Es la historia: tu historia, mi historia y ahora la de
tu hija."

Los cuatro hombres siguieron a su padre y cerraron la puerta sin despedirse de nadie. Mari corrió hacia la puerta tras ellos, una puerta a la que ahora proyectaba inconscientemente todo cuanto era odioso, doloroso y aterrador. El cierre brusco de la puerta produjo un sonido áspero que clavó a Mari en el suelo, sintiéndose incapaz de moverse. Esa misma puerta se había abierto y cerrado antes muchas veces, pero nunca se había abierto y cerrado una y otra vez como se estaba abriendo y cerrando ahora, sin hacer ruido y a cámara lenta. Cada vez que se abría la puerta, aparecía la figura de la mujer de pelo negro rizado y grandes ojos marrones que le soplaba besos. Era la misma mujer a la que a veces llamaba "Mommy", la misma que la abrazaba cuando tenía miedo o no podía dormir, pero esta vez, la mujer estaba llorando.

Pasó el tiempo y la puerta dejó de abrirse y cerrarse. La mujer de pelo oscuro y grandes ojos marrones y llorosos desapareció. Sintiendo un dolor angustioso en su pecho que le resultaba familiar desde hacía ya mucho tiempo, Mari se derrumbó en el suelo, temblando con una rabia incontrolable. Se levantó y se lanzó contra la puerta, gritando una y otra vez: "¡Mommy!" Esperó a que la puerta se abriera, pero permaneció cerrada. Pensó que su padre estaba enfadado y se había marchado sin despedirse porque se había creído las historias de su abuelo, o quizá se había enterado de que Mari había roto las gafas de Pilar. Mari debía haber sido muy mala para hacer llorar a la mujer de pelo oscuro y grandes ojos marrones. Mari se sentó en el suelo y pensó que las voces de la radio le lanzaban maldiciones y que algo terrible estaba ocurriendo y todo era culpa suya. Todo era culpa suya.

La abuela de Mari levantó a su nieta del suelo, que estaba gritando y llorando, y la llevó a una habitación vacía que solo tenía una pequeña cama y una cómoda, una habitación alejada de la fachada del edificio y de los balcones de donde procedían los ruidos, un lugar menos amenazador. Empujando la cama contra una esquina de la habitación, la abuela le dio a la niña una manta y le pidió que se cubriera la cabeza si los ruidos la molestaban. Le preguntó: "¿Tienes hambre?"

"Sí."

Mari empapó una rebanada del mismo pan crujiente que su abuela había utilizado para los bocadillos esa misma mañana en una taza de café caliente medio mezclada con leche, y su abuela la observó, sintiendo una inmensa tristeza. Parecía que el tiempo no había pasado, y que todavía hacía tres años que la madre de Mari, enferma y necesitando atención médica, había regresado a América. Le habían diagnosticado una anemia recién descubierta por un tal Dr. Cooley, una anemia que afectaba a algunas personas del Mediterráneo, una enfermedad demasiado nueva para que España dispusiera de un tratamiento, lo que hizo que Rosa decidiera volver a Nueva York. El día que Rosa se marchó, había entrado por la misma puerta principal que usaron los hombres ese día, y Mari la había visto irse. Mari esperó a que su madre volviera, y cuando Rosa no regresó, Mari gritó "¡Mommy!" una y otra vez, tumbada detrás de la puerta durante horas. Pasaron días antes de que la niña volviera a comer alimentos sólidos o dejara de levantarse a todas horas durante la noche, sentada en silencio junto a la puerta, chupándose el dedo y mojando la ropa. Su abuela no recordaba cuántas veces había llevado a la niña a la cama o cuántas veces había tenido que cambiarla y limpiarla mientras permanecía sentada en el suelo detrás de la puerta principal, esperando a su madre. ¿Qué sería mejor para la niña, vivir en Nueva York viendo morir a su madre, o quedarse en España viendo morir a todos los demás?

Mi primera y única nieta, pensó la abuela. *Tan fuerte, y a la vez tan frágil.* Se trataba de una niña a la que había querido mucho, pero que al principio no había deseado, por temor a que la niña naciera con rasgos físicos de otra raza. Esta abuela pensativa era María de Ávila, una orgullosa campesina castellana de pura cepa nacida y criada en un pequeño pueblo escondido tras las colinas cerca de la ciudad medieval amurallada de Ávila, donde los extranjeros eran escasos y no eran de fiar. Su familia descendía de tribus puras del norte de Europa, por lo que era difícil aceptar el matrimonio de su hijo con una mujer de padres italianos que no solo eran italianos, sino también sicilianos. Por lo que María sabía, los sicilianos eran primos hermanos de los negros abisinios y, para colmo, esta mujer había dado a luz a la hija de su hijo antes de que se casaran. María no sabía leer ni escribir. Todo lo que sabía sobre el mundo lo había aprendido de las mujeres cotillas que lavaban la ropa junto al río, hasta que conoció a su marido, Juan.

Juan era un "ciudadano del mundo", como le gustaba llamarse a sí mismo. Intentó convencerla de que la sangre distinta a la española era igual de honorable y que todos los hombres eran iguales, solo que habían nacido y se habían criado en lugares distintos, con diferentes formas de pensar y de hacer las cosas; eso era todo. Bueno, ella se esforzó, pero seguía creyendo que los sicilianos descendían de los negros etíopes y que todos los negros eran bárbaros poco civilizados. Incluso el médico dijo que creía que el tipo de anemia de Rosa afectaba a los pueblos mediterráneos descendientes de Abisinia. Por lo que María sabía, los únicos que se habían mezclado con los abisinios eran los italianos. Tanto pensar le estaba dando dolor de cabeza, así que detuvo sus amargos pensamientos, reacomodó las almohadas de la cama y le pidió a su nieta que se echara una siesta.

Pensando en lo que había ocurrido aquella mañana junto a la puerta, María temía ahora que la niña pudiera aún recordar a su madre. Era todo muy triste. María se arrepintió de las veces que le había dicho a Mari que su madre era una negra abisinia de pelo enmarañado que vivía en África. ¿Cómo ha podido ser tan cruel? Hizo la señal de la cruz y susurró: "Oh, Dios. Por favor, perdóname."

Mari cerró los ojos y su abuela la besó en la mejilla mientras le hablaba con dulzura y le acariciaba el pelo. "Tengo que irme un par de horas. Pilar estará aquí por si necesitas algo. Intenta dormir."

"Por favor, Abuela. No me deje aquí. Lléveme con usted. Me portaré bien; ¡se lo prometo!"

"Sé que te portarás bien, pero no es por eso por lo que no puedes venir conmigo; hay problemas en las calles, y quiero estar segura de que te encuentras a salvo en casa con Pilar."

Mari se quedó mirando la pared durante mucho rato después de que su abuela saliera de la habitación. Al cabo de un rato, Mari se levantó de la cama, se apoyó en el alféizar y miró hacia fuera, esperando oír o ver algo familiar. Había olvidado que los ruidos habituales del día a día habían desaparecido de los patios durante los últimos dos días; no había gritos de las madres a sus hijos, ni el ruido de aleteo de la ropa tendida, solo silencio. El miedo y la ansiedad de que algo desconocido ocurriera la abrumaron de nuevo, así que buscó bajo la cama los dragones y las serpientes que su tía le había dicho que la atraparían algún día. Al no encontrar dragones ni serpientes, Mari acurrucó su cuerpo sobre la cama. Enrollando la manta alrededor de su cabeza, lloró hasta quedarse dormida.

Después de dejar a su nieta, María fue a la cocina para hablar con su hija, que estaba lavando los platos de espaldas a la puerta. María tocó a Pilar en el hombro para llamar su atención y dijo: "Voy a ver qué pasa; ayer nos dijeron que los sacos de arena llegarían hoy, pero no mencionaron ninguna hora, así que tengo que comprobarlo y quizá dar un paseo hasta la Plaza Mayor. Mari se va a dormir, pero si se despierta, intenta pasar un rato con ella hasta que vuelva. No sé cuándo volverán tu padre y los chicos, así que probablemente tú y Mari tendréis que comer algo las dos solas."

Pilar cogió un trapo de cocina y se secó las manos. Le preguntó a su madre: "¿Qué está pasando? Todavía puedo sentir las vibraciones de la radio bajo mis pies. ¿Cómo es que la radio sigue encendida?"

"Todavía tenemos que enterarnos de lo que está pasando. Ahora puedo oír balas disparando de vez en cuando. Espero que estos fanáticos locos no se disparen los unos a los otros en las calles." María besó a su hija en ambas mejillas, se quitó el delantal y salió del apartamento con cuidado, cerrando la puerta tras ella. Tras llegar al primer piso, atravesó las puertas dobles de cristal que daban a la acera y se detuvo un momento antes de cruzar la calle para mirar los escaparates de la panadería del barrio. El sol se deslizaba por los laterales y por la fachada del edificio, empezando a colarse entre las rendijas de las persianas corridas de la ventana frontal. María intentó girar el pomo de la puerta, pero la puerta de la panadería estaba cerrada. Miró entre las rendijas de la persiana hacia las paneras vacías de detrás del mostrador.

Todo estaba en silencio. Los únicos sonidos provenían de las voces de las mujeres que estaban más adelante descargando sacos de arena de un camión. María las miró con tristeza, recordando que se trataba de las mismas mujeres con las que tan solo tres días antes había reído mientras compartían historias entre ellas y hacían cola para llevar a casa pan recién horneado. Hoy, estas mismas mujeres estaban descargando sacos de arena de un camión, preparándose para utilizarlos como barricadas en un intento de detener a un enemigo invisible. Bajó unas cuantas puertas desde la panadería hasta la carbonería que había abastecido la estufa de María todos los días y encontró las puertas delanteras abiertas de par en par. Unos enormes contenedores metálicos, oscuros y vacíos, que casi parecían las bocas de unos dragones legendarios, la miraban fijamente. Entró en la tienda y buscó indicios de actividad, pero no hubo ninguno.

Se quedó fuera de la tienda con los ojos llenos de lágrimas, recordando el día en Nueva York, solo cuatro años antes, en que su marido le había mostrado una carta del director de un periódico de Madrid ofreciéndole una columna diaria en su publicación. Juan estaba eufórico. "Solo piénsalo, María. ¡Solo piénsalo! ¡La oportunidad de volver a casa y poder enriquecer y enriquecernos con una democracia que España nunca ha conocido!" El sueño de la utopía de don Juan había durado poco. Él y sus hijos llevaban ahora armas y estaban dispuestos a matar o morir. Luchando contra una tristeza casi paralizante, María se dirigió al final de la calle. Sin decir una palabra, se unió a los que descargan sacos de arena del camión.

Una mujer regordeta comentó: "Ha sido un trabajo rápido, María. Seguro que su grupo ha traído estos sacos de arena con mucha antelación. Esperemos que no tengamos que utilizarlos." El grupo siguió trabajando, hablando y bromeando entre ellos en un evidente intento de restarle importancia a la situación, pero era evidente que tenían miedo y estaban preocupados. Cuando vaciaron el camión y apilaron todos los sacos de arena, listos para convertirse en barricadas, las mujeres se abrazaron y tomaron caminos distintos para volver a casa.

María todavía no quería volver a casa. Caminó de una calle a otra, abrumada por lo que estaba viendo. Antes las calles estaban llenas de vendedores, mujeres que discutían los precios y niños que jugaban, pero ahora estaban casi vacías. En esta época, los cafés del barrio solían estar llenos de hombres mayores que jugaban al dominó. Ahora estaban cerrados. Saludó a las pocas personas con las que se cruzó en la calle, pero no respondieron ni reconocieron su presencia en absoluto. Siguió caminando hacia el centro de la ciudad, buscando una cara amable en el camino, pero no había ninguna. En solo dos días, Madrid y su gente había cambiado.

Las primeras horas de la tarde eran cada vez más calurosas. A María le empezó a sudar la cara. Sintiendo una inmensa sed, caminó por las calles empedradas y buscó una fuente pública. Pronto encontró una al final de la calle, con la forma de una gran cabeza de león de hierro esculpida que sobresalía de un muro de hormigón. De la boca abierta del león brotaba agua potable que podía ser bombeada a mano. María bebió el agua que bombeó, lo que le proporcionó un gran alivio. Con la energía renovada, María agradeció a los moros la introducción de esta forma de canalizar el agua de las montañas.

Extraño, pensó. *Primero los moros enriquecen la península con quinientos años de agua dulce, arte, música, arquitectura, riego…y ahora dejan que Franco los utilice para matarnos. Juan lo llamaría ironía cómica.* Mientras seguía caminando, las calles y las aceras casi vacías se fueron abriendo hasta convertirse en calles más amplias y pobladas, y María caminaba ahora junto a grupos de mujeres y hombres jóvenes que cantaban "La Internacional" mientras se acercaban a la histórica Plaza Mayor. Esta era la plaza más grande de Madrid, construida en 1619. Era una zona histórica que había sido testigo de muchas corridas de toros, muchas fiestas y algunas coronaciones. Era el lugar utilizado por la Inquisición para las ejecuciones públicas y las torturas. La majestuosa estatua del rey Felipe III a caballo se alzaba en el centro de la plaza desde 1790 y ahora estaba siendo apedreada, empujada y desfigurada por un grupo de jóvenes mientras la gente sentada en los cafés de las aceras de la plaza los vitoreaba.

María se sentó en un rincón vacío de uno de los cafés de la acera, feliz de estar entre tanta gente llena de vida y actividad, pero se entristeció al ver cómo se destruía la estatua por culpa de un odio mal dirigido. La estatua de Felipe III era una obra del arte clásico español. ¿Por qué darle un simbolismo político? Las tiendas y los cafés abiertos alrededor de la plaza ayudaron a disipar algunos de los sentimientos de pesadez que María había sentido al caminar por las calles casi desiertas esa misma mañana. Ver comer a la gente que la rodeaba hizo que le entrara un poco de hambre, así que pidió unos dulces curvos y a veces enroscados llamados churros, y una humeante taza de espeso chocolate caliente.

A su alrededor, otros clientes hablaban y reían mientras mojaban sus churros en bebidas calientes, actuando como si el mundo más allá de la Plaza Mayor no existiera. Otros se asomaron a los balcones de los edificios de tres plantas que rodeaban la plaza y observaron cómo los miembros de la milicia, vestidos con monos azules, marchaban con precisión militar hacia los camiones que les esperaban para transportarles a los municipios limítrofes para colocar vallas de alambre de espino y barricadas. María terminó de comer y se dirigió lentamente hacia una de las salidas de la Plaza Mayor para volver a casa. Casi sonreía pensando en la combinación de temperamentos españoles tradicionales que había presenciado en la Plaza Mayor ese día, un pueblo que se preparaba para la guerra, pero que antes se tomaba el tiempo para socializar y darse un capricho a base de churros mojados en chocolate caliente. Los españoles siempre habían sido así; habían sufrido invasiones, persecuciones, torturas, monarquías crueles y dictaduras asesinas, pero siempre siguieron comiendo ese jamón serrano tan amado por toda la nación y mojando churros en chocolate caliente mientras aplaudían los lamentos de las melodías al son de guitarras gitanas antes de ser asesinados.

Ya era tarde, y el sonido de balas perdidas era cada vez más frecuente. Al pasar por las mismas calles que había recorrido esa mañana, María se sorprendió al ver que empezaban a llenarse de gente, jóvenes y mayores, caminando hacia las grandes avenidas, donde había grupos escuchando diversos discursos. Otros se reunieron para cantar canciones sobre España y el orgullo de ser español. María miró a la multitud y se preguntó si los que seguían los ideales fascistas al otro lado de Madrid también cantaban canciones sobre el orgullo de ser españoles. Sí, estaba segura de que ellos también pensaban que su forma de pensar era la mejor para la patria.

Llegó a casa cuando la oscuridad de la noche empezaba a deslizarse por las ventanas del apartamento, pero no había luces encendidas. Su marido y sus hijos estaban en un comedor a oscuras, hablando y gesticulando, sin darse cuenta de la oscuridad que les rodeaba. María entró en el comedor y encendió la única bombilla que colgaba sobre la mesa mientras saludaba a su marido y a sus hijos.

"Está oscureciendo", dijo. "Me alegra ver que seguís todos de una pieza. ¿Cómo ha ido el día? ¿De verdad vamos a entrar en guerra?"

Don Juan se levantó y se estiró. "Me temo que sí, María. Una guerra de las malas. Hemos pasado la mayor parte del día cavando trincheras junto a la Casa de Campo. La buena noticia es que estamos bastante preparados para un ataque. No creo que Franco pueda entrar en Madrid."

María empezó a cerrar las persianas del balcón y preguntó: "¿A qué vienen esos disparos?"

Alfonso miró a su madre mientras sus músculos faciales se tensaban. "Hay fanáticos que se matan entre sí, además de grupos armados que asaltan iglesias y matan a cualquiera que huela a fascista. En estos momentos hay mucha crueldad y desorden, pero pronto nos centraremos en lo importante: ganar la guerra y restablecer la paz en España."

Mientras se dirigía a la cocina, María preguntó a los hombres si tenían hambre.

Alfonso dijo: "Oh, sí. No hemos comido nada desde que nos acabamos los bocadillos a mediodía."

Pilar ya estaba en la cocina, preparando una ensalada y una tortilla española de huevos, patatas y cebolla con *chorizo*.

María preguntó por su nieta. "¿Cómo se encuentra Mari? ¿Le has dado algo de comer?

Pilar respondió: "Está bien, Madre. Le he dado un bocadillo y un poco de leche hace un par de horas. Está en uno de esos momentos de "no estoy aquí" y se ha pasado la mayor parte del día mirando o al vacío o a las mantas."

María fue a la habitación de la cama de atrás y encontró a su nieta debajo de la cama, acurrucada como si todavía estuviera en el vientre de su madre, cubierta por el olor y la humedad de la orina. La niña mantuvo los ojos cerrados mientras su abuela la lavaba en silencio y le cambiaba la ropa sucia, tras lo cual la sostuvo en brazos.

"Qué día tan malo", susurró María, y añadió: "Siento mucho que hayas estado sola todo este tiempo. Debe haber sido aterrador escuchar todos esos ruidos. ¿Por qué no has ido a la cocina y te has quedado con Pilar cuando te has despertado?"

La voz de Mari se entrecorta al responder a su abuela sin levantar la vista. "Al principio, no podía dormir, Abuela, y Pilar no oye nada, así que piensa que me invento cosas. Está enfadada conmigo desde que le rompí las gafas, y las voces de la radio me gritaban, y me he hecho pis encima, y tenía miedo de que Pilar se enterara." Mari no le contó a su abuela cómo al principio había tenido tanto miedo que no podía moverse hasta que la señora de pelo oscuro y rizado y grandes ojos marrones la abrazó hasta que se quedó dormida.

María sentó a su nieta en el borde de la cama y la ayudó a ponerse los calcetines y las alpargatas de suela de cuerda antes de caminar juntas hacia el comedor.

Estaban todos allí: el padre de Mari, su abuelo y sus tíos. Mari los miró, todos cubiertos de polvo y grasa, sentados en la mesa del comedor. Le sorprendió que su abuela no les pusiera a limpiar. Era injusto que ella tuviera que lavarse aunque solo se tratara de una pequeña mancha en la cara, y sin embargo a ellos se les permitía sentarse a la mesa a comer con las manos y la cara malolientes y grasientas. Seguramente la tía Pilar se cebaría con ellos, pero Pilar llegó y salió de la habitación sin decir una palabra. Las cosas no estaban bien, y Mari volvió a sentirse incómoda y asustada. Esperó a que su padre le preguntara qué había hecho durante todo el día para poder contarle lo asustada que había estado, pero estaba ocupado escuchando hablar a su padre y golpeando la mesa con el puño cerrado, sujetando un tenedor y quejándose de que la tortilla estaba hecha con cebolla.

Había música de guitarra y cantos procedentes de las calles, así como la música de las radios que aún sonaban en todos los apartamentos. De repente, las radios dejaron de sonar y las calles quedaron en silencio. Una voz femenina, seca y potente, retumbaba de forma dramática en las radios y en los altavoces instalados en los pequeños camiones que circulaban por las calles.

"Shh", dijo don Juan. "¡Es La Pasionaria!"

Era Dolores Ibárruri, la fuerte dirigente del Partido Comunista de las regiones vascas del norte de España, donde hasta ahora las mujeres habían mantenido a sus familias con la venta de sardinas en enormes cestas que llevaban sobre la cabeza. Era el ídolo de don Juan. Su voz sonaba con fuerza mientras hablaba por radio a través de las barricadas, las alambradas y las trincheras de la ciudad. Fue su primer discurso instando a la violencia, pidiendo resistencia hasta la muerte. Era la nana furiosa de una madre dirigida hacia sus miles de hijos que estaban a punto de morir.

"Debéis luchar y resistir. ¡Mujeres de España, vosotras también debéis uniros a la lucha con cuchillos y aceite ardiendo si es necesario, pues es mejor *morir de pie que vivir arrodillado!*"

"*¡No pasarán!*" se convirtió en el grito del pueblo español durante los tres terribles años posteriores.

Al día siguiente, el Ministerio de la Guerra comenzó a organizar operaciones militares contra los rebeldes en todas las provincias de España. Todas las corridas de toros se cancelaron en toda España.

[Capítulo 1: Lenguaje e imágenes hermosas, muy claras y evocadoras.

Hay una parte previa, desde el punto de vista del autor (POV, por sus siglas en inglés), que es la escritura periodística. Entonces, entramos en el punto de vista de la pequeña Mari. Esto empieza a dar vida a la historia, pero hace innecesaria la parte anterior. Verlo todo a través de los ojos de Mari nos da la misma información de una manera mucho mejor].

Tras los primeros días de entusiasmo popular y fervor patriótico, Madrid se convirtió rápidamente en una pesadilla sangrienta. El campo de batalla cambiaba de un minuto a otro mientras miles de jóvenes vestidos con monos azules alejaban a las tropas franquistas de la ciudad. Las calles eran barricadas. Las bromas, las risas se desvanecieron de los rostros de la gente. Cada barrio tenía su propio montón de sacos de arena y piedras que protegían las calles de posibles ataques procedentes de otras calles. El ejército con mono de trabajo, con la ayuda de la Guardia de Asalto (un cuerpo de hombres y oficiales fundado después de los disturbios de 1931 y que era especialmente leal a la defensa de la República) alejó obstinadamente los ataques fascistas de la ciudad mientras las mujeres, jóvenes y ancianos, y sus hijos vigilaban las calles y seguían construyendo barricadas. Se formaron grupos de milicianos que recorrían la ciudad, buscando a burgueses o a cualquier ciudadano sospechoso de ser de derechas. Una fiebre de asesinatos y destrucción poseyó a la gente. Incendiaron iglesias. Rápidamente se crearon tribunales especiales, y los rebeldes fueron rápidamente juzgados y ejecutados de inmediato. A veces, los ejecutores colocaban por error a sus propios camaradas delante de los pelotones de fusilamiento.

Igualmente, en la España nacionalista se detenía, torturaba y fusilaba a personas a la menor sospecha de que pudieran ser simpatizantes republicanos. España se dividió y subdividió una y otra vez, convirtiéndose en un organismo gruñón y herido, infectado con un cáncer, un organismo enfermo que había perdido la capacidad de evitar o revertir su propia destrucción. Un pueblo que había vivido con fuerza, y a veces con fanatismo, las tradiciones judeocristianas, invertía ahora sus antiguas prácticas sagradas quitándose la vida entre ellos.

Afectada por los monumentales y a veces imprevisibles acontecimientos que amenazaban su existencia a diario, la familia de Mari se centró más en la supervivencia día a día y menos en cómo sus esfuerzos de supervivencia estaban afectando a la niña. Apenas perceptible al principio, Mari aprendió a encontrar consuelo en sus propias experiencias cotidianas sin asociarlas a ninguna persona; aprendió a vivir en un mundo alimentado por sus propias fantasías e imaginación, un mundo del que su familia estaba excluida. La visión de su padre saliendo del apartamento con su mono azul, llevando el gracioso sombrero puntiagudo con la borla delante y una pistola, ya no era un tema por el que Mari manifestara emoción, aunque a veces no volviera a casa durante días. Sin embargo, las emociones son solo los aspectos visibles de los sentimientos, y Mari aprendió a ver a su padre salir del apartamento sin correr tras él, sumergiendo sus sentimientos internos en un abismo de miedo y desolación silenciosos. Había aprendido instintivamente a cambiar la necesidad infantil de comodidad y dependencia por una vida de mutismo emocional, ocultando sus sentimientos en su interior, algo que compartía por la noche con la mujer de antaño a la que en secreto llamaba "Mommy." [Esto es una visión externa. Al contarme lo que estaba ocurriendo y las reacciones de Mari, estás distanciando al lector de esos acontecimientos. Sería mucho más poderoso hacer que yo SEA ella, como has hecho antes. La información necesaria es mejor a través de las conversaciones que escucha en lugar de una conferencia del autor].

Jugar con los juguetes que acababa de adquirir (que consistían en balas almacenadas en el apartamento, junto con rifles adicionales) distraía a Mari de esas largas horas al día que pasaba sola en el apartamento con la Tía Pilar. Todos los días, Mari alineaba las balas y las colocaba en líneas opuestas según el color de las puntas y se imaginaba a sí misma como una gran general dirigiendo las balas a una batalla entre ellas.

El abuelo de Mari encendió la radio a primera hora de la mañana mientras se preparaba para su viaje diario al encuentro de las tropas que entraban en Madrid y disponía su punto de destino hacia las zonas donde eran más necesarias. Siempre se olvidaba de apagar la radio antes de salir del apartamento, por lo que seguía sonando mucho después de que él se fuera, obligando a Mari a pasar horas interminables escuchando el sonido de las balas procedentes de la calle y la voz de La Pasionaria dirigiendo al pueblo de España a elegir la muerte y el honor antes que rendirse.

Un día, la rutina diaria de Mari se vio interrumpida poco después de terminar su siesta, cuando los juegos de guerra con balas terminaron debido al fuerte ruido de las sirenas que atravesaban los edificios, alertando a la población civil de la llegada de los aviones alemanes Junker. La abuela de Mari gritó, levantando bruscamente y sacando a Mari del apartamento al pasillo al tiempo que empujaba delante de ella a una hija totalmente ignorante, Pilar, que no podía oír ni entender lo que estaba pasando. Las escaleras quedaron obstruidas por gritos de mujeres y llantos de niños, todos ellos corriendo hacia los refugios construidos debajo de los apartamentos.

Gente desesperada se empujaba, se caía y se agarraba a los suyos, consiguiendo de algún modo llegar a los largos y oscuros túneles. Los niños lloriqueaban mientras las madres se apoyaban en las paredes de barro y escuchaban el estruendo de bombas que sonaban como silbidos, cortando el aire antes de estrellarse y explotar contra los objetivos de forma ruidosa y sistemática. Mari se sentó inmóvil en el suelo mojado mientras observaba a las mujeres y los niños a cámara lenta esperando que ocurriera algo.

Las mujeres sostenían a los niños en su regazo, los niños sostenían a otros niños, las mujeres cubrían los oídos de los niños para amortiguar el sonido de las explosiones y los niños lloraban. El aire se llenó de una humanidad de susurros, como si esta humanidad temiera que las bombas rastrearan el sonido de sus voces. Un zumbido constante llenaba el interior de los húmedos y largos túneles mientras los edificios de la ciudad se desmoronaban en el exterior. Madres y niños se acurrucaban juntos, evitando el contacto físico y visual con otras madres y otros niños del refugio. Poco a poco, una mirada vacía apareció en los ojos de todos, y el espacio entre las familias se amplió. Los ancianos, cuyas parejas habían fallecido hacía tiempo, se sentaban junto a sus familias, y las parejas mayores se sentaban separadas de todos, los abuelos en silencio, las abuelas sosteniendo rosarios entre los dedos y susurrando: "María, Santa Madre de Jesús, protégenos." [Esto está mucho mejor. Es mucho más impactante presentar la información a través de las percepciones de un personaje que que te las cuenten].

La caída constante de bombas incontenibles continuó, y el olor acre del peligro penetró en cada célula viva del refugio, despertando la necesidad primitiva de supervivencia y provocando una suspensión momentánea del tiempo, permitiendo que la evolución se detuviera. [Sería mejor utilizar palabras y conceptos adecuados a la edad. ¿Cómo lo expresaría un niño de 6 años?]. Fuera de los refugios, los hombres cazaban, luchaban solos y morían solos. Dentro de los refugios, las mujeres se aferraban ferozmente a sus crías con la dotación primordial de saber que, en tiempos de peligro, todos los seres son depredadores.

María se sentó junto a su nieta y la cogió de la mano, mientras Pilar permanecía de pie con la espalda apoyada en la pared, sintiendo con las manos y los pies las vibraciones provocadas por los aviones y los misiles que volaban. Al cabo de un rato, Pilar susurró a su madre: "Se van." Unos instantes después, las sirenas dieron la señal de "todo despejado", y la humanidad, ahora riendo y reconociéndose de repente, volvió a sus casas, solo para repetir la misma experiencia al día siguiente y al siguiente.

Tan solo unos meses antes, el pueblo español ignoraba por completo los acontecimientos que se avecinaban: la miseria, la destrucción y las muertes creadas por una inteligencia social no muy lejana a la de los simios. Unos meses antes, poco antes de que comenzaran la guerra y los bombardeos, las mismas mujeres y niños del refugio, junto con otros hombres y mujeres de todas las edades, habían pasado sin miedo por delante de la estatua de Velázquez en el Paseo del Prado, animando, riendo y exhibiendo pancartas para celebrar las Jornadas de Mayo, el día de los trabajadores. Habían sido estas mismas mujeres del refugio, las mismas mujeres decididas que muy poco después de la marcha en el Paseo del Prado se habían turnado para llevar sacos de arena y piedras para construir barricadas en la calle, las mismas mujeres que habían sostenido a sus hijos pequeños contra sus pechos con una mano y un cubo de arena o un rifle en la otra.

Eran las madres y las abuelas de la milicia antifascista, mujeres jóvenes que habían desfilado con orgullo vistiendo las camisas escarlatas del Partido Comunista o las azules del Partido Socialista en el desfile de las Jornadas de Mayo, sin saber que pronto morirían vistiendo los monos azules del Frente Popular. Estas jóvenes morirían por las libertades y el reconocimiento que nunca habían conocido y que nunca tendrían antes de ser enterradas en fosas comunes.

Ignorantes de los acontecimientos que se avecinaban propiciados por una política mundial egoísta y corrupta que esperaba para destruir sus vidas, españoles de todas las edades se habían reunido en las calles de Madrid para celebrar las Jornadas de Mayo con desfiles y bandas de música entusiastas y el canto de miles de voces que aclamaban una "nueva España libre." Había sido un maravilloso desfile en aquel fresco pero agradable primer día de mayo en Madrid. Mari pensó que era un desfile para celebrar su cumpleaños y no el terrible preámbulo del día en que se encontró sola en una habitación mientras las radios sonaban y las balas pasaban silbando por su ventana. Era su cumpleaños, con cientos de pancartas. Cientos de personas la aclamaron, saludándola con los puños cerrados y los brazos doblados. Los niños pequeños, de cuatro a siete años pasaban delante de Mari, los pioneros antifascistas, la mayoría de ellos tratando de mantener el ritmo pero apenas pudiendo seguir el paso, cantando canciones de marcha y, de vez en cuando, saludando con los brazos doblados y los puños cerrados.

Mari se animó e intentó unirse a ellos, pero su abuelo la agarró de la mano y la hizo retroceder. Frunció el ceño, pero no tardó en reírse cuando los pequeños pioneros pasaron y uno de ellos tropezó y se cayó. Las mandolinas tocaban "La Internacional", y Mari tarareaba y se movía al ritmo de la melodía. Su abuelo le compró natillas a un vendedor ambulante. Dejó de tararear para saborear aquel raro manjar. Para Mari fue un buen día, uno lleno de música y emoción. Fue un buen día para el pueblo de España, que se llenó de fervor patriótico mientras coreaba sus esperanzas para el futuro. "¡No hay tierra sin cultivos! No hay agricultores sin comida" [¿Por qué está en cursiva?]

El desfile duró casi todo el día y terminó a última hora de la tarde. Tras el desfile, la familia se dirigió a la Casa de Campo, parte del antiguo palacio real que ahora es un espacio público para todo madrileño amante de los picnics. La abuela de Mari preparó bocadillos con la comida que había dentro de una cesta que había llevado consigo durante todo el desfile. Había jamón, embutidos, fruta, vino, un pan crujiente delicioso en rebanadas gruesas, y cebollas, ajos y patatas cortadas en rodajas finas y fritas a fuego lento en generosas cantidades de aceite de oliva español y bañadas en huevos batidos para hacer así la tradicional tortilla española. María extendió el mantel blanco sobre la hierba y empezó a preparar la comida mientras advertía a su marido: "Juan, quizá quieras saltarte la tortilla. Lleva cebolla."

"*Cojones*, mujer. ¡Sabes que odio las cebollas!", refunfuñó el abuelo.

"Puedes comer otras cosas. Es el cumpleaños de la niña. No empieces con una de tus rabietas."

Mari cerró los ojos y esperó. Las cebollas eran siempre lo que provocaba las fuertes peleas entre sus abuelos en las que el abuelo tiraba la comida al suelo, pero cuando abrió los ojos, don Juan comía tranquilamente un trozo de tortilla.

"Me lo como", le dijo a su nieta, pareciéndose mucho a Cristo hablando con sus discípulos, "en tu honor por tu cumpleaños. Quiero que recuerdes que, en tu sexto cumpleaños, tu abuelo comió cebolla y la república de España tuvo un nuevo comienzo." [¡Oh, me gusta este hombre! ☺]

Hacía un buen día, con un cielo fresco y radiante. Familias de todas partes se sentaban en la hierba, comían y descansaban, empapándose de la sencillez de su mutua compañía. A poca distancia, el sonido de una guitarra envolvía las animadas conversaciones. La familia se pasaba una *bota* (una bolsa de vino de cuero

), levantándola, apuntando la abertura negra por encima de sus bocas, y exprimiendo un fino chorro de vino tinto directamente a sus gargantas sin que los labios tocaran nunca la punta de la bolsa.

Mari bebió de un pequeño *porrón* de cristal, similar a la bota de cuero, que estaba lleno de una mezcla de agua y un poco de vino. Ella también levantó el porrón por encima de su boca, y sedienta por las largas horas que llevaba de pie observando el desfile, dejó que un chorro del líquido recorriera su garganta sin que esta tocara la punta del vaso. Se sintió feliz. Tres de sus tíos estaban allí, junto con su tía sorda y sus abuelos. Faltaba la pelirroja y vivaz tía Cristina, que se había casado con un pintor de casas y se había mudado a Alicante. Los vendedores ambulantes vendían natillas y castañas asadas por todas partes.

Su padre llegó tarde y le dijo a su hija: "¡Feliz cumpleaños, *niña*!" La bolsa de cuero con vino se pasó una vez más.

"¡Salud!" dijo Mari a su padre mientras bebía de su porrón al tiempo que la mezcla de vino y agua se deslizaba por su barbilla.

El abuelo de Mari miró a su mujer con tristeza. Le dijo: "Ojalá Hortensia y Fernando pudieran ver esto. Una nueva España. ¡Jamás lo creerían!" Se refería a su hija mayor, casada con un agricultor inmigrante que tenía su propia casa y tierras en California, y a su segundo hijo, que dirigía un negocio de carne en Nueva York. Ambos hijos eligieron quedarse en América cuando la familia regresó a la Península Ibérica.

Sí, había sido un cumpleaños feliz; un cumpleaños que Mari no recordó algunos meses después cuando se encontró en el mismo lugar, mirando los cadáveres de los hombres colgados en las vallas de alambre de espino construidas para proteger la ciudad.

Los ataques aéreos continuaron todas las tardes y pronto se extendieron a cualquier momento de la noche, ya que las bombas incendiarias iluminaban la ciudad, haciendo que los objetivos fueran más fáciles de encontrar en la oscuridad. Eran las tres de la mañana cuando los lamentos de las sirenas despertaron a la familia. Don Juan gritó: "¡Vamos! ¡Vamos!"

La familia se reunió, con frío y sueño, pero faltaba el más joven de los tíos de Mari, el Chato. "¿Dónde está Chato?" Gritó María. Corrió al dormitorio y sacudió a su hijo, que seguía

dormido bajo unas pesadas mantas. "¡Chato, levántate!", gritó. "¡Los aviones están aquí!"

"Ah, Madre. ¡Déjeme en paz! ¡Si me van a matar con bombas, prefiero morir cómodamente en mi cama!"

El abuelo gruñó: "¡Déjalo! Si perdemos más tiempo, nos matarán a todos. ¡Vamos! Vamos."

El padre de Mari llevó a Mari al refugio y la colocó en el suelo, envuelta en una manta de lana.

Con o sin su padre, Mari ya estaba acostumbrada a la rutina nocturna, por lo que estaba medio dormida cuando una niña a su lado le preguntó: "¿Podemos compartir tu manta? Tenemos frío." Dos chicas idénticas permanecían de pie junto a Mari. Tenían más o menos la edad de Mari y vestían con faldas limpias pero desgastadas y unos jerséis con las mangas rotas. No tenían zapatos y los dedos de los pies sobresalían por los agujeros de los calcetines. Las chicas miraron a Mari, temblorosa, obviamente vestida bajo el frenesí del aviso de ataque aéreo, sin estar preparada para el frío y la humedad del refugio. "Somos las gemelas Justin. Nos acabamos de mudar al apartamento que hay debajo del tuyo. ¿Podemos compartir tu manta?"

Mari extendió la manta hacia las gemelas, y las tres niñas se acurrucaron juntas hasta que se dio la señal de "todo despejado." Al día siguiente, las gemelas llamaron a la puerta de Mari y le preguntaron a la abuela si podía salir a jugar con ellas.

Una le dijo a Mari: "Soy Conchita."

La otra dijo: "Soy Rosa María."

A partir de ese día, Mari reemplazó sus solitarios juegos de guerra con las balas por la compañía de las gemelas. Posteriormente, un niño de cuatro años, el primo de las gemelas, Manolito, se unió a ellas. Como Manolito era más pequeño que las chicas, solía ir detrás del grupo, saltando tan rápido como le permitían sus pequeñas piernas, un niño moreno y tímido siempre vestido con pantalones cortos que dejaban ver sus rodillas, peladas por las frecuentes caídas. Los pesados neumáticos recortados y convertidos en zapatos que envolvían sus pies perjudicaban aún más su capacidad de mantener el equilibrio al intentar correr, y cada día añadía otro rasguño a sus rodillas y piernas. Porque era pequeño, porque siempre le goteaba la nariz, porque era torpe, pero sobre todo porque era un niño, Manolito tenía el rango más bajo de este ejército de cuatro y las chicas se burlaban constantemente de él, le daban órdenes y le obligaban a seguirlas mientras recorrían las calles fingiendo ser soldados que defendían su edificio de apartamentos.

Las palabras de La Pasionaria eran un eco constante en la cabeza de Mari. *Lucha. Resiste. Lucha. Lucha.* Convirtió al pequeño grupo de compañeros de juego en un ejército de tres, dándose a sí misma el título de general, e hizo marchar al pequeño grupo por calles y callejones mientras bramaba las órdenes que había aprendido de su padre y sus tíos. Durante estos viajes, la pequeña tropa se encontraba en ocasiones con los restos pútridos de un perro muerto o de un gato desollado que había sido utilizado como alimento. A veces se encontraban con restos de partes humanas dejadas tras el disparo de proyectiles de artillería sobre la población civil a manos de la Legión Cóndor alemana.

Manolito, quien corrió a casa estremecido, siempre respondía a estos hallazgos con pánico y lágrimas, dejando a las gemelas atrás acurrucadas, esperando las órdenes de su líder. En esos momentos, Mari se cruzaba de brazos, se ponía recta, miraba a las chicas y desplegaba lentamente los brazos, señalando los restos. Acortaba sus palabras mientras pronunciaba blasfemias que evocaban el lenguaje y los gestos de su padre. "¡Joder! ¡Mira a ese pobre desgraciado! Algún pobre hijo de puta se dejó los dedos." No conocía el significado de algunas de las palabras que utilizaba, pero parecían poderosas cuando se utilizaban en el momento adecuado para dar coraje a sus tropas. Esta táctica parecía funcionar. Las gemelas siempre salían de su trance y recuperaban el valor después de cada uno de estos flagrantes discursos. Parecía que cuanto mayor era la blasfemia, mayor era el valor y el poder de su líder.

Los días pasaron. Los vecinos del barrio se acostumbraron y se divirtieron con la seriedad y la precisión de las marchas del grupo mientras daban vueltas por el barrio en busca de "Moros." Una mañana, mientras entraban y salían de edificios bombardeados en busca del enemigo, las tropas descubrieron los restos de un viejo bote de enema de porcelana roto y oxidado que aún tenía el tubo de goma unido. Todos lo miraron, pero solo Mari parecía conocer sus usos, que demostró gustosamente llenando la lata de agua y ordenando a Manolito que se bajara los pantalones.

El niño la miró con aprensión, con el labio inferior tembloroso. "¡Está frío! No quiero…"

"Bájate los pantalones, soldado. ¡Es una orden!"

Estaban detrás de las escaleras de su edificio de apartamentos, sin que los peatones que caminaban por la calle los vieran. Un Manolito tímido y asustado se bajó los pantalones mientras la intrépida líder le introducía el tubo entre las piernas con gran pompa para asegurar a sus seguidores que sabía lo que tenía que hacer.

El agua del bote de enema empapó la ropa de Manolito, sus pantalones, sus calcetines y sus pies. Cuando el tubo se rompió boca arriba, le empapó el abrigo y la cara. El niño corrió a casa gritando y quitándose los pantalones mientras subía a trompicones los escalones de su apartamento. Las gemelas encontraron todo esto muy divertido, así que se taparon la boca para evitar la risa. Mari, cuya ropa también quedó empapada cuando el tubo del bote de enema se rompió hacia atrás, permaneció en silencio con una leve sonrisa para intentar ocultar su confusión. Una vez, su abuela le puso un enema cuando se puso enferma, pero no recordaba que el tubo se rompiera, ni que se mojara.

No pasó mucho tiempo antes de que la madre de Manolito saliera del apartamento, invocando en voz alta los poderes de la Santísima Virgen y su hijo Jesús contra las niñas. Reunió a la madre de las gemelas y a la abuela de Mari en el pasillo. En medio de muchos gritos y gestos, la madre de Manolito exigió que se castigara a las niñas.

El bote de enema fue confiscado inmediatamente, y prometiendo a su nieta una condena eterna en las brasas del infierno, la abuela de Mari la arrastró escaleras arriba, agitando el bote de enema vacío en el aire para que todos lo vieran. Más doloroso para Mari que la posibilidad de arder en las brasas del infierno era tener que confesar las actividades del día a su padre delante del resto de la familia. Los oyó reírse después de acostarse y sintió una profunda vergüenza y humillación ante la idea de enfrentarse a sus seguidores por la mañana. Sabía que este incidente seguramente dañaría y disminuiría su posición social, así como su autoridad sobre el ejército de tres. Sintiendo rabia y rebeldía, se decidió a recuperar el respeto de sus tropas haciendo algo atrevido y heroico por su país.

Mari se escondió. No salió del apartamento durante los tres días siguientes. Aunque añoraba y echaba de menos la compañía de las gemelas y de Manolito, estaba demasiado avergonzada por los sucesos del enema como para enfrentarse a sus tropas. Rumiaba el incidente en su cabeza una y otra vez. Se paseaba de un lado a otro, juntando las manos por la espalda, emulando las zancadas de una persona que intenta resolver unos problemas muy grandes y graves. Al cabo de un tiempo, finalmente creó una historia conspirativa para explicar y dar a la lata de enema un significado secreto que reparara su destrozada imagen. Se puso delante del espejo y miró su reflejo mientras practicaba un discurso. "Había un mensaje secreto dentro del tubo de goma del enema, un mensaje de La Pasionaria. Había un mensaje dentro del tubo de goma, un mensaje de La Pasionaria. Había un mensaje."

"¿Un mensaje?", preguntaron las gemelas.

"¿Un mensaje?", murmuró Manolito. "¿Qué tipo de mensaje?"

"Es un secreto."

"¿Qué tipo de secreto?"

"¡No importa, tonto del culo! Un secreto significa que no puedo decírtelo; por eso es un secreto. Simplemente sígueme."

Las tropas siguieron a Mari mientras subía y bajaba por la calle, asomándose misteriosamente a portales y rincones.

"¿Qué haces?"

"Estoy buscando un nuevo mensaje."

"¿Un mensaje en un bote de enema?"

Mari sintió desazón ante la mención del bote de enema por parte de las gemelas, pero se recuperó rápidamente y continuó con su aire de autoridad e importancia. "No, estúpidas, solo un mensaje." Siguió caminando y mirando tras las puertas y bajo las escaleras y levantando piedras, escombros, cascotes y cualquier resto de los edificios destrozados por las bombas, cuando de repente, soltó un fuerte "¡Ajá!" seguido de "¡María, Jesús y el Espíritu Santo, aquí está!" Siempre era bueno evocar el nombre de la Sagrada Familia en vano.

Daba a la persona una cierta aura de valor, pero a Manolito no le convencía. "Vas a ir al infierno, Mari", susurró.

Mari no prestó atención. Sabía que los curas y las monjas se habían inventado la historia de Jesús y su Madre para asustar a los trabajadores de España a fin de que se desprendieran de ese dinero que tanto les había costado ganar. Se lo dijo su abuelo. Recogió un pequeño trozo de periódico que se había quedado atascado sin que nadie se diera cuenta en la puerta de la esquina interior de lo que antes había sido la panadería del barrio. Desgarrados por las bombas, los hornos traseros en los que se cocía el pan de cada día estaban ahora abiertos y vacíos, mirando a los niños como si fueran bocas oscuras y hambrientas. "¡Aquí está!"

¿Qué es?»

"Un mensaje secreto de La Pasionaria."

El pequeño ejército de tres escuchaba a su líder con los ojos brillantes y las bocas abiertas de unos jóvenes gorriones a los que hay que alimentar.

"¿Qué dice?"

Mari no sabía leer. La guerra había abortado cualquier sistema educativo para los jóvenes. Sostenía el trozo de periódico en la mano, fingiendo que leía las directrices de La Pasionaria que había memorizado escuchando Madrid Radio: ""¡Mujeres de España, luchad y resistid!" Debemos ir al frente a luchar contra los fascistas. Lo dice La Pasionaria.

"Pero…pero…" murmuraron las gemelas. "¿Somos mujeres de España?"

"¡Por supuesto que sí!"

Manolito no dijo nada, avergonzado de ser un niño pequeño y no una mujer de España.

Mari se volvió hacia él y le dijo que le dejarían ir con ellas como un asunto de honor hacia los hombres de España.

Él se miró los pies y le dio una patada a la arena. Le temblaba el labio inferior.

Mari cruzó los brazos y se puso delante de él. "Puedes quedarte atrás, si tienes miedo de ir."

El niño no levantó la vista; los ojos se le llenaron de lágrimas y le goteaba la nariz. Murmuró: "Mi madre me dijo que no me alejara demasiado de casa."

"*Bueno*", respondió la líder con palabras frías y cortantes. "Quédate aquí. ¡No necesitamos a ningún cobarde en esta guerra!" Se alejó. Las gemelas la siguieron. Pronto se dieron cuenta de que Manolito estaba detrás, a poca distancia, y que su inestable cuerpecito se esforzaba por seguirles el ritmo.

Él gritó llorando: «¡Esperad! Voy con vosotras."

Ese día, el ejército rebelde había lanzado un sangriento ataque contra Madrid, y mientras miles de hombres marchaban para defender la ciudad, se podía ver a mujeres y niños por todas partes construyendo trincheras y barricadas. El ejército rebelde, compuesto en su mayoría por marroquíes y legionarios, recibió rápidamente el rechazo de la población urbana en una lucha desesperada. Los hombres cayeron, y los refuerzos no llegaron. No retroceder ni ceder un centímetro más al enemigo en Madrid fue el clamor popular de "¡No pasarán!" Esto se podía escuchar en todas partes como las últimas palabras de los que murieron y aquellos que ocuparon sus lugares en las trincheras.

Era un día frío de noviembre, y los republicanos mal vestidos se apiñaban contra un ejército muy superior apoyado por aviones y tanques italianos y alemanes. Dentro de la ciudad, la voz de La Pasionaria se oía constantemente por los altavoces, instando a todas las mujeres a luchar, a verter aceite hirviendo sobre el enemigo, si era necesario, para defender sus hogares. Hombres jóvenes y viejos abandonaron sus trabajos y, sin armas con las que luchar, fueron a los campos de batalla, recogiendo los fusiles de los que habían muerto y ocupando sus puestos en las trincheras.

El bombardeo de casas con explosivos incendiarios había creado un desesperado estado de ánimo entre las masas por defender Madrid hasta la muerte. En todo este caos y derramamiento de sangre, cuatro niños caminando por las calles tenían poca importancia y pasaron desapercibidos. Mari y su pequeña tropa llegaron a la Calle de la Princesa a mediodía. Las trincheras estaban al otro lado del parque. Al tropezar y caer, Manolito se había pelado aún más las rodillas y las piernas. Cojeaba y sollozaba El sonido de los disparos era abrumadoramente fuerte. El aire estaba cargado con el sabor metálico de la pólvora, y los niños lo percibían en sus bocas.

Las gemelas también lloraron. Cogidas de la mano, se negaron a ir más lejos. Habían llegado al límite de la Casa de Campo.

Mari se quedó paralizada ante la visión de los soldados muertos y de otros soldados aún vivos con monos desgarrados y empapados de sangre, algunos sin manos y sin piernas, sus partes del cuerpo colgaban de las vallas de alambre de espino, con la piel quemada por los explosivos. Miró a Manolito en busca de apoyo.

Se había mojado los pantalones y estaba como congelado, mirando rígidamente al vacío, en trance. Las gemelas se abrazaron, ocultando sus rostros en los hombros de la otra.

Los oídos de Mari comenzaron a emitir un chasquido dentro de su cabeza, mientras que al mismo tiempo, una silenciosa quietud la envolvía. Nada se movía. Oyó un grito, una voz secreta que salía del interior de su garganta. "¡Mommy!"

El proyectil explotó justo delante de los niños. La fuerza de la explosión lanzó a las gemelas por los aires. Inconscientes, aterrizaron contra el tronco de un árbol. La pierna derecha de Mari colgaba sangrando, los trozos de metralla le habían desgarrado la rodilla. Levantó la vista mientras la cabeza cortada de Manolito pasaba rodando junto a ella y se estrellaba contra la valla de alambre de espino, con los ojos llenos de lágrimas y la nariz todavía goteando. El dolor de Mari era insoportable. Subía desde la rodilla hasta el muslo derecho y la cadera. La sangre manaba de la herida de la rodilla, de la boca y de la nariz. Los árboles se agitaron al mismo tiempo que una sombra oscura se posaba sobre sus párpados, y una mujer de pelo oscuro, piel aceitunada y grandes ojos marrones la sostenía en sus brazos.

Cuando Mari abrió los ojos todo estaba oscuro, y la mujer de pelo oscuro, piel aceitunada y grandes ojos marrones ya no estaba. Flotando a gran altura, pudo ver su propio cuerpo colgado sobre el hombro izquierdo de un hombre que llevaba un mono de trabajo, un sombrero gracioso y puntiagudo con una borla en la parte delantera, y que sostenía con la mano derecha una bolsa de arpillera de la que sobresalía el pelo empapado de sangre de Manolito. [Esto está muy bien escrito. Yo estaba ALLÍ].

3

Nunca se encontró el cuerpo de Manolito, solo su cabeza. Las gemelas nunca recuperaron la conciencia. Junto a las gemelas muertas, detrás de las barricadas republicanas, yacía Mari, cubierta de polvo y fragmentos metálicos. Sostuvo la cabeza de Manolito en sus brazos en medio de una gran cantidad de soldados muertos que, en masa, esperaban a que los enterraran. No había tiempo, no había espacio y eran demasiados como para enterrar uno por uno los cadáveres mutilados de la juventud española. Sus camaradas recogieron sus restos a toda prisa. Agachados para evitar el fuego enemigo, arrastraron los cadáveres a una gran fosa.

Mari fue descubierta por un joven soldado andaluz, natural de Sevilla, que apenas tenía diecisiete años y estaba visitando a sus familiares en Madrid para asistir a la boda de su primo Marcelo cuando comenzó la guerra. Había sido Marcelo quien le convenció para que se quedara en Madrid y se alistara en el ejército republicano, lo cual hizo, sin saber que su padre y sus hermanos se habían unido en Sevilla a los rebeldes y acabarían luchando contra él en las trincheras. Cansado y sucio tras todo un día respirando disparos y humo, el joven soldado se había tomado un descanso para ir a fumar y se sentó en el suelo cerca de la fosa abierta, intentando no mirar las caras de los cuerpos que yacían inertes unos contra otros en el fondo de esta. Algunos de esos rostros pertenecían a sus amigos, y uno de esos rostros era el del primo Marcelo, para cuya boda este joven había venido a Madrid.

Estaba cansado. Las lágrimas le nublaban los ojos. El suelo estaba húmedo y era incómodo. Respirando profundamente, el joven soldado encendió un cigarrillo y exhaló el humo mientras apoyaba la cabeza en los brazos y las rodillas. Se cubrió la cara y dejó que las lágrimas de sus ojos resbalaran hasta llegar el suelo. En su intento de tapar el sonido de las armas, el soldado tampoco se dio cuenta y no prestó atención a los sonidos que le rodeaban, pero poco a poco, cuando sus propios gritos apagados se convirtieron en sollozos silenciosos y profundos, imaginó que el viento susurraba. Miró hacia arriba, pero no había viento. El sonido persistía, transformándose en sollozos y gemidos humanos.

Miró hacia abajo, hacia la abertura donde habían colocado los cuerpos, y para su horror, sus ojos se fusionaron directamente con el rostro de una niña muy pequeña que sostenía en sus brazos la cabeza de un niño pequeño con los ojos muy abiertos y una nariz con mocos. El soldado se puso en pie, sin darse cuenta del dolor punzante que sentía en el labio inferior a causa de un cigarrillo aún encendido que apretaba entre los dientes mientras el contenido de su estómago salía por la nariz y la boca mientras intentaba gritar pidiendo ayuda. "¡Oh, Dios mío! Oh, Dios, santo cielo, aquí hay una niña viva sujetando una cabeza. ¡Dios mío, está sujetando una cabeza, solo la cabeza! Oh, Dios mío…"

Otros llegaron mientras el soldado se apoyaba en su rifle, debilitado por los espasmos estomacales y las náuseas. Dos soldados entraron en la fosa. Intentando no pisar los cadáveres, un soldado levantó a la niña en brazos mientras su compañero luchaba por quitarle la cabeza de los brazos a la niña.

"¡No la suelta!"

"¡No importa, hijo de puta! ¡Solo deja que Raúl la suba hasta aquí!", gritó su sargento. "¿Con la cabeza?"

"Puto Gallego estúpido. ¡Sí! ¡Con la cabeza!"

Los dos soldados salieron de la fosa con la niña mientras un grupo de camaradas los miraba con los ojos muy abiertos e incrédulos.

"¿Quién ha puesto a los niños en la fosa?"

"Joder, tío. ¿Quién cojones se fija cuando las balas vuelan cerca de tu cabeza?"

Otros dos soldados entraron en la fosa y empezaron a buscar entre los muertos el cuerpo de la cabeza decapitada en los brazos de la chica.

"Eh, sargento, aquí hay dos chicas muertas. Las dos tienen cabeza. No hay cuerpos sin cabeza."

"¡Mierda! Esta guerra es una mierda."

Mari abrió los ojos con una mirada amplia que iba más allá del hombre que la sujetaba, y mientras otro le quitaba la cabeza de los brazos.

"Niña, ¿puedes oírme? ¿Puedes decirme tu nombre?"

"Mommy", susurró Mari.

"Sargento, se llama Mommy."

"Me parece que no, Pablo. *Mommy* significa *mamá* en inglés. Lo aprendí de una novia inglesa que tuve antes de la guerra, cuando estaba destinado en Marruecos."

"¿La niña es inglesa? Pensaba que todos los extranjeros se habían ido de España cuando empezó la guerra."

"Tal vez no. Déjame hablar con el cuartel general. Quizá alguien sepa algo. Una familia extranjera en Madrid en esta época no debería ser difícil de encontrar."

La rodilla de la niña estaba desgarrada, con el hueso y la carne machacados juntos. Tenía los ojos muy abiertos. Sus labios se movían y susurraba palabras inaudibles.

El joven soldado la llevó detrás de las alambradas, lejos de los disparos, hasta un camión que llevaba a los heridos a los hospitales de campaña de la ciudad.

Mari fue trasladada a casa en ambulancia sobre una camilla mojada y sucia por la pérdida de control de la vejiga y cubierta de manchas verdes a causa del contenido gástrico regurgitado en su estómago.

Sorprendida y desolada, su abuela cogió a la niña de los brazos del médico y depositó suavemente el cuerpo inerte en una cama. María miraba a su nieta con incredulidad y no podía entender cómo había podido ocurrir este horrible acto de violencia. Es cierto que María no había estado en casa durante dos días porque había estado llevando comida y agua a las mujeres y los niños que construían barricadas de arena en las calles, y debido a la ansiedad y la confusión creadas por el ataque fascista, había asumido y confiado en que la niña estaba a salvo en casa con Pilar. Pilar era la única que se quedó en casa ese día; su marido llevaba una semana fuera para dirigir la llegada de las tropas a Madrid, y sus hijos iban y venían del frente y rara vez volvían a casa, pero no se había preocupado por la niña, porque Pilar estaba en casa para cuidarla.

Tras dos días trabajando en las calles y durmiendo la siesta en los camiones que repartían arena, María estaba cansada y hambrienta y se dirigió a su casa para descansar. Llegó al apartamento a primera hora de la tarde, justo a tiempo para recibir a los dos hombres de la milicia que buscaban a su marido. Fue gracias a ellos por lo que se enteró de lo que les había pasado a Manolito y a las gemelas y de la increíble noticia de que su nieta había sobrevivido a la explosión del proyectil y seguía viva.

Después de desvestir a su nieta y lavar todos los restos de vómito y desechos con un paño húmedo y agua con jabón, María envolvió el cuerpo inerte con una manta y limpió y vendó la rodilla afectada; una vez terminó, y abrazó a su nieta con fuerza contra su pecho, María de Ávila (la guerrera, la madre, la abuela, la hija y la esposa) gritó en la oscuridad de la noche.

Nadie la escuchó.

La única persona en el apartamento era Pilar, y era sorda. Los ecos de la ira de María de Ávila se elevaron a los cielos sin perturbar el sueño de unos dioses indiferentes.

Fuera de Madrid, hombres y mujeres seguían luchando y muriendo; hombres y mujeres que en vida habían estado unidos por la sangre y el origen nacional estaban ahora esparcidos por el suelo en campos de batalla opuestos, unidos por la muerte. Hermanos y hermanas, padres e hijos, madres e hijas, primos y tíos, todos ellos enterrados en una fosa común a las afueras de la misma ciudad que todos habían amado pero que nunca volverían a ver.

Pero Madrid no se rindió. La Primera Brigada Internacional, formada por civiles valientes y furiosos de otros países, llegó y ayudó a la maltrecha milicia republicana a defender su ciudad, una ciudad cuyas bajas y heridos casi superaban a las de los vivos.

Era un buen día cuando la brigada desfiló por las calles de Madrid camino del Frente Popular, vitoreada y bendecida por una ciudad que cobraba vida mientras la gente coreaba "¡No pasarán!

¡No pasarán! ¡No pasarán!"

Casi al mismo tiempo que la Brigada Internacional llegaba a España, Rusia envió tanques y aviones que fueron utilizados para detener el ataque fascista a Madrid, pero no antes de que murieran cientos de hombres y mujeres en ambos bandos y no antes de que el ejército fascista cruzara el río Manzanares. Madrid se quedó sin los suministros de alimentos procedentes del norte y el oeste de España, y un pueblo que siempre se había complacido con comidas contundentes y sabrosas y con buen vino aprendió ahora a hacer largas colas todos los días solo para recibir un puñado de lentejas de los depósitos de las bodegas municipales. Sin embargo, estas personas medio hambrientas eran fuertes y obstinadas. Cocinaban y comían lentejas hervidas en agua sin aceite, sin carne ni condimentos, y las aromatizaban con huesos viejos y rancios cocinados una y otra vez. Las malas hierbas se utilizaban como verduras y, cuando estaban disponibles, la gente utilizaba la carne de los gatos, a los que la gente llamaba jocosamente "conejos", para disimular su repugnancia.

A veces, y en muy raras ocasiones, llegaban pequeñas cantidades de harina y suministros médicos desde el este de España, transportados en trenes lentos y viejos que conseguían llegar a la ciudad tras múltiples averías y tiroteos. Esto le permitió a una población desfavorecida el lujo de una rebanada de pan de verdad de vez en cuando. Nunca un pueblo había estado sumido en una resistencia tan desesperada como la que vivieron ellos hora a hora esperando a que Francia y Estados Unidos enviaran alimentos y ayuda. Pero esos países nunca enviaron ayuda, y Madrid esperó mientras los heridos yacían en suelos duros y fríos dentro de hospitales de campaña abarrotados y los milicianos iban de casa en casa pidiendo colchones y mantas.

Todos los días se amputaban piernas y brazos de gente para controlar así la gangrena de las heridas sin tratar; todos los días se encontraban cadáveres que pasaban desapercibidos ante los abrumados y cansados auxiliares voluntarios del hospital. El hedor de la carne putrefacta obligaba a los que atendían a los heridos a llevar pañuelos atados a la nariz para evitar los olores que salían de los cuerpos que cuidaban.

En cada muro, en cada valla, en cada banco del parque, aparecían diariamente nuevas consignas grandes y negras: "*¡No pasarán!*"

Mari llevaba casi tres semanas en la cama, sin poder caminar por la herida de la rodilla y sin ser consciente de nada de lo que la rodeaba por las heridas en su mente.

Su abuela la bañaba y alimentaba todos los días.

Pilar ayudó y narró historias que había aprendido de niña, con la esperanza de despertar algún interés en su sobrina.

Alfonso cogía las manos de su hija todas las noches hasta que se le nublaba la vista, y se quedaba dormido sentado en una silla junto a la cama.

Durante todo este tiempo, los bombardeos aumentaron, especialmente por la noche, cuando las bombas incendiarias prendían fuego a la ciudad, barrio a barrio. En esos momentos, la abuela de Mari la envolvía en mantas y la llevaba a los refugios subterráneos mientras la niña permanecía totalmente ignorante de las imágenes y los sonidos que la rodeaban. En esos momentos, la mente de Mari se llenaba del zumbido de los susurros y de las risitas de fantasmas que viajaban por las sombras del espacio, sombras de las que bailaba la cabeza de Manolito, suspendida en el aire, con ojos que nunca se cerraban, mientras unas lágrimas pequeñas y brillantes resbalaban por su barbilla.

Las gemelas se rieron y soltaron una carcajada, preguntando: "¿Ya nos hemos muerto? ¿Estás muerta, Mari?"

"Estamos muertos", dijo Manolito. "Ahora te toca a ti, Mari. No había ningún mensaje secreto. Mentiste."

Mari dijo: "Lo siento, Manolito. Lo siento, Rosa María. Lo siento, Conchita."

Una tarde, Mari abrió los ojos por primera vez y miró a su alrededor. Vio las paredes, la cómoda y la ventana. Todo le resultaba familiar, como si hubiera viajado al pasado. Oyó voces procedentes de otra habitación, voces que conocía pero que no le ofrecían ninguna sensación de consuelo. La mujer de pelo oscuro, piel aceitunada y ojos tristes que la había sostenido en sus brazos durante mucho tiempo (días, tal vez semanas) ya no estaba, y Mari quería recuperarla. Mari cerró los ojos y pronunció en silencio la palabra mágica "Mommy", con la esperanza de que la mujer apareciera, pero esta vez, la mujer de pelo oscuro, piel aceitunada y ojos tristes se fue y no volvió.

Mari se levantó de la cama y cojeó en dirección al sonido de las voces y reconoció las de su abuela y su abuelo. Mari sintió miedo y vergüenza porque había mentido; no hubo ningún mensaje de La Pasionaria, y su mentira había matado a sus amigos. Su abuela tenía razón: tenía mala sangre. Estos sentimientos de culpa y humillación hicieron que tuviera miedo de enfrentarse a la familia mientras se apoyaba en la pared del pasillo y contenía la respiración.

Su abuelo estaba en el comedor, esperando en silencio a que su mujer y su hija terminaran de preparar la comida de la noche. Esta noche comían una ensalada hecha con hierbas minuciosamente seleccionadas por María de un terreno vacío poco transitado al otro lado de la ciudad, junto con pieles de patata y sardinas fritas en manteca de cerdo. El pan era amarillo, hecho de maíz; la bebida era achicoria, lo más parecido al café.

No muy entusiasmado por la cena y por la oscuridad de la habitación, don Juan miró a su alrededor y encendió la única y solitaria bombilla que colgaba del techo mientras se quedó mirando los reflejos plateados de los balcones. Madrid estaba en silencio; en el apartamento solo se oía el sonido de las mujeres preparando la comida en la cocina. A medida que María se movía, susurraba oraciones en voz baja, pidiéndole a la Santísima Virgen que trajera a sus hijos a casa sanos y salvos.

Don Juan oyó los susurros y gruñó: "Mujer, ¿qué estás diciendo? No te oigo." "Oh, nada. Solo me preguntaba cuándo llegarán los chicos a casa esta noche. Sé que lo que

tenemos para comer no es razón para volver a casa, pero no es seguro salir de casa por la noche con una luna tan brillante."

A María le resultaba imposible admitir ante su marido que había estado rezando, ya que éste no creía en un Dios, especialmente en un Dios católico. Ella tampoco, pero las oraciones eran un mantra reconfortante en momentos de aprensión. La radio había estado en silencio, preparando a la ciudad para el sonido de las sirenas que alertaban a sus ciudadanos sobre la necesidad de apagar todas las luces en previsión de posibles ataques aéreos. María no era la única que estaba asustada; el miedo estaba en todas partes, ya que la luna llena iluminaba las calles y convertía cada edificio, cada casa y cada criatura en movimiento en un objetivo visible para las bombas incendiarias y las ametralladoras.

Mari se quedó a oscuras en el pasillo mientras su abuelo tapaba con mantas las puertas del balcón para bloquear la luz, preparándose para el estruendo de las sirenas, tras lo cual apagaría la bombilla del techo y encendería una vela, algo difícil de detectar desde un avión en busca de un objetivo. Ocupado en estos preparativos, el abuelo ignoró por completo que su nieta le observaba desde detrás de la puerta.

En la cocina, la tía Pilar se quitaba los zapatos para sentir mejor las vibraciones de los aviones que se acercaban a través de las plantas de los pies cuando la puerta principal se abrió y el padre de Mari entró en el apartamento, seguido de dos de sus hermanos.

Los hombres se dirigieron directamente a la cocina, riendo y sin reparar en Mari mientras Alfonso abrazaba a su madre y colocaba una botella de vino tinto sobre la mesa. Alfonso sonrió y dijo: "Mire, Madre. ¡He traído una botella de vino para la cena! La he intercambiado por mis botas. No está mal, ¿eh?"

Su madre dijo solemnemente: "No está mal hasta que terminemos el vino y tengas que correr por los arbustos con los pies descalzos. ¿Dónde está Chato?"

"Esta noche le tocaba hacer guardia. Volverá a casa por la mañana."

El rostro de María se relajó. Era una guerra extraña. Ambos lados de las trincheras detuvieron el fuego por la noche debido a la oscuridad y reanudaron la lucha al amanecer. Durante la luna llena, era difícil adivinar si los combates se detendrían, y a María le preocupaba que sus hijos se vieran obligados a permanecer en las trincheras toda la noche sin descansar ni comer, pues la luz de la luna los convertía en blancos fáciles. Pero Alfonso, Fernando y Max estaban en casa a salvo, y el Chato solo hacía guardia, no esquivaba balas.

La familia se reunió en el comedor y comió, sin darse cuenta de la pequeña figura aplastada contra la pared del pasillo, temblando y escuchando las voces en su cabeza.

"¿Ya estamos muertos?"

"Lo siento, Manolito. Lo siento, Rosa María. Lo siento, Conchita."

Un ruido de algo cayendo hizo que todos se incorporaran y corrieran hacia el pasillo, donde Mari yacía desplomada contra la pared, inconsciente.

La abuela de Mari sostuvo a Mari en sus brazos toda la noche, y su padre, Alfonso, dormitó en una silla junto a la cama hasta la madrugada; las sirenas habían permanecido en silencio durante toda la noche. Don Juan se quedó despierto toda la noche. En todo el apartamento lo único que se oía era chasquido de las teclas de su máquina de escribir mientras escribía palabras de esperanza, palabras de rabia y absurdas recetas para una utopía en España y en el mundo. Frente al obstinado fervor del

"España para los españoles" de los ibéricos, intentaba convencer a sus compatriotas de que se abrieran al cambio y apoyaran el movimiento de España hacia la participación internacional y la paz mundial. Pero poco a poco fue perdiendo la esperanza. Por cada acto de violencia etiquetado como "patriotismo", miles de personas comunes morían sin mejorar la vida de nadie; solo los poderosos sobrevivían y prosperaban. Las naciones codiciaban el poder y, para alcanzarlo y mantenerlo, se mataban, se torturaban y se destruían mutuamente, utilizando como excusa falsos dioses y el patriotismo. Este hijo de Castilla la Vieja (el marxista moderno que había heredado el ansia semítica por el conocimiento y las lenguas junto con el amor árabe por la belleza y la palabra escrita, el soñador del día en el que los trabajadores controlarían su propio destino, este pastor ibérico cuya energía se había dirigido en su totalidad a lograr la supervivencia de su familia y de su país, el guerrero celta que había luchado por iluminar a los trabajadores de un continente a otro) empezaba a cuestionar la realidad de sus sueños.

A primera hora de la mañana, Mari abrió los ojos, sobresaltada al encontrarse en los brazos de su abuela. Al principio, Mari pensó que su abuela era la mujer de piel aceitunada y pelo oscuro y rizado, pero de alguna manera no importaba que no lo fuera. Mari quería a su abuela y deseaba que no tuviera esa mala leche que a veces la enfadaba. Mari miró a su abuela. La abuela también la miró y estrechó a Mari contra su pecho. A través del comportamiento y la fragilidad emocional de la niña, la abuela sintió sus propios miedos y su propia fragilidad emocional. Era difícil ser vulnerable; una sensación de incómoda debilidad recorría su cuerpo, y sus ojos se llenaron de lágrimas al recordar su propia infancia en las aisladas montañas de Castilla la Vieja, donde había nacido y se había criado en un pueblo típico en el que la gente seguía las estrictas y antiguas leyes de conducta judeo-cristianas, leyes que dictaban que el poder del miedo era mayor que el del amor.

En el pueblo de María, los niños eran serios y se esperaba de ellos que fueran fuertes. Se les enseñó que la autoestima era egoísta y que la autosatisfacción era egoísmo. La creencia más temible de todas las que le enseñaron a María era que el amor, una frase anodina, era algo que Dios exigía a todos sus súbditos a cambio de seguridad y protección contra la ira divina. La madre de María, la única persona en la que María había confiado y quizás amado, murió durante el parto antes de que María tomara la primera comunión, después de decirle: "Hija, Jesús me llama y debo ir. No tengas miedo y no estés triste. Si escuchas y sigues la voz de Dios, estarás a salvo y tendrás una buena vida. Él te protegerá."

María creyó a su madre y, tras su muerte, visitó con frecuencia su tumba, sosteniendo en sus manos imágenes de santos, ángeles y símbolos religiosos para que la ayudaran a escuchar la voz de Dios.

María intentó oír la voz de Dios cada vez que daba a luz, cada vez que uno de sus hijos moría, cada vez que se sentía pequeña y sola. Pero con el paso de los años, Dios nunca le habló.

Ahora, sosteniendo el cuerpo de su nieta contra el suyo, María oyó una voz extraña: su voz, pero no su voz; una voz poderosa y fuerte; una voz suave y cariñosa; una voz que nunca antes había oído. Esta voz surgió de lo más profundo de su corazón. Acarició y besó la cabeza de Mari, y la voz dijo: "Te quiero, hija mía. Por favor, perdóname."

María dio a luz a diez hijos propios, pero perdió un hijo pequeño en Francia a causa de una neumonía cuando la familia se preparaba para embarcarse hacia América, y a una hija de seis años que murió en el desierto de California. Ahora tenía ocho hijos adultos vivos, pero la niña que tenía en sus brazos era su única nieta. Era una pequeña de seis años nacida del vientre de una mujer de quince años a la que su hijo había dejado embarazada cuando la familia vivía en Nueva York, la persona a la que María había dirigido todo su rencor y su ira. Era a su hijo Alfonso a quien debía dirigir todas las críticas, no a Rosa, la madre de su nieta.

María recordó el día en que le comunicaron el embarazo. Rosa agachó la cabeza y con ojos llenos de lágrimas pidió permiso para quedarse en el apartamento tras haber sido expulsada de la casa de sus padres. Una Rosa hosca y asustada, que, consciente de que María no hablaba inglés, se esforzaba por comunicarse con ella en italiano, que quizá era un idioma más cercano al español que al inglés. Era lo mejor que Rosa podía hacer.

Rosa tiene un aspecto muy frágil, era la hija menor de unos inmigrantes sicilianos. Rosa dejó la escuela para ayudar a sus padres económicamente trabajando en una fábrica. Era uno de los tres hijos que componía la familia. Tenía una hermana que había ingresado en un convento de clausura, y un hermano que estaba en un seminario con la esperanza de convertirse en sacerdote católico. Ninguno de sus hermanos pudo contribuir a los limitados ingresos de su padre. El padre de Rosa trabajaba a tiempo parcial como barrendero, y Rosa había pasado su adolescencia en una fábrica cosiendo lentejuelas a vestidos.

María recordaba haber reaccionado ante el embarazo con rabia y sentimientos implacables hacia la joven madre. Se entristeció al recordar cómo intentó convencer a Rosa de que el aborto era la mejor solución a sus problemas. María recordó cómo intentó que la joven madre abortara dándole a beber grandes cantidades de aceite de ricino, seguido de baños calientes, utilizando hierbas recomendadas por las mujeres de su pueblo con la esperanza de facilitar la expulsión del feto. Cuando todo falló y el cuerpo de Rosa empezó a mostrar la presencia del feto, don Juan ordenó a Alfonso que se casara con ella. Alfonso siempre había sido el hijo primogénito mimado y consentido de su madre, pero nunca dejó de obedecer a su padre, así que Alfonso se casó con Rosa a pesar de las opiniones negativas de su madre. Rosa y Alfonso celebraron una boda en toda regla en una iglesia católica de Nueva York, intercambiando sus votos de fidelidad en presencia de ambas familias, excepto por la hermana de Rosa, la monja de clausura.

Ahora, algo más de seis años después, María sostenía a su hija en brazos, mientras recordaba sus propias actitudes y comportamientos crueles e implacables hacia Rosa en el pasado, todo porque no se parecía a su familia en apariencia física y temperamento. Rosa era una joven huraña de piel morena y pelo con rizos tan apretados y oscuros que casi podría ser el pelo de un Negro.

"La Abisinia." Así es como María apodó a Rosa. "La Abisinia." ¿Cómo pudo ser tan desagradable? Rosa era tranquila y reservada, al contrario que los miembros escandalosos y expresivos en la familia de María. María interpretó la personalidad de Rosa como fría y carente de sentido del deber hacia su marido y hacia la familia cuando decidía pasar la mayor parte de su tiempo con su hija, evitando socializar con los demás o ayudar en las tareas domésticas.

Pero ahora María cuestionaba la motivación de todos sus prejuicios constantes y superficiales contra la mujer de su hijo y se daba cuenta de que ese prejuicio podía ser un intento de evitar abordar realidades más graves. Rosa enfermó poco después de llegar a España con su hija de un año para reunirse con su marido, un marido que había abandonado meses antes a su mujer embarazada y a su primera hija en Nueva York. Rosa nunca se quejó, pero tras dar a luz a una hija supuestamente muerta, enfermó. Desprovista de la fuerza necesaria para existir en un país extraño o para sobrevivir a las reiteradas infidelidades de su marido, Rosa regresó a casa para buscar tratamiento para una anemia entonces poco conocida que podía ser mortal en adultos jóvenes y para la que no había tratamiento en España. Al principio, Rosa se negó a marcharse sin su hija, eligiendo la muerte en España si era necesario, pero Alfonso le prometió reunirse con el bebé en cuanto tuviera dinero disponible.

Los ojos de María se llenaron de lágrimas al recordar cómo había animado a su hijo a interrumpir todo contacto con Rosa y cómo se alegró de que Alfonso continuara su relación con otra mujer, sin hacer ningún esfuerzo por reunirse con su esposa en Nueva York.

Mari creció sin madre, y cuando preguntó por qué no tenía una mamá como los demás niños, María le dijo que su madre era una "negra abisinia de algún lugar de África." A veces, cuando María se enfadaba, acusaba a la niña de tener mala sangre, como la de su madre abisinia.

Todos estos pensamientos ahora le resultaban intolerables, le perforaban el pecho y le dificultaban la respiración. Colocó a la niña en la cama, se arrodilló en el suelo e hizo la señal de la cruz. "Querida Virgen Santísima, si en verdad existes, por favor permite que Rosa esté a salvo y me perdone." Creyendo que su nieta estaba durmiendo, María besó a la niña en la mejilla y le susurró: "Te quiero." María salió de la habitación sollozando.

A mitad del pasillo, María se dio cuenta de que Mari la seguía. María se dio la vuelta, cogió la mano de la niña y se dirigió a la cocina, donde encontró a su marido apoyando los brazos y la cabeza sobre la mesa, junto a una taza fría de achicoria tipo café. Tenía un aspecto pálido y cansado, y en lugar de un traje de tres piezas y pajarita, iba vestido con un mono arrugado. Había pasado la noche en vela esperando a que sus hijos regresaron del frente al amanecer en el camión-ambulancia que Alfonso utilizaba para transportar a los soldados heridos a los hospitales de Madrid. Don Juan se levantó y retiró las mantas de las puertas del balcón, dejando que los pálidos rayos de la mañana entraran en el comedor antes de ir a la cocina a esperar a su mujer.

Se sentía culpable y responsable de lo que le había ocurrido a su nieta y estaba profundamente perturbado por la crisis emocional de Mari y su lesión de rodilla; después de pensar en ello toda la noche, necesitaba discutir con María algunos asuntos que estaba considerando. La niña era una víctima inocente y él tenía que tomar una decisión, que fuera seguido de un plan y aplicar una resolución. Solo tenía que convencer a su mujer y a Alfonso de que estuvieran de acuerdo con él.

María se sentó junto a su marido, colocando a la niña en su regazo. Preguntó: "¿Dónde están los chicos?"

Don Juan la miró y levantó las cejas. "Volvieron al frente antes del amanecer. Por lo que sé, la guerra continúa, incluso para tus hijos." Su voz estaba teñida de sarcasmo, pero María no mordió el anzuelo; estaba acostumbrada a su falta de tacto en los momentos más tristes.

Desde que se casaron, sus vidas estuvieron repletas de turbulencias. Vivieron momentos difíciles, pero también emocionantes, y don Juan siempre había respondido a las dificultades con sarcasmo y lejanía. Hace tiempo, María cuestionó su actitud y se preguntó si podría vivir con alguien que a veces se mostraba tan distante, pero la verdad es que realmente lo amaba desde el día en que se conocieron en un baile del pueblo. Más tarde se casaron y se trasladaron a Madrid, y al principio tuvieron una vida tranquila. Ella cocinaba para una familia adinerada, y don Juan dirigía una imprenta, por lo que había dinero suficiente para permitirse un apartamento y una vida cómoda. Cuando llegaron los niños, las cosas cambiaron. Don Juan inició su obsesiva travesía del Atlántico en busca de una utopía en el Nuevo Mundo, primero solo y luego con la familia. Nunca encontraron dicha utopía. América había resultado ser una pesadilla para María, pero su marido había sido un esposo y un padre bueno y fiel. Era un marido y un padre guapo y arrogante, cuyo amor y emociones mantenía ocultos y privados en los momentos de angustia, pero María aprendió a interpretar sus estados de ánimo y se sintió segura con él.

Permanecieron sentados en silencio durante unos minutos hasta que don Juan alcanzó y trasladó a Mari a su regazo intentando sonreír. Le preguntó a su nieta: "¿Tienes hambre?" Le colocó un trozo de pan amarillo delante.

María se levantó y calentó la achicoria, llenando y colocando una taza del falso café junto a la niña.

Mari miró a sus abuelos durante un instante con una mirada parecida a la de un animal herido desde el interior de una jaula. Mari susurró: "Sí, tengo hambre." Se comía el pan después de remojarlo de vez en cuando en la achicoria.

Don Juan se aclaró la garganta y pidió a su mujer que se sentara a su lado. Ya no intentaba sonreír, y con su cara demacrada y sin afeitar y su bigote desaliñado, casi parecía un Don Quijote cansado tras luchar contra los molinos de viento.

"María", comenzó, "he estado pensando. Tú y yo debemos tomar una decisión con la que espero que Alfonso esté de acuerdo. Madrid se está convirtiendo en una auténtica pesadilla, y esto está resultando traumático, especialmente para los niños. No veo un fin a tiempo para esta guerra que evite daños permanentes a los inocentes. Sería una auténtica tortura emocional dejar a Mari aquí durante el resto de la guerra. Los caminos hacia tu pueblo siguen abiertos. ¿Crees que podríamos convencer a Alfonso para que se lleve a Mari al pueblo y se quede con tu primo Miaja y su familia?"

María miró al vacío sin responder. Le resultaría difícil dejar marchar a su nieta justo ahora que empezaba a tener importancia en su vida. Pensó: *Oh, Dios mío. Ahora no*. Miró a su marido y aceptó reunirse con él esa noche para hablar con Alfonso. [Un capítulo precioso.]

Mari se sentó en el asiento delantero y observó en silencio cómo su padre conducía el viejo camión por las calles empedradas y llenas de baches de la vieja Madrid, teniendo que buscar a veces rutas alternativas a causa de las barricadas que obstruían las principales arterias que entraban y salían de la ciudad. El camión que conducía era un viejo modelo de Ford con los asientos rotos y los neumáticos peligrosamente pelados que chirriaban con cada giro del volante. Los muelles rotos del asiento delantero botaban y se balanceaban de arriba a abajo y de un lado a otro cada vez que el camión hacía un giro. No era una forma cómoda de viajar, pero era el único medio de transporte que Alfonso había podido encontrar tras aceptar llevarse a su hija de Madrid para que estuviera a salvo en el pueblo de su madre.

Mientras el camión chirriaba y rebotaba por las calles, Alfonso intentaba repetidamente romper el silencio entre su hija y él pidiéndole que cantaran juntos. Cuando esto no funcionó, le contó chistes. Cuando eso tampoco funcionó, la animó a devolver los saludos de las mujeres que estaban paradas de pie en las aceras.

Todos los esfuerzos de Alfonso por romper el silencio de su hija fracasaron; Mari permaneció hosca y silenciosa. Se quedaba mirando la carretera sin mirar a su padre cuando este le hablaba. A Alfonso no se le ocurría ya nada más para comunicarse con su hija; rara vez había estado a solas con ella y nunca había aprendido a hablarle sin la distracción de otras personas y otras conversaciones. En realidad, nunca había estado a solas con ella el tiempo suficiente como para entablar una conversación entre ellos, no lo suficiente como para darle la oportunidad de desplegar el parloteo habitual de los niños de su edad. Estos pensamientos y su escasa comprensión que tenía de ella le hacían sentirse malhumorado e incómodo, pero la idea de que su hija no confiara en él le entristecía. No entendía el distanciamiento de la niña, cómo evitaba el contacto físico con él, la forma en que no le hacía partícipe de su confianza en los raros momentos en que se encontraban a solas. Mari siempre recurría a otros miembros de la familia para cubrir sus necesidades físicas y emocionales, y esto le había permitido evitar la responsabilidad de criar a una niña que decidió nacer en contra de sus deseos, una niña que aprendió a ignorar porque nunca parecía necesitar su atención, ni siquiera ese día, lejos de casa en un camión destartalado e incómodo que viajaba por carreteras frías y peligrosas.

Alfonso siguió conduciendo. Ocupado con sus pensamientos y excusas, no tuvo tiempo de sentir, observar o interpretar el comportamiento de la niña en un momento en el que necesitaba su amor y atención más que nunca. Había muchas cosas sobre su hija que Alfonso desconocía, pero su falta de comprensión sobre sus propias necesidades emocionales y la de los demás le impidió comprender el comportamiento defensivo de su hija después de que su madre se marchara. A Alfonso le resultaba imposible imaginar la capacidad del cerebro humano para proveer espacios seguros a quienes necesitan apoyo cuando se sienten abandonados por los demás. [Esta es una conferencia del autor. No nos situamos en su punto de vista (el de Alfonso), sino que lo analizamos desde fuera. Eso es algo que hay que evitar].

El cerebro de Mari había abierto espacios seguros para que los utilizara y encontrara así consuelo cuando se sintiera sola e insegura. Durante el día, se defendía escondiéndose tras un muro de distancia y silencio que creaba mientras esperaba que alguien penetrara en su corazón con amor y comprensión y eliminara la culpa que sentía por la muerte de sus amigos. Ansiaba sentirse menos culpable por lo sucedido, y necesitaba amor para poder soportar el traumático recuerdo de despertarse sosteniendo la cabeza de Manolito entre sus brazos mientras yacía sobre (y junto a) muchos cadáveres. Por la noche, después de que Mari se durmiera, su cerebro recurría a hilos residuales del pasado para crear un mundo de fantasía en el que le resultaba fácil neutralizar su culpa (así como la falta de atención de su padre) acurrucándose en los suaves brazos de una mujer de piel aceitunada y ojos tristes que le susurraba al oído palabras cariñosas, susurros de hace mucho tiempo, susurros que podía recordar pero no entender, susurros que la hacían sentirse amada, susurros que la hacían sentirse segura y perdonada.

El camión pasó por las afueras de Madrid. Mientras entraba en una carretera abierta en mal estado, un grupo de jóvenes vestidos con monos de trabajo y rifles situados detrás de ametralladoras bloqueó la carretera. Uno de los hombres, un poco mayor que los demás, el único que llevaba un brazalete rojo y negro, se dirigió hacia el camión y saludó a Alfonso con el brazo doblado y el puño cerrado. "Salud, camarada. ¿Tiene sus credenciales y su permiso para salir de Madrid?"

Alfonso miró por la ventanilla, apagó el motor del camión, rebuscó en sus bolsillos y sacó una pequeña tarjeta con su foto y su credencial de soldado republicano, así como un papel firmado y fechado por su comandante en el que se le daba permiso para ausentarse del frente para atender "asuntos familiares urgentes durante tres días." Tras leer las credenciales de Alfonso, el miliciano se apartó y le hizo un gesto a Alfonso para que siguiera adelante. "Tenga cuidado, camarada. Hay simpatizantes fascistas escondidos detrás de cada arbusto desde aquí hasta Ávila."

Alfonso sonrió y devolvió el saludo del soldado con el puño cerrado mientras ponía en marcha el camión. Le dijo al soldado: "Gracias. Tendré cuidado. Mantengan Madrid a salvo hasta que vuelva, camaradas."

Después de conducir en silencio durante un tiempo, Alfonso intentó una vez más suavizar la incomodidad entre él y Mari. Le dijo a su hija: "Avísame cuando tengas hambre. La abuela nos ha preparado una tortilla magnífica, ¡y tenemos pan y vino de los de verdad!"

Mari giró la cabeza y le miró solo un instante, luego se inclinó hacia la ventana y fingió estar absorta mirando el paisaje para no tener que hablar con él. El camión pasó por delante de varios edificios vacíos de una sola planta situados a ambos lados de la carretera. Alfonso se olvidó por un segundo de su silenciosa hija y de la comida al reconocer un edificio que antaño había sido una gasolinera y una tienda de recuerdos con un pequeño restaurante al lado. La gasolinera estaba ahora abandonada, con los surtidores de gasolina vacíos y las ventanas rotas. A medida que el camión avanzaba, el paisaje se volvía cada vez más desértico, únicamente con algunas casas abandonadas en medio de campos vacíos.

"Avísame cuando tengas que ir al baño", dijo Alfonso.

El silencio de Mari continuó. Cerró los ojos y se hizo la dormida.

El camión salió de las afueras de Madrid por una carretera vacía de doble sentido, en dirección a las montañas en la lejanía. De repente, unos kilómetros más adelante, al otro lado de la carretera, aparecieron pequeños grupos de personas que caminaban hacia Madrid. El número de peatones en la carretera aumentó, lo que obligó a Alfonso a reducir la velocidad para no atropellar a nadie. Hombres, mujeres y niños llenaban la carretera que había delante. Llevaban sacos a la espalda con objetos personales. Unos carros tirados por bueyes transportaban enseres domésticos. Cerdos, cabras y ovejas paseaban por delante de los carros. Madres cargando niños, niños cargando otros niños, hombres conduciendo carros y personas mayores sentadas junto a muebles en los carros, sosteniendo a más niños pequeños en sus regazos.

Alguien saludó a Alfonso desde la carretera. Un hombre de mediana edad que llevaba una boina negra y al que le faltaban los dientes delanteros se dirigió a Alfonso. Su voz era fuerte, y su discurso era castellano, puro y claro, sin ningún acento provinciano. "Joven", dijo. "Me llamo Andrés, y es un placer veros a ti y a tu hija. Te agradezco que te hayas detenido. Llevamos caminando por la carretera desde ayer, si eres tan amable, ¿podrías decirme a qué distancia estamos de Madrid?"

Alfonso le sonrió y contestó, mientras se preguntaba en qué lugar de Madrid se alojarían todos esos refugiados y sus animales. "Un placer conocerle, Andrés. Soy Alfonso, y esta es mi hija, Mari. Están muy cerca de la ciudad, pero por la forma en que viajan, creo que aún tardarán unas cuatro horas en llegar, quizá menos. Deberían llegar antes del anochecer, eso seguro."

"Gracias, Alfonso. Que llegues sano y salvo a donde quiera que vayas."

"Adiós, Andrés. Que usted, su familia y sus amigos tengan también un buen viaje."

Después de haber estado en la carretera durante un tiempo y después de que el número de refugiados por fin disminuyera y la carretera volviera a estar despejada, el camión empezó a pasar por una aldea desierta tras otra en las que no había más señales de vida que algún perro de vez en cuando, esqueletos ambulantes que vagaban por las calles en busca de algo que comer, demasiado débiles como para siquiera ladrar al camión que pasaba. Había signos de destrucción por todas partes. Había casas derribadas y paredes agujereadas por las balas, y los cadáveres de animales semicompuestos y podridos llenaban el aire de olores nauseabundos. Los largos y anchos campos en los que antes crecía el trigo estaban ahora desprovistos y llenos de malas hierbas. Los arroyos secos carecían ahora de los sonidos habituales de pájaros o ranas. No había signos que mostraran ningún tipo de vida en movimiento. No hubo nada que reconociera el paso del camión.

A Alfonso se le encogió el pecho y su respiración se volvió rápida y superficial al contemplar la larga hilera de casas vacías que parecían paisajes fantasmales de un mundo que parecía estar muriendo. Había nacido en España, pero se había pasado más de la mitad de su vida viajando por Francia y el Nuevo Mundo, viendo cómo su padre predicaba sin éxito la igualdad entre los trabajadores políticamente atontados y adormecidos. Ahora estaba en un país, su país, donde los trabajadores estaban despiertos políticamente y luchaban por su derecho a una vida de libertad, una vida de progreso e igualdad. Estos trabajadores estaban dispuestos a luchar y morir por unos derechos que realmente creían que pertenecían a todos los seres humanos. Alfonso pasó ante las ruinas de los hogares que los trabajadores de las fábricas y los agricultores habían sacrificado por la igualdad, y ya no se cuestionó su papel en la guerra. Se alegró de estar luchando por su país natal. Tal vez los jóvenes obreros de las fábricas y los campesinos que luchaban en las trincheras podrían salvar a España de las garras de los codiciosos terratenientes y de la codiciosa iglesia que robaba las ganancias de los trabajadores a través de un Vaticano interesado. Alfonso se dio cuenta de lo mucho que se parecía a su padre, y sonrió. Tal vez no todos los sermones del anciano habían sido en vano.

Alfonso miró su mapa y calculó que podría llegar a las estribaciones de la aldea de su madre ese mismo día, claro está, si no ocurría nada que entorpeciera sus esfuerzos. Había suficiente gasolina almacenada en la parte trasera del camión como para llegar hasta allí, y esperaba volver a llenar los bidones para su regreso a Madrid en el pueblo. Sintió una sensación de alivio al pensar en volver a Madrid sin la angustia que le causaba el comportamiento de su hija. Su silencio era condenadamente incómodo, y él se sentía perdido y algo enfadado. Sí, era su hija, pero nunca había sentido lo que un padre debía sentir por sus hijos, y ahora empezaba a arrepentirse de no haber enviado a Mari a Nueva York con su madre. Quizá debería haber intentado amarla más. No sabía si amaba a su hija o si lo que sentía en su pecho era solo un sentimiento de responsabilidad por una niña que nunca había querido, una niña nacida en contra de sus deseos que le había estropeado la vida.

Alfonso recordaba el día en que nació Mari, lo difícil que había sido para él llegar al hospital, un largo viaje en metro seguido de una estancia de pie en un autobús lleno de gente maloliente, y luego una larga espera para subir al ferry hasta la Isla Welfare, donde se encontraba el hospital. Era un hospital gratuito, en el que la gratuidad no permitía quejas por el conocido trato peligroso y duro a los pacientes, cuya situación económica en un país que atravesaba una depresión era pobre. Su hija tenía casi un día de vida cuando llegó al hospital, convencido de que se encontraría con una niña morena de pelo negro cuyas características físicas harían imposible que fuera su hija, sino el producto bastardo de la aventura de su madre con algún italiano de piel oscura. Alfonso miró y volvió a mirar hacia la fila de bebés en la enfermería. El bebé de la cuna que llevaba su nombre era el más pequeño y con la piel más clara y pelo más amarillo de todos los que había en las cunas. No había duda de que el pequeño trozo de humanidad que tenía delante era su hija, y trató de sentir algo por la pequeña gorriona envuelta en una manta de bebé que tenía delante, una gorriona que más tarde se convirtió en una niña feliz que a veces le llamaba Daddy. Para Alfonso y su esposa, los siguientes tres años estuvieron cargados de estrés y dificultades. Rosa enfermó gravemente, pero en España no había tratamiento. Al mismo tiempo, Alfonso se estaba apegando emocionalmente a otra mujer, una española viva y fuerte que había conocido al regresar a España antes de que llegaran su esposa y su hija. A Alfonso le había costado mucho ser lo que un padre y un marido debían ser. Intentó sentir algo especial por una niña feliz y activa que, sin previo aviso, tras días de gritos y llantos, se retiró a un mundo propio cuando su madre regresó a Nueva York. Después de eso, Mari pasó de ser habladora a ser huraña. Alfonso nunca aprendió a lidiar con los frecuentes silencios de su hija.

El motor del camión petardeó y se detuvo, interrumpiendo los pensamientos de Alfonso. El indicador de gasolina señalaba que el depósito estaba vacío. Apagó el motor y se quedó sentado un momento, mirando el paisaje que tenía delante. Aparecieron colinas y más colinas, con la silueta de lúgubres olivos contra el horizonte. La tierra de los prados y las colinas empezaba a mostrar algunos signos de fertilidad. Brotes de cosas verdes salían de la tierra y atravesaban la nieve derretida, anunciando que la primavera estaba cerca. Si Alfonso hubiera sido otro tipo de hombre, podría haber sentido las sombras pasajeras de sus antepasados en las mismas praderas en las que se encontraba y asombrarse de aquellos hombres antiguos y pacíficos que siempre habían vivido en clanes y tribus en los albores de España, hombres que no sabían utilizar las armas más que para asegurarse la comida. Este modo de vida pacífico existió hasta que aparecieron los "hombres del río", los íberos, y les enseñaron el arte de matarse los unos a los otros, un siglo tras otro. La paz en la península nunca regresó. El viento barría la meseta, transportando los olores de la sangre y la historia, pero Alfonso solo podía oler el polvo. Saliendo del camión y abriendo la puerta del lado del pasajero, Alfonso pidió a su hija que saltara a sus brazos.

Dudando, Mari miró la cara de su padre, pero éste sonreía, así que se sintió segura. Ella saltó y se agarró a él. Señaló algo y gritó emocionada: "¡Mire, mire, Daddy, mire!"

Aturdido por el repentino sonido de la voz de la niña, Alfonso se quedó quieto, mirando al vacío mientras se recuperaba del impacto de oír a su hija llamarle Daddy, la única palabra en inglés que parecía recordar de un idioma que había olvidado tras la marcha de su madre. Sintió un cosquilleo en la garganta y los músculos de su rostro se expandieron formando una sonrisa amplia y feliz. Se giró para mirar. A cierta distancia, divisó a un pastor con un gran rebaño de ovejas dispersas entre rocas y pequeñas islas verdosas.

"¡Daddy, mire! ¡Cabras!"

"Niña, no. Son ovejas, primas hermanas de las cabras."

Mari nunca había visto cabras ni ovejas. Dio un salto de emoción cuando su padre la soltó y preguntó: "¿Podemos ir a verlas?" [Entonces, ¿se ha resuelto su lesión de rodilla? Pensaba que iba a estar lisiada de por vida.]

Alfonso tomó la mano de la niña. Todavía sonreía mientras dijo: "Sí. Claro que sí. Vamos en esa dirección, pero primero tengo que poner gasolina al camión, y tenemos que comer algo." Llenó el depósito del camión con gasolina de uno de los bidones que llevaba en la parte trasera.

Mientras comían, la cara de Mari parecía cobrar vida con el primer bocado de su tortilla. Frunció los labios mientras su boca saboreaba las patatas, el ajo y las cebollas que se habían cocinado a fuego lento en aceite de oliva con huevos recién batidos, la tradicional tortilla española que comían los pastores desde hacía siglos, y que ahora parecía encajar con la escena y el ambiente de la zona. Mari no había comido una tortilla española desde hacía mucho tiempo, y cada bocado era ahora una delicia mientras le sonreía a su padre. "Umm, qué bueno", dijo.

Alfonso sacó una bota de cuero de detrás del asiento delantero del camión, y se turnaron para dejar caer la mezcla de vino y agua en sus gargantas.

Mari charlaba sobre su deseo de tener una cría de oveja y poder recorrer las colinas con ella.

Alfonso la escuchó, lleno de desconcierto y de nuevos y extraños sentimientos de ternura. Fue un momento inolvidable para él y la escuchó incómodo. Tenía miedo de sentir. Como primogénito, había sido una prolongación de su padre, cargando con las decisiones arbitrarias e incontestables del anciano, que incluían no solo acciones sino también sentimientos. Alfonso había crecido con poca conciencia de sí mismo como una persona capaz de elegir. Hoy estaba experimentando sentimientos sin el consentimiento ni la crítica de nadie; hoy era él mismo, y eso le asustaba.

Alfonso puso en marcha el camión, sonriéndose a sí mismo por todos sus pensamientos y sentimientos. Cosas así, pensó, son un lujo que es mejor experimentar saboreando una copa de coñac cuando no se tiene otra cosa que hacer. Una vez más volvió a convertirse en el hijo de su padre. El camión llegó a la meseta donde las ovejas comían, ignorando a los recién llegados, pero el pastor que estaba junto a su rebaño los miró con recelo. La historia de los primeros tiempos de la humanidad volvió a mostrarse mientras los dos hombres se miraban fijamente. El pastor era un hombre bajo y moreno con un notable parecido a los antiguos hombres ibéricos del río, y Alfonso era ligeramente más alto y rubio, parecido a los celtas del norte que habían seguido a los hombres del río hacia la Península Ibérica poco después. Se inspeccionaron mutuamente con cautela.

Tras un breve silencio, ambos hombres parecieron relajarse. Alfonso habló primero. "Buenas tardes. Soy Alfonso, y esta es mi hija, Mari. Venimos de Madrid."

El pastor se acomodó un manto de lana que colgaba sobre sus hombros. Cambiando un alto bastón de madera a su mano izquierda, extendió su mano libre hacia Alfonso y dijo: "Buenas tardes. Soy Pablo. Nunca he estado en Madrid, pero a mi hermano Ernesto lo acaban de matar allí, luchando con los republicanos."

Alfonso respiró profundamente y los músculos de su cara se tensaron. "Lo siento, Pablo. Yo también estoy en el Ejército Republicano y he perdido a muchos camaradas y…"

El pastor interrumpió furioso. "¿Eres un desertor? ¿Qué hace aquí?"

"¡Oh, no, no soy ningún desertor!", exclamó Alfonso. "Estoy aquí para llevar a mi hija al pueblo de mi madre y quedarme con una prima hasta que las cosas mejoren en Madrid. Solo tengo tres días de permiso. Si quiere puedo enseñarle mis papeles, volveré al frente más tarde. Yo nunca abandonaría a mis camaradas."

El pastor miró a Alfonso con atención y pareció relajarse mientras cogía una bota de cuero llena de vino que colgaba de su pecho y se la entregaba a Alfonso, diciendo: "¡Salud, camarada!"

"¡Salud!", respondió Alfonso, levantando la bota por encima de su cabeza y dejando que un chorro de vino recorriera su garganta.

El pastor hizo lo mismo, y los dos hombres celtíberos sonrieron. El pastor le preguntó: "¿Cómo se llama su madre?"

"Maria. Maria de Avila."

"Conozco a su madre. Somos del mismo pueblo." Las frases del pastor eran cortas, típicas de un castellano superviviente que vive en zonas remotas. Y añadió: "Si va en camión, ya casi ha llegado. A unos diez kilómetros de aquí, subiendo la mesa y bajando un poco, entrará en el pueblo por la parte de atrás. Le deseo buena suerte, camarada."

Alfonso estrechó la mano del pastor con gratitud. Cuando Alfonso ya estaba a punto de darse la vuelta, preguntó: "¿Cuánto tiempo lleva aquí fuera, Pablo?"

El pastor movió la cabeza de un lado a otro y entrecerró los ojos. "Deben haber sido más de tres días, porque se me está acabando la comida y el vino. Supongo que es hora de volver, quizás mañana."

"Esto está tranquilo", dijo Alfonso. "¿Ha notado algún tipo de actividad, tal vez de alguien que se haga pasar por pastor y que podría ser un explorador fascista? Ávila está peligrosamente cerca."

El pastor volvió a mover la cabeza de un lado a otro. "No. Su camión es lo único que ha pasado por aquí, y de todos modos, conozco a todos los pastores que frecuentan esta tierra."

"Pablo, manténgase alerta. Esos hijos de puta no tienen corazón cuando entran en los pueblos", dijo Alfonso.

El pastor bajó la mirada mientras golpeaba el suelo con su largo bastón de madera. Casi susurrando, abordó la preocupación de Alfonso. "Las noticias viajan rápido, amigo mío. Franco y sus moros han hecho cosas terribles, especialmente a las mujeres. Sé que en mi pueblo lucharemos hasta el final, y mientras uno de nosotros esté vivo, mi pueblo jamás se rendirá ante los rebeldes." Mientras hablaba, el pastor se llevó la mano a la espalda. Del amplio envoltorio de lana que le rodeaba la cintura, sacó un cuchillo albaceteño con una vaina de doce pulgadas y una hoja afilada de treinta centímetros de largo que podía abrirse rápidamente. Su voz era elevada y fuerte cuando anunció: "He matado a muchos cerdos con esta hoja, camarada, y haré lo mismo con cualquier cerdo fascista que se acerque a mi pueblo."

Alfonso se sorprendió por el fervor en la voz del humilde pastor y se despidió con un gesto mientras caminaba hacia el camión, cogiendo la mano de Mari.

Mari estaba tan emocionada por poder tocar a las ovejas que no se enteró ni se inmutó por la conversación de su padre con el pastor. "¡Daddy, tienen el pelo rizado!", exclamó mientras miraba a las ovejas.

Alfonso no respondió. Tras subir a su hija a la camioneta, se sentó al volante y arrancó el motor.

El pastor observó en silencio cómo el camión se dirigía a la aldea, sin saber a ciencia cierta si Alfonso había revelado el verdadero motivo de estar en la mesa. Pablo era uno de los muchos pastores de la zona que vigilaba a los forasteros y estaba preparado para alertar al pueblo de cualquier actividad sospechosa procedente de las colinas entre Ávila y el pueblo, encendiendo hogueras que pudieran verse desde el pueblo y que alertaran a la gente de un posible ataque. El pastor decidió que Alfonso no parecía ser una amenaza para la ciudad, pero si volvía por el mismo camino aquella noche, no cabía duda de que se dirigía a Ávila con la información sobre el terreno que el ejército rebelde necesitaba. Con o sin niña, moriría. Pablo colocó su cuchillo de Albacete dentro de la parte delantera de su chaleco de lana para tenerlo al alcance de la mano en caso de que viera a Alfonso volviendo hacia Ávila más tarde esa noche.

Ajeno a los planes del pastor, Alfonso siguió adelante, dejando atrás un tramo de álamos punteados a ambos lados del estrecho camino de tierra y dirigiendo el camión hacia la sierra que se perfilaba en el horizonte. El paisaje cambió con la aparición intermitente de oscuros y retorcidos olivos y zumaques que crecían entre las rocas cubiertas de nieve derretida. El camión abandonaba los llanos castellanos sin árboles, antiguos testigos de la constante destrucción de España por parte de su pueblo, y se adentraba en las laderas rocosas y azotadas por el viento. El aire se volvía más seco y frío a medida que el lejano sol descendía tras las montañas. El mismo sol que ayudó a las llanuras a sobrevivir al invierno brillaba ahora de forma oblicua sobre el solitario celtíbero y su hija. El cielo se oscureció. Cuando el frío del invierno se impuso, Alfonso se inclinó hacia su hija y la cubrió con una manta de lana. "¿Mejor?", preguntó.

"Sí, Daddy", dijo Mari, con voz cansada. Empezaba a quedarse dormida.

Alfonso sonrió y señaló la manta. "Sabes, niña, el pelo rizado de la oveja que has tocado hoy es auténtica lana. Más o menos una vez al año, los pastores cortan el pelo de las ovejas y, después de lavarlo y estirarlo de una forma especial, tejen con la lana mantas como esta."

"¿A las ovejas les duele cuando los pastores les cortan el pelo?"

"No. Es lo mismo que cuando te cortan el pelo."

Mari guardó silencio durante un instante. "¿Alguna vez les pelan la cabeza?"

"No", respondió Alfonso. "No les pela la cabeza." Detuvo el camión para coger a su hija en brazos hasta que se quedó dormida. Luchando contra su propio cansancio, Alfonso siguió recorriendo el estrecho camino en lo que se había convertido en una noche peligrosamente oscura. Por miedo a ser detectado por exploradores enemigos expertos solo utilizaba sus luces cortas, por lo que le resultaba difícil ver el camino. Esto le obligó a reducir la velocidad. Mientras el camión se arrastraba por la ladera de la montaña para evitar las rocas caídas, el camión se estremecía, silbaba y crujía con sonidos ocasionales más fuertes, perturbando el profundo silencio de la noche y aumentando la ansiedad que Alfonso sentía. A pesar de la llegada de la primavera, el viento del norte seguía siendo frío.

Mari, cubierta con la manta de lana, apoyó la cabeza en el regazo de su padre. Soñó que dormía sin ser molestada en los brazos de la mujer morena de piel aceitunada y ojos tristes mientras su padre conducía en un estado de melancólica sorpresa por sus sentimientos de ternura y amor hacia la niña que dormía a su lado.

Poco antes de llegar a la aldea, Alfonso abandonó el camino estrecho y sin asfaltar por el que viajaban y se incorporó a una carretera más ancha, la única vía de acceso para entrar y salir de Ávila. Saboreó el aire y olió el agradable aroma de la madera quemada. Sabía que se acercaban a la aldea. Tan hambriento como cansado, buscó la casa del Tío Miaja tras pasar un matadero de mediano tamaño a la izquierda de la carretera, seguido de unas tranquilas y pequeñas casas oscuras de dos alturas hechas de ladrillo y adobe a la derecha. Al entrar en la ciudad, el camión emitió unos sonidos fuertes y retumbantes al golpear sus neumáticos sobre los adoquines, pero no se encendió ninguna luz ni se abrió ninguna puerta. Los caballos atados dentro de los pequeños establos que colindaban con cada casa emitían resoplidos al paso del camión.

Alfonso se detuvo frente a la casa de Tío Miaja. Dejando las luces del camión encendidas, apagó el motor. Se encendieron las luces del interior de la casa y se abrió la puerta principal.

Un hombre alto y de aspecto fuerte apareció en la puerta, con un rifle en la mano. Evidentemente, se había despertado por los ruidos y se había puesto rápidamente los pantalones de franela negra, aún desabrochados en la cintura, que cubrían las largas perneras de su ropa interior de invierno hecha de algodón blanco. Los tirantes le colgaban de los hombros por encima de la ropa interior de manga larga. No llevaba ni camisa ni zapatos. La voz del hombre que apuntaba a Alfonso con el rifle era intimidante. "No de ni un paso más. Diga quién es."

Alfonso obedeció. Dijo: "Soy Alfonso, el hijo mayor de su prima María de Ávila de Madrid."

El hombre pareció relajarse, pero mantuvo su rifle apuntando a Alfonso. "¿Le ha pasado algo a María?"

"No. Tengo una carta de mi padre, Juan, que lo explica todo. Mi hija pequeña está en el camión, y hace frío aquí fuera. Por favor, déjeme llevarla dentro. Llevamos viajando todo el día y está muy cansada. No tiene ni siete años. Ha sido un viaje muy duro para ella."

El hombre pasó de largo junto a Alfonso. Tras mirar en el asiento delantero del camión, apoyó su rifle en el parachoques delantero del camión y levantó a la niña dormida en sus brazos. Caminó hacia la casa. Dijo: "Apaga las luces del camión, Alfonso, y lleva mi rifle a la casa. Has crecido mucho y no te he reconocido. La última vez que estuviste aquí, aún llevabas pantalones cortos."

Alfonso siguió al hombre. Alfonso no reconoció al hombre, pero supuso que era el Tío Miaja. Alfonso entró en una cocina grande, calentada por troncos que ardían dentro de una enorme chimenea de la que colgaban jamones y embutidos para ser curados. El olor a ajo y a aceite de oliva hizo que Alfonso fuera muy consciente del hambre que tenía. Se le hizo la boca agua y le rugió el estómago. Apoyó el rifle en la pared y miró alrededor de la estancia en busca de una puerta que condujera a otras habitaciones, pero no había más puertas, solo una escalera de madera hecha a mano y apoyada en la pared. Esta escalera conducía al nivel superior de la casa.

Tío Miaja llevó a la Mari durmiente por la escalera de madera hasta un desván. El desván estaba dividido en dos grandes zonas para dormir, separadas por una pared con una pequeña puerta. Colocó a la niña en una gran cama de plumas junto a sus dos hijas dormidas y cubrió a Mari con una manta de lana. Al otro lado de la habitación, los dos hijos adoptivos de Tío Miaja también dormían profundamente; ninguno de los niños se despertó cuando se abrió la puerta que separaba el desván y la mujer de Tío Miaja salió en camisón, bostezando y con aspecto confuso. Tío Miaja miró a su mujer y bajó la escalera. Se sujetó con una mano y utilizó la otra para hacer un gesto de silencio con el dedo índice sobre los labios. Susurró: "Pilar, no pasa nada. Baja a la cocina. No despiertes a los niños."

Una vez en la cocina, Tío Miaja y su esposa se sentaron con Alfonso en torno a una gran mesa redonda de madera, mientras Alfonso explicaba sus razones para traer a su hija y le daba la carta de su padre a Tío Miaja.

Tras leer la carta, Tío Miaja se la entregó a su mujer y se quedó un momento en silencio, como si tratara de encontrar palabras. Cuando por fin habló, su voz sonó distante. "*Aiii Dios*, Alfonso." Suspiró. "Siento lo que le ha pasado a tu hija, pero ¿te das cuenta de que este pueblo está a tan solo un par de horas del ejército de Franco? Nos vamos a dormir todas las noches con un ojo abierto. Nuestros pastores recorren las colinas y se turnan para escuchar y vigilar. Apenas duermen. Si Franco nos ataca, no tenemos defensas. Todos nuestros jóvenes están en Madrid, defendiendo la república, pero la república no ha enviado a nadie a defendernos. Tenemos quizá doscientos rifles de caza y no demasiados hombres en forma, solo muchos ancianos y niños que proteger."

"Lo sé, Tío Miaja", respondió Alfonso. "Hablé de la situación con mi padre cuando él y mi madre decidieron que debía traer a Mari aquí. Mi padre pensó que un puñado de campesinos en casas de adobe y una vieja iglesia no merecerían el esfuerzo de traer tropas."

"Mi pueblo no tiene ningún valor en términos de dinero o poder, Alfonso", interrumpió Tío Miaja, "pero sería un valioso puesto militar para Franco para impedir que los republicanos intenten tomar Ávila y valioso para los republicanos si deciden avanzar y tomar Ávila, lo que convertiría al pueblo inmediatamente en el escenario de un sangriento enfrentamiento."

Alfonso bajó la mirada y golpeó con los dedos sobre la mesa. "La situación es mala en todas partes, y sé que no hay ningún lugar seguro, pero en este momento, su pueblo sigue siendo un lugar seguro, y mi hija necesita un poco de tiempo para recuperarse y encontrar algo de paz. Si ocurre algo por aquí, vendré a buscarla. En este momento no sobrevivirá mucho tiempo en Madrid."

Tío Miaja avivó el fuego y le trajo a Alfonso una taza de café caliente. El anfitrión colocó un gran trozo de pan con chorizo delante de su invitado. "Come y duerme un poco antes de volver. Espera a que se haga de día. Será más seguro viajar sin las luces. Te despertaremos a tiempo para desayunar y para que Pilar te haga unos bocadillos para que comas en el camino de vuelta." Volvió a subir la escalera y regresó con almohadas y mantas, que entregó a Alfonso. "Tendrás que dormir en el suelo aquí abajo, pero creo que esto será suficiente para que estés cómodo." Tío Miaja saludó mientras él y su mujer subían la escalera. "Buenas noches, hijo."

Pilar bajó la mirada e hizo la señal de la cruz. "Que Dios te guarde, Alfonso."

El sol titilaba por la sierra cuando Alfonso llenó el camión con gasolina de los pequeños bidones que Tío Miaja guardaba en el cobertizo junto a la casa. Alfonso se aseguró de que el radiador tuviera suficiente agua y puso aire en los neumáticos con una bomba manual que llevaba en el camión. Volvió a la casa, subió las escaleras hasta el desván y se arrodilló en el suelo junto a la cama donde dormía Mari. La besó en la mejilla mientras ella abría los ojos. Le dijo a su hija: "Hemos pasado toda la noche en casa de Tío Miaja. Estabas dormida cuando llegamos, y no quería despertarte." Alfonso añadió: "Ya es hora de que vuelva. Recuerda lo que te dijo la abuela de quedarte aquí con Tío Miaja y la familia hasta que las cosas mejoren en casa. No será mucho tiempo. Vendré a buscarte. Te gustará este lugar. Tienen ovejas, cabras y cerdos, y niños de tu edad con los que puedes jugar; te gustará. Vendré a buscarte cuando paren las balas en Madrid. Lo prometo. Te quiero, niña."

Mari escuchó a su padre y retrocedió lentamente a su interior, su reciente confianza en él se desvanecía rápidamente. ¡Se iba! Por supuesto que se iba. Siempre se iba. Estaba acostumbrada a que la abandonaran. Ya casi no importaba. Se quedó mirando el techo mientras su padre bajaba la escalera. "Los adultos no son más que pájaros transitorios y migratorios en los que no se puede confiar", le dijo alguien una vez. No sabía exactamente qué significaba aquel dicho, pero cerró los ojos y se imaginó a su padre volando de vuelta a Madrid por encima de las colinas, a través de la sierra, lejos, muy lejos de ella.

Todas las noches, después de un día de trabajo en el campo, de reunir a los animales y de llevar suficiente leña a la cocina para calentar la casa durante toda la noche, la familia se reunía alrededor de la chimenea y Tío Miaja leía un capítulo de un libro de historia. Cuando terminaba de leer, Tío Miaja solía cerrar el libro para ampliar el contenido de lo que acababa de leer con historias adicionales que se habían transmitido de una generación a otra. Pilar, la mujer de Tío Miaja, servía un espeso chocolate caliente en grandes cuencos de barro hechos a mano para que todos bebieran mientras los niños viajaban a los antiguos días de caballería, honor y gloria de España.

Nadie mencionaba la guerra civil actual y, cuando lo hacían, el Tío Miaja siempre se refería a ella como una disputa entre hermanos que pronto se resolvería y terminaría. Como humilde agricultor, Tio Miaja no tenía ninguna creencia política específica. Para él, no había villanos en esta guerra, solo españoles con ideas diferentes, pero todos amaban a su país. La guerra había perturbado su amor por la vida como siempre había sido y como esperaba que fuera siempre. Su serenidad habitual había cedido ante el miedo y la aprensión al pensar en la sangre española derramada en suelo español por hermanos que luchaban contra otros hermanos españoles. Aunque fue doloroso para Tío Miaja, enseñó a sus hijos la fe sin complejos y la solidaridad entre los que habían sido tan dichosos como para ser fruto de Iberia.

Mari escuchó cada palabra de las historias de Tío Miaja, llena de emoción. Por la noche, antes de dormirse, ampliaba el contenido de los cuentos de Tío Miaja añadiendo a ellos las historias que le había contado su abuelo. Sus ojos se cerraban mientras imaginaba que galopaba encima de un semental blanco tras el escudo de Castilla y León. A veces iba sola, pero la mayoría de las veces galopaba junto al caballo de la reina Isabel, rubia y de ojos azules. Cuando no estaba ocupado, el rey Fernando se unía a ellos. Esto era muy emocionante, pero el momento más emocionante para Mari era cuando sentía el viento en la cara mientras galopaba por las llanuras persiguiendo moros, junto a cientos de guerreros españoles que perseguían infieles en nombre de las Santas Cruzadas. Estaba orgullosa de tener sangre ibérica en sus venas. La sangre ibérica era buena y fuerte, y estaba segura de que purificaba la mala sangre etíope que su abuela acusaba a Mari de tener.

Su padre tenía razón. A Mari le encantaba este pueblo lleno de casas de adobe a cada lado de las estrechas calles empedradas, donde los cerdos, las gallinas y los perros vagaban libremente sin atacarse entre sí. Las mujeres se vestían con faldas largas y anchas y chales, y se cubrían la cabeza con pañuelos negros atados con un nudo bajo la barbilla. Los hombres llevaban pantalones negros holgados con fajas anchas de lana envueltas alrededor de la cintura. Caminaban con un calzado hecho a mano de alpargatas de tela con suelas de cáñamo o de neumáticos de coche recortados. En las calles, el olor del pan recién horneado en los hornos comunitarios impregnaba el aire de buenas sensaciones. Todos se saludaban por su nombre de pila.

A Mari le fascinaba el aroma del pan horneado en las calles, así como el olor de las salchichas y los jamones que colgaban de las chimeneas de las casas. La gente viajaba a todas partes a caballo, algunos en mulas o burros. No había coches, ni tanques, ni disparos, ni barricadas. El pueblo estaba anidado en un valle rodeado de enormes rocas con decenas de escondites de los que salían serpientes y lagartos para tomar el sol. Para Mari, era una maravilla llena de cosas vivas y emocionantes. La gente era fuerte, los hombres eran guapos y los rostros de las mujeres eran una mezcla clásica de belleza celta y fuerza ibérica. Hombres y mujeres compartían un rico sentido del humor, salpicado de creencias supersticiosas y reglas inamovibles de comportamiento y moralidad. No había aseos ni agua corriente en las casas, pero todo el mundo se las arreglaba para parecer limpio con su ropa casera desgastada. Las mujeres lavaban la ropa a orillas del pequeño río que fluía al final del pueblo, donde todos los días se las podía ver hablando y riendo. Detrás del matadero, frente a la casa de Tío Miaja, corría un pequeño arroyo de agua fresca y limpia, que se convirtió en el recurso que Mari utilizaba para mantenerse limpia y aseada sin tener que ir al río.

Los cuentos nocturnos de Tío Miaja desarrollaron en Mari una fuerte identidad con el espíritu de los antepasados de su padre, la sangre de los guerreros celtas, los fenicios y los cartagineses. La suya era la sangre de la gloria romana mezclada con el esplendor moro. Sus venas contenían el flujo vital de Castilla y Aragón. Ella era el colmo de la pureza ibérica. Le encantaba esta tierra de rocas, olivos retorcidos y paisajes contradictorios llenos de vides, árboles frutales y hierba alta y exuberante. Fue emocionante compartir la pasión de esa gente por la tierra junto con una adicción muy arraigada a España que no toleraba ninguna crítica a la herencia española. Se convirtió en parte de la familia de Tío Miaja y compartió todos los aspectos de su vida. Esto la llenó de un sentimiento de pertenencia que nunca antes había experimentado. Cada noche, después de sus aventuras imaginarias y antes de dormirse en un cálido colchón de plumas, sentía la suavidad de unos labios familiares que le rozaban ligeramente los párpados, y sabía que la mujer de piel aceitunada y ojos tristes y sonrientes estaba con ella.

Esta era una tierra de secano, y cada año, con la llegada de la primavera y la siembra de nuevas cosechas, a cada familia se le asignaban horarios específicos para el riego. Tres veces a la semana, antes de que saliera el sol, a la hija menor de Mari y Tío Miaja, Mari Carmen, junto con Felipe y David, sus dos hijos adoptivos, se les despertaba de madrugada y se les enviaba a abrir las acequias para suministrar agua y vida a los campos recién sembrados. Mari había entablado una relación especial con Mari Carmen, una niña activa de la misma edad que ella, y las dos niñas corrían y saltaban en compañía de los hijos de Tío Miaja, Felipe y David, que eran un poco mayores que las niñas pero que disfrutaban persiguiéndolas y tomándoles el pelo con historias de serpientes marinas que vivían bajo las acequias y esperaban la oportunidad para poder comer niñas pequeñas.

La hija mayor de Tío Miaja, llamada Pilar, como su madre, se quedaba en casa y ayudaba a preparar el desayuno a Tío Miaja antes de que éste se fuera a cuidar del ganado y los campos recién plantados. A esta hora de la mañana, el sol no era más que un resplandor incipiente que venía del este y brillaba en uno de los lados de las colinas y montañas que rodeaban el horizonte, mientras que en el otro lado se proyectaban sombras planas y largas contra la tierra. Los niños iban a las acequias, corriendo y saltando sobre la hierba cubierta de rocío y los pequeños arroyos mientras les castañeaban los dientes por el frío. Soplaban las yemas de sus dedos entumecidos para mantenerlos calientes mientras pensaban en esos enormes tazones de café caliente y trozos de pan crujientes recién horneado que les esperaban en casa junto a la cálida chimenea.

Durante mucho tiempo, la apertura de las acequias fue una tarea diaria para Mari hasta que, un día, Pilar le pidió que se quedara en casa y desayunara con ella y con Tío Miaja. Mari se sintió inquieta, sin saber por qué tenía que quedarse en casa. Mari se situó frente a Tío Miaja y su esposa y miró al suelo, ignorando el aroma del café caliente y las tostadas recién hechas. Apretó y crujió los dedos para evitar que le temblaran las manos. Finalmente, preguntó: "¿Me van a mandar de vuelta a Madrid?"

Tío Miaja se aclaró la garganta y sonrió. "¿De vuelta a Madrid? No. ¿Quieres volver a Madrid?"

Mari alzó la mirada. "No. No quiero ir, pero creía que era por eso por lo que hoy no voy a ir a las acequias."

Tío Miaja dio un sorbo a su café y dejó la taza frente a él. "Entiendo. No. No es por eso por lo que quería que desayunaras con nosotros. Tengo que pedirte un favor especial. Siéntate, pequeña. Como sabes, el otro día compré más ovejas y cabras, y ahora tenemos demasiadas ovejas y demasiadas cabras para pastar junto a la casa, así que hay que llevarlas al monte. He pensado que tal vez tú puedas encargarte de esto. ¿Qué opinas?"

Mari no pudo contener su emoción. Se sentó en la silla que tenía delante, se balanceó y agitó las manos en el aire. "¿Lo dice de verdad *de la buena?*"

"Sí, lo digo en serio. Pero hay una condición: *debes* prometerme que volverás a casa desde las colinas dos horas antes de la puesta de sol. A los lobos les entra apetito al anochecer, y especialmente les gusta la carne tierna de las niñas de Madrid. ¿Me das tu palabra?"

Aunque Tío Miaja sonreía, Mari sabía que hablaba en serio sobre los lobos. Más de una vez habían atacado a los animales abandonados en los establos de las afueras de la ciudad, dejando tras de sí las patas y pezuñas desgarradas y ensangrentadas de las vacas y los caballos que habían intentado devolver el golpe a sus atacantes. Pero Mari no tenía miedo. Se sintió orgullosa de haber recibido el más profundo de los encargos, de hecho, un encargo que en el pasado solo se había confiado a los niños mayores.

Después de desayunar, Tío Miaja llevó a Mari al campo donde vagaban las ovejas y las cabras. Mientras Mari observaba emocionada, le enseñaron a reunir el rebaño y a mantenerlo unido, además de a pasearlo por las colinas.

Fue un momento mágico. El corazón de Mari palpitaba de expectación y orgullo al saber que Tío Miaja iba a confiarle sus ovejas y cabras. Poco después de terminar las clases y después de que Mari demostrara que podía manejar las ovejas y las cabras sin problemas, Pilar colgó a los hombros de Mari una bota de cuero llena de vino diluido y le dio una pequeña cesta llena de pan integral; una tortilla de patatas, cebolla y ajo; y varias piezas de fruta.

Mari salió del pueblo sintiendo una fuerte conexión con los pastores de las montañas de España y con todos los pastores de las montañas del mundo entero. Las colinas de los prados eran hermosas, e igual de hermosas eran los retorcidos y envejecidos olivos y las laderas rocosas que guardaban silenciosamente la historia de España en su interior. De camino al río, Mari se cruzó con varias mujeres que llevaban grandes cestas de ropa sucia sobre la cabeza.

Las mujeres rieron y gritaron tras ella: "*¡Anda, muchachita!* ¡Tío Miaja ha encontrado un buen pastor! Ten cuidado con los lobos y las serpientes.»

Mari les sonrió y siguió caminando, meneando un palo y levantando la cabeza detrás de las ovejas y las cabras. El cielo tenía un intenso color azul, y el sol, radiante, empezaba a derretir la nieve en las cimas de las montañas cercanas. Mari recordaba que este tipo de tiempo solía aparecer cada año poco antes de su cumpleaños, pero no conocía su fecha de nacimiento y no sabía cuántos años tenía; nadie se lo había preguntado desde hacía mucho tiempo y lo había olvidado. El recuerdo de un desfile en su cumpleaños era lejano y casi inexistente, pero al intentar recordarlo, sintió un nudo en la garganta y se le aguaron los ojos. Luchando por ignorar estos sentimientos, Mari caminó más deprisa hasta que encontró un prado cubierto de hierba con un pequeño arroyo de agua al otro lado de las colinas. Se instaló allí mientras las cabras y las ovejas pastaban y buscaban las nuevas y tiernas hierbas que empezaban a crecer.

Mari dejó la bota de vino en el arroyo para que se mantuviera fría y colocó la cesta con comida y fruta bajo un árbol. Pasó las siguientes dos horas persiguiendo lagartijas y conejos. Acalorada, sedienta y hambrienta a media tarde, volvió al arroyo para almorzar, pero cuando estaba cogiendo la bota de vino, sus manos tocaron algo que se movía. Una serpiente verde yacía flotando en el agua. La serpiente no era fácil de ver, ya que estaba parcialmente sumergida entre la vegetación, por lo que se confundía con el fondo del arroyo, pero tras percibir el movimiento en el agua, los ojos oscuros y achinados de la serpiente, sin párpados, miraron directamente a los ojos de Mari. Sacó el brazo del agua, pero ya era demasiado tarde. Los brazos y las piernas de Mari estaban rígidos, pesaban y eran incapaces de moverse. ¡Las mujeres del pueblo tenían razón! Las serpientes eran capaces de paralizar a la gente antes de atacar.

Abrumada por el miedo, Mari se quedó paralizada, incapaz de mover un músculo de su cuerpo. El sol llegaba a las cimas de las montañas desde el oeste cuando la serpiente se movió. Marchándose a nado, liberó a Mari de sus poderes hipnóticos, permitiéndole moverse de nuevo.

Mirando el sol, Mari empezó a darse cuenta de que era muy tarde. No había tiempo para comer y tampoco había tiempo que perder. Casi con frenesí, reunió a las ovejas y las cabras y cogió la bota de vino. Con una prisa desesperada, dejó su almuerzo encima de una pequeña roca, con la esperanza de que los lobos se lo comieran y estuvieran así demasiado llenos como para venir a por ella. Persiguió al pequeño rebaño de cabras y ovejas, corriendo tan rápido como pudo por las colinas hacia la aldea. El sol se estaba poniendo cuando llegó al valle. Cuando miró hacia atrás, se horrorizó al ver manadas de lobos de pie al borde de las rocas en la cima de las colinas que acababa de abandonar.

Aquella noche no se dijo nada sobre su regreso tardío ni sobre la bota de vino aún llena. Cuando le preguntaron por su primer día con las ovejas y las cabras, Mari se encogió de hombros, incapaz de contar que una serpiente la mantuvo hechizada durante horas. Dijo: "Oh, no es nada. Me he divertido y la tortilla estaba muy buena." No sabía que su regreso tardío de las colinas con las ovejas y las cabras había sido motivo de preocupación, y Tío Miaja había ido a buscarla con dos hombres del pueblo. Cuando vieron a las ovejas y a las cabras bajando a toda velocidad con Mari detrás, los hombres decidieron no dejar que Mari les viera ni hacerle saber lo mucho que les había preocupado su regreso tardío.

A la mañana siguiente, después del desayuno, Tío Miaja le dijo a Mari que quería enseñarle algo. Cogiéndola de la mano, la acompañó hasta la base de una colina junto a un camino de tierra que rara vez alguien utilizaba. Cuando se acercaron al final del camino, en medio del sendero había un pequeño vestido doblado cuidadosamente, y sobre él había un pequeño par de alpargatas de tela con suelas de cuerda y un par de calcetines blancos. Tío Miaja soltó la mano de Mari y señaló la ropa y el calzado.

"¿Ves ese vestido? Es la ropa de una niña que estaba cuidando ovejas y cabras y no volvió de las colinas antes de la puesta de sol. ¡No quedó nada más de ella! Los lobos se la comieron del tirón." Sus ojos sonreían, pero el resto de su rostro estaba serio.

Mari miró el vestido y las alpargatas. Estaban muy limpios. El vestido estaba intacto, planchado y bien doblado. ¡Se asombró de la astucia de los lobos al ser capaces de devorar a una niña sin dañar su vestido y poder doblarlo después de haber terminado! A partir de ese día, Mari fue puesta a cargo de los cerdos que pastaban en un campo no muy lejos del pueblo. Nadie mencionó el incidente del lobo, y Mari lo agradeció.

Los días se hicieron más cálidos y largos. Llegó el verano, y Mari se dedicó por completo a realizar los viajes tempranos a las acequias, a recorrer los campos cercanos al pueblo cuidando los cerdos de Tío Miaja, y a jugar por la tarde con los demás niños. Corrían, se burlaban y se perseguían por las estrechas calles del pueblo. A veces, se burlaban intercambiando apodos embarazosos, pero siempre había risas y sentimientos mutuos de alegría cuando todo terminaba. Otras veces, se sentaban juntos en el suelo para jugar a las canicas o se turnaban para balancear una cuerda atada a una piedra y ver así quién la lanzaba más lejos. A veces, los niños y las niñas jugaban por separado, los niños jugando a la pelota mientras las niñas saltaban a la cuerda. Había otros juegos que ponían a prueba el valor y la destreza de cada uno, como trepar por rocas escarpadas o colgarse de ramas de árboles altos.

A Mari le encantaba que la admirasen y trataba de parecer intrépida cuando escalaba las rocas más altas o saltaba desde los árboles más altos. David, el hijo mayor de Tío Miaja, también era muy competitivo y difícil de vencer, pero Mari ganó muchas veces, lo que hizo que David fuera objeto de muchas risas y burlas por parte de los demás niños. David toleraba las bromas de "los pequeños", como los llamaba, y se reía con ellos.

Mari estaba en paz con su vida desde que llegó al pueblo de su abuela, donde la gente no gritaba ni discutía durante las comidas y donde las noches eran largas, tranquilas y silenciosas, sin el ruido de las sirenas antiaéreas ni de las bombas que estallaban. A veces, los extraños sentimientos de antaño persistían, haciendo que Mari estuviera callada y apenada. En esos momentos, entraba en ese mundo de fantasía y de dulzura, calidez y seguridad de la mujer de pelo oscuro que antaño la estrechaba entre sus brazos y le susurraba la misma canción familiar en un idioma que Mari no podía entender. Le encantaban las tardes frente a la chimenea, oliendo el tentador aroma de las salchichas que colgaban y mientras mordisqueaba jamón y queso, bebía chocolate caliente y escuchaba las historias del Tío Miaja de tiempos pasados. Cuando llegaron los días más cálidos y largos, la gente del pueblo aprovechó el regalo de las horas de luz más largas para pasar más tiempo trabajando en los campos. Esto hizo que las veladas en torno a la chimenea fueran más cortas, pero seguían siendo el núcleo y la fuerza de la unidad familiar.

Una noche, después de la cena, Tío Miaja se mostró preocupado y distraído. Su voz era distante y carecía de su dramatismo habitual a la hora de relatar sus historias. Mientras miraba al vacío, su rostro parecía sombrío y carente de sonrisa. No parecía disfrutar de su narración.

Mari se volvió temerosa y aprensiva, recordando la forma en que su abuelo a veces miraba y actuaba cuando estaba enfadado. "¿Está enfadado conmigo?", le preguntó a Tío Miaja.

Tío Miaja se acercó a la niña y la besó suavemente en la mejilla. Le sonrió y le dijo: "¡Oh, no, *mi hijita*!" Desde que volvió de una reunión con el ayuntamiento aquella mañana parecía inquieto. Era domingo, y el padre Rafael convocó la reunión después de los servicios de la iglesia, lo cual no era habitual. Había sido el sacerdote y consejero religioso de la ciudad, protector y amigo leal de todos durante veinte años, pero nunca antes había convocado una reunión ni había interferido en el ayuntamiento. El padre Rafael había permanecido fiel al pueblo y a la república. Se despojó de sus vestiduras religiosas al comienzo de la guerra, rompiendo toda relación con la Iglesia Católica y con el Vaticano. A partir de aquel día, se vistió como un hombres más del pueblo y trabajó la tierra con los demás campesinos, y los domingos, la gente del pueblo se acostumbró a un sacerdote vestido con un sencillo traje negro de negocios y a una iglesia sin incienso ni monaguillos, una iglesia en la que ya no se utilizaba el latín.

Aquella mañana de domingo, el padre Rafael habló a los concejales despacio y con cuidado, utilizando palabras que no hirieran ni alarmaran a nadie en la sala. "Como bien saben, en esta guerra no se trata de ganar o conquistar. No se trata siquiera de cambiar la forma de pensar de alguien. Somos una república democrática y pacífica por elección de un pueblo obligado a defenderse de quienes matan y torturan a nuestras mujeres y niños, de quienes destruyen nuestra tierra. No somos guerreros ni asesinos. Somos agricultores que queremos seguir siendo agricultores y tener el privilegio de poseer nuestras tierras. Desde que empezó la guerra, hemos sido bendecidos con no tener que defendernos."

El sacerdote respiró hondo. No sabía muy bien cómo decir a estos hombres sencillos y poco sofisticados que las tácticas cada vez más salvajes del ejército de Franco y sus aliados alemanes e italianos amenazaban la paz y la seguridad de su pueblo. La despiadada destrucción de un pequeño pueblo sin defensas en la provincia vasca de Vizcaya indicaba que los fascistas ahora atacarían a cualquiera y a cualquier cosa, incluso a civiles pacíficos sin defensa en pequeñas ciudades. Los Heinkels y Junkers alemanes que utilizaba el ejército de Franco habían ametrallado a mujeres y niños en las calles, mientras que al mismo tiempo se lanzaban bombas incendiarias y explosivos de gran potencia sobre las casas y los agricultores que vivían en esa zona y llevaban sus productos para venderlos en la ciudad cada lunes. Esta masacre hizo que el mundo contuviera la respiración con vergüenza e incredulidad, pero no se hizo nada para evitar que Franco repitiera este horror en otras ciudades y sobre otros civiles inocentes.

La noticia de la última masacre fascista había tardado una semana en llegar de boca en boca al padre Rafael. La noticia dejó claro que el ejército rebelde no respetaría a los civiles indefensos en las aldeas desprotegidas. El padre Rafael mantuvo la cabeza baja, incapaz de mirar directamente a los hombres que tenía delante. Lentamente y en voz baja, contó a estos sencillos campesinos lo que había sucedido en la provincia de Vizcaya.

"Tenemos que ser realistas", continuó. "Debemos decidir si nos rendimos antes de que nos ocurra lo mismo, o si nos preparamos para luchar."

"Somos unos doscientos hombres en esta aldea", murmuró un joven pálido.

"Sí, Padre. Seamos realistas", dijo el alcalde. "Parte de esos doscientos hombres son demasiado mayores para luchar. Puede que tengamos en total unos trescientos rifles de caza y probablemente no más de cien bidones de gasolina entre todos."

Todos los hombres hablaban al mismo tiempo, en voz alta y ansiosamente. Uno dijo: "Podríamos construir trincheras alrededor de la ciudad. Las mujeres y los niños podrían ayudar; ayudaron en Madrid."

Otro comentó: "Eso solo los frenaría un poco, si vinieran a pie, pero parece que les gusta usar bombas desde aviones, así que las trincheras serían inútiles."

"Podríamos abandonar la ciudad y trasladarnos a lo alto de las montañas hasta que termine la guerra." "¡Si hiciéramos eso, mejor sería que estuviéramos todos muertos!"

Uno de los hombres gritó: "¡No voy a abandonar ni mi casa ni mi tierra!"

La charla se prolongó hasta que llegó la hora de que los hombres regresaran a casa con sus familias para la comida dominical. Faltar a esta comida provocaría el pánico entre las mujeres. Los hombres decidieron no hacer nada hasta que se pudiera formular un plan seguro.

Los agricultores siguieron arando la tierra y sembrando los campos. La vida de Mari se centró por completo en los viajes tempranos a las acequias. Como responsable de los cerdos de Tío Miaja, recorría los campos llena de la energía de la primavera, mientras escuchaba los sonidos mágicos de los pájaros, perseguía a los lagartos y observaba el movimiento de todo tipo de criaturas salvajes que nunca había visto. Pasaba las tardes jugando con otros niños.

Por las noches, Mari seguía escuchando las mágicas historias del Tío Miaja sobre los orígenes de España, repletas de héroes de antaño. Después de cada historia, Mari entraba en su propio mundo de fantasía. Montada en un semental blanco, galopaba por las llanuras de Castilla, unas veces con el Cid Campeador (héroe español y noble guerrero que combatió y venció valientemente a los moros)

y otras con la reina Isabel. En esos momentos, perseguían juntos a los moros a caballo por las calles de Granada.

"También había otras personas nobles que no eran guerreros ni hombres", dijo Tío Miaja. "Sin embargo, contribuyeron a la grandeza de España. Una de ellas era Doña Juana, hija de la reina Isabel y del rey Fernando, a la que el pueblo llamó "La Loca", porque siempre estaba gritando. No sabían que su marido, Felipe de Austria, siempre se entretenía a sus espaldas con otras mujeres y celebraba fiestas ruidosas y vulgares repletas de alcohol con estas mujeres. Doña Juana era celosa, y cada vez que su marido celebraba una fiesta con otras mujeres, entraba en cólera y se la escuchaba por todo el castillo. Las personas que trabajaban en el castillo no sabían por qué gritaba y pensaban que estaba loca. Cuando Felipe murió a una edad temprana, supuestamente de fiebre tras haber bebido un vaso de agua al acalorarse por jugar a la pelota, Doña Juana fomentó aún más su fama de inestable cuando insistió en viajar durante semanas por España de noche con el cadáver de su marido para enterrarlo en el sur de la península. Solo mucho tiempo después se supo que Felipe de Austria, en vida, había pedido a Doña Juana que lo enterrara en Granada, al sur de España, si moría antes que ella. La comitiva que transportaba el cuerpo viajaba de noche para evitar la descomposición del cuerpo durante el día bajo un sol ardiente. El pueblo se sintió triste y avergonzado cuando se enteró de que Doña Juana había sido traicionada por su marido en vida y que la forma en que había viajado con el cadáver por la noche estaba justificada. Pasó el tiempo y, como todo, la gente se olvidó de sus insultos y de su vergüenza, y pasó a meterse con otra persona. Con algunos altibajos, Doña Juana reinó durante muchos años tras la muerte de su marido. Dejó muchos documentos y cartas que no podría haber escrito si hubiera estado loca. En efecto, si alguna vez estuvo loca, ciertamente vivió muchos intervalos de sana y profunda cordura."

Después de escuchar la historia, Mari sintió pena por la pobre doña Juana y se preguntó si su abuelo estaba loco. Él también sufría de muchos arrebatos, y también escribía documentos sólidos y profundos. En realidad no importaba. Admiraba a Doña Juana y quería a su abuelo. Estos cuentos y fantasías siempre entusiasmaban a Mari, y después de sus aventuras imaginarias nocturnas en su cama, la fantasía que realmente la ayudaba a dormir era aquella en la que se imaginaba siendo abrazada por la mujer de piel aceitunada y ojos tristes que no dejaba de tararear la misma melodía familiar en un idioma que Mari ya no recordaba.

Con el verano, las mañanas eran más brillantes; el sol parecía despertarse antes y parecía estirarse más tras las montañas del este. Fue una de estas mañanas cuando, después de que los niños terminaron de desayunar y se reunieron para prepararse para las tareas del día, la mujer de Tío Miaja, Pilar, pidió a Mari que esperara antes de salir con los cerdos para ir a los campos de pastoreo.

"*Hija*, antes de salir con los cerdos hoy, a ver si primero puedes llevar a Chata a casa de Andrés. Chata va a aparearse con El Gordito."

Mari no tenía ni idea de lo que iban a hacer los cerdos. La palabra *aparearse* no estaba en su vocabulario. Sin embargo, Mari aceptó la petición de Pilar como si la entendiera. Señalando a Chata de entre los demás cerdos, la condujo por las callejuelas del pueblo, agitando con orgullo, seriedad y concentración un pequeño palo.

"¡Buenos días, Mari!", gritó un grupo de mujeres que se dirigía a los hornos de pan. "¿Adónde vas con ese cerdo tan temprano?"

Mari continuó a su ritmo sin mirar a las mujeres. Levantó la barbilla, y echando los hombros hacia atrás con la vista al frente, respondió con voz y tono de autoridad: "Esta cerda se llama Chata, y se va a aparear con El Gordito. La llevo a casa de Andrés." Mari no entendía por qué se reían las mujeres, pero no iba a distraerse por las risitas de las "cotillas" (que era como las llamaba a veces Pilar). Llegó a la casa donde vivía Andrés, sintiendo un cosquilleo por lo desconocido.

Lo que ocurrió no fue lo que Mari esperaba. El Gordito montó a Chata, de pie sobre sus patas traseras, y tras algunos gruñidos, todo terminó. Miró a los cerdos, esperando que pasara algo más. No sucedió nada. Sus ojos se llenaron de lágrimas.

Andrés caminó hacia la niña. Arrodillándose frente a Mari, le sonrió. "Chata y El Gordito han hecho algunos bebés."

Mari no vio ninguna cría de cerdo. Sus ojos dejaron escapar las lágrimas que habían estado reteniendo, y el líquido salado inundó sus mejillas.

"¿Qué pasa, pequeña?"

"No veo ninguna cría de cerdo."

Andrés le limpió la cara con un pañuelo grande. "Chata tiene a los bebés en su tripita. Son demasiado pequeños para comer solos, y necesita alimentarlos en su barriguita hasta que sean un poco más grandes."

Mari no podía confiar en Andrés. Estaba segura de que los cerdos estaban hechos igual que los bebés de las personas: por las hermosas y amorosas diosas de pelo largo y suelto y alas blancas suaves y brillantes que vivían por encima de las nubes en los espacios interminables del amor y la luz. Cuando una madre triste y solitaria deseaba y necesitaba un bebé, de cualquier tipo, en la tierra, las bellas diosas se quedaban despiertas toda la noche, transformando amorosamente trozos de cielo en un bebé. Cuando el bebé estaba acabado, bajaban volando a la tierra y colocaban al bebé en los brazos de la madre, a primera hora de la mañana, antes de que se despertara. Se lo dijo la abuela de Mari.

Andrés besó a Mari en la mejilla. "Los cerditos nacerán en un par de meses. Chata es una muy buena madre, y los bebés serán muy monos. ¡Ya lo verás!" Parecía como si le estuviera diciendo la verdad.

Mari reflexionó sobre esto. Quizás los cerdos eran diferentes a las personas. ¿Podía confiar en él? Ella miró sus ojos grandes y sonrientes. "¿El Gordito es el *papá* de los bebés?"

"Sí."

"¿Vivirá con nosotros y ayudará a Chata a cuidar de los bebés?"

"No, niña. El Gordito tiene que quedarse aquí."

Su respuesta enfureció a Mari. ¿Por qué los padres tenían que estar siempre en otro sitio? Recogió el palo y volvió a salir a la calle con Chata. Volvió a cruzarse con las mujeres que antes habían estado riendo y hablando en la calle, pero ahora estaban ocupadas haciendo pan en los hornos. Nadie se fijó en Mari, y ella no quería que se fijaran en ella.

Aparentemente intacta y despreocupada por los acontecimientos del día, Chata avanzaba brincando, gruñendo y agitando su pequeña cola de vez en cuando. Mari, aún demasiado joven para poder usar el razonamiento a la hora de explicar nuevas experiencias problemáticas, pero lo suficientemente mayor como para sentir el dolor de los sentimientos no resueltos, corrió detrás de la cerda, sollozando. El sol del mediodía aún no se había puesto sobre las montañas. Era demasiado temprano para comer, y no había nadie en la casa. Reunió a los cerdos y los llevó a un campo a las afueras de la ciudad. Los cerdos pastaron felices en la hierba nueva. Mari se posó en lo alto de una roca plana. Sentada con las piernas cruzadas miró a Chata, imaginando un cerdito a su lado sin un padre.

De repente, Chata desapareció y el cerdito se quedó solo, sin madre ni padre.

Llevaban cinco días en la montaña buscando vacas varadas y sus terneros, después de que Mari le rogara y le suplicara a Tío Miaja que le dejara ir con él, ilusionada con la idea de escalar la sierra a lomos de un poderoso semental blanco, uno igual al que montaba con la reina Isabel en sus sueños de gloria y conquista. Su estado de ánimo no cambió cuando, en lugar de un caballo, fue alzada en el aire por Tío Miaja y montada a horcajadas sobre un burro viejo y bastante malhumorado que se agitaba y se quejaba de todo. El burro se colocó detrás de la mula que llevaba a Tío Miaja y las provisiones para el viaje, y no hubo nada que Mari pudiera hacer para que este cambiara de opinión. No hubo ningún galope hacia las nubes por la gloria de Dios y de España, solo un burro viejo y malhumorado mirando el trasero de una mula durante horas.

Durmieron sobre montones de paja blanda dentro de un refugio de piedra para pastores, después de comer frente a un gran fuego. Tío Miaja dormía a la niña todas las noches con sus cuentos de caballeros y reinas. Había sido un viaje maravilloso, pero ahora, mientras descendían de las colinas, guiando a unas cuantas vacas y sus terneros hacia el valle de abajo, Tío Miaja se sentía inquieto. Las acequias estaban cerradas. No había mujeres junto al río lavando la ropa. No había nadie atendiendo a las ovejas. Abajo, en los prados, los cerdos vagaban libremente sin señal alguna de actividad humana.

Tío Miaja era un hombre que tenía un fuerte contacto con la esencia invisible de la naturaleza. Podía predecir el tiempo y la presencia de lobos por el olor del viento. El peligro siempre tenía el mismo olor acre que hacía que sus fosas nasales se secaran y dolieran. Apenas era mediodía, pero el sol calentaba con fuerza. El cielo estaba despejado, pero el olor acre era fuerte. En lugar de descender directamente al pueblo, el hombre y la niña viajaron por la ladera de la montaña, rodeando el pueblo hasta llegar a los huertos de la carretera principal hacia Madrid. El corazón de Tío Miaja latía con aprensión mientras conducía a las vacas a un campo cubierto de hierba y procedía a desensillar su mula.

Tras dejar atrás la mula y el equipo, Tío Miaja arrastró al burro y a la niña detrás de él mientras caminaba hacia la aldea, entrecerrando los ojos para protegerse del sol. Buscaba los movimientos habituales de las mujeres que transportaban agua o que caminaban juntas cuando volvían de cocer el pan en los hornos públicos, de los hombres que volvían a casa del campo para descansar antes de la comida, o de los hombres más mayores que jugaban a las damas delante de sus casas. Nadie. Las calles estaban vacías. Tiró de las riendas del burro en un esfuerzo desesperado por avanzar más rápido.

El burro retrocedió con la terquedad característica de su raza.

Tío Miaja suplicó al burro: "¡Jo, burro, vamos, vamos!" La casa de Tío Miaja era una de las primeras en la parte trasera del pueblo, en una pequeña calle que desembocaba en una carretera secundaria a las afueras del pueblo que subía hacia las colinas en dirección a Ávila. Casi podía ver su casa. La humedad de sus axilas le empapó la camisa. "¡Jo, burro, vamos, vamos!"

La niña no dijo nada. Se quedó mirando al frente, sintiendo la desesperación del hombre y deseando poder estar de nuevo a salvo en las altas montañas frente a un fuego abierto, compartiendo comida, historias y risas con Tío Miaja.

No muy lejos de ellos, un joven, casi un niño todavía, dormía apoyado en su rifle contra una pesada roca. Iba vestido con uniforme militar y tenía la piel oscura y el pelo negro, grueso y rizado, cubierto por un turbante blanco sucio y roto. Al acercarse Tío Miaja y Mari, el joven se movió, y su rifle se le escapó de las manos y cayó a su lado en el suelo.

Al comprender el significado del turbante, el cuerpo de Tío Miaja le envió una sacudida entumecedora: el ejército marroquí había llegado a su aldea. Lentamente, Tío Miaja palpó el mango del cuchillo de caza que llevaba metido en la faja de la cintura. Las lágrimas inundaban sus ojos mientras los latidos de su corazón le ahogaban. Era agricultor, esposo y padre. No sabía nada sobre cómo matar hombres. Soltó el cuchillo, dejando caer las manos. Desarmado, se acercó al joven dormido.

El muchacho se levantó de un salto de su sueño y cogió el rifle, dispuesto a disparar, cuando apareció ante él la silueta de un hombre y un burro. A horcajadas del burro había una niña pequeña.

Tras siglos de historia transcurridos entre ellos, cristiano y moro volvieron a enfrentarse bajo el ardiente sol de Castilla. Cada uno era una creación única y divina, creaciones que habían sido restringidas y privadas de una hermandad mutua entre sí por catorce kilómetros de agua que separaban las tierras en las que habían nacido. Sin embargo, sin que el musulmán o el cristiano lo supieran, siempre hubo una especie de obsesión entre ellos tras haber compartido quinientos años de historia y hermandad bajo el mismo sol español. Su condición mutua como seres humanos fue eliminada tras la derrota del dominio moro en España por los monarcas españoles Fernando e Isabel, pero esos quinientos años de hermandad les hicieron albergar sentimientos inexplicables el uno por el otro al otro lado del Estrecho de Gibraltar. Y ahora, frente a los sentimientos generados por siglos de historia, se enfrentaron un niño musulmán y un hombre cristiano.

El hechizo de los recuerdos silenciosos y secretos anidados en la inconsciencia genética del otro fue anulado a causa del peligro. El hombre y el niño experimentaron cada uno una breve nostalgia melancólica de familiaridad y afecto por el otro, pero también se sintieron incómodos por su incapacidad a la hora de identificar estos sentimientos. El eco de largos años de mensajes había ido de un lado a otro del Mediterráneo, un mar de agua viva que respiraba y que, como si lo dirigiesen fuerzas malignas, había transportado las voces de los espíritus de antaño, voces que habían resonado por todo el suelo español, susurrando: "¡Alá es el único Dios, Mahoma su único profeta!" Estas voces volvieron, envolviendo las corrientes que atravesaban el mar hasta la costa de Marruecos con un mensaje que proclamaba la divinidad del Padre, del Hijo y del Espíritu Santo. El alma abrió una pequeña puerta en el infinito y unió al niño y al hombre. Solo la autoconciencia, con sus productos mórbidos de conciencia del miedo y de la muerte, separaba al hijo de Alá del hijo del Padre, del Hijo y del Espíritu Santo.

Todavía a horcajadas del burro, Mari permaneció inalterable durante el breve viaje espiritual que experimentaron tanto el cristiano como el musulmán. Miró fijamente a los ojos del joven. Le recordaban a los ojos de la mujer de piel aceitunada y pelo oscuro y rizado. Bajó del burro de un salto y se interpuso entre él y Tío Miaja. Preguntó al joven con turbante: "¿Eres abisinio?"

Ignorando a la niña, el moro se acercó a Tío Miaja y apuntó su rifle hacia el pecho del español. "¡Alto! ¡Pare! ¡Identifíquese!"

"¿Es usted abisinio?", repitió Mari.

"Me llamo Antonio Redondo", dijo Tío Miaja. "Esta es la nieta de mi primo, Mari. Viene de visita desde Madrid."

Mari miró al musulmán mientras tiraba y tiraba de su uniforme, preguntando una vez más: "¿Es usted abisinio?"

Tío Miaja permaneció inmóvil con miedo e incredulidad, sin comprender la actuación de la niña pero demasiado preocupado como para silenciarla.

Mari continuó interrogando al joven moro, colocándose frente a él con las manos en la cintura, la barbilla inclinada hacia delante y su pequeño cuerpo erguido con arrogancia y autoridad, solo a un suspiro del rifle que les apuntaba. Dijo imperiosamente: "He dicho: "¿Es usted abisinio?""

El joven soldado siguió ignorando a la niña, dirigiendo su pregunta a Tío Miaja en su lugar. "¿Vive en este pueblo?"

"Sí", respondió Tío Miaja. "Mi casa es una de las primeras a la derecha, al otro lado de la calle del matadero. Llevamos unos días en las montañas atendiendo al ganado."

El musulmán miró hacia los edificios, sin dejar de apuntar con su rifle a Tío Miaja. La calle estaba desierta. Las casas estaban en silencio No había señal alguna de actividad humana. Sus órdenes eran disparar a cualquiera que intentara salir de la aldea; no dijeron nada acerca de los que querían entrar. Podía mantener prisioneros al hombre y a la niña hasta el cambio de guardia y entregarlos a su sargento. El hombre sin duda sería fusilado, la niña probablemente violada y abandonada a su suerte. Recordando las atrocidades cometidas contra los aldeanos al otro lado de la ciudad, se le oprimió el pecho y le costaba respirar. No quería ser el responsable del daño causado a este hombre o a la niña. Bajando los ojos al suelo, suplicó en silencio a su Dios: «Perdóname, Alá, si lo que hago está mal.» Respiró profundamente mientras miraba a Tío Miaja y dijo en un susurro casi inaudible: «Deje su burro atado en el granero. Entre en su casa y no salga. No encienda ningún fuego; no encienda ninguna luz. Permanezca en silencio y, sobre todo, no se deje ver por nadie cuando me releven de mi guardia. Nuestras tropas partirán hacia Ávila por la mañana.»

Los ojos de Tío Miaja brillaron con lágrimas. "Mi familia. ¿Qué les ha pasado a las mujeres y a los niños? Tengo dos hijas y dos hijos, mi mujer."

El joven moro miró al suelo y murmuró: "Mañana, quienes sigan vivos serán liberados para que puedan volver a sus casas." Hizo una pausa. Las palabras se le atragantaron. ¿Cómo podía decirle a este humilde campesino que su mujer y sus hijas probablemente habían sido golpeadas y violadas y sus hijos probablemente torturados y asesinados? Dijo en voz alta: "Rezo a Alá para que su familia esté entre los liberados mañana."

Se pusieron frente a frente y se estrecharon la mano. "¿Su nombre?", preguntó Tío Miaja.

"Boabdil. Me llamo Boabdil." El musulmán sonrió a la niña. "Boabdil, de Tetuán. Nunca he estado en Abisinia."

"Gracias, Boabdil," dijo Tío Miaja. "También rezo para que Alá le mantenga a salvo."

Lágrimas de tristeza seguían empañando los ojos de Tío Miaja. Caminó hacia la casa. La niña le siguió. *Qué gente más extraña, estos moros*, pensó Tío Miaja. *Algunos son salvajes sangrientos, otros almas nobles y bondadosas.*

Los jóvenes musulmanes tenían pensamientos similares acerca de los ibéricos. *Qué raza tan extraña la de estos castellanos: arrogantes, valientes y orgullosos hombrecillos que lloran como mujeres.*

Tío Miaja entró en el granero contiguo a su casa y llevó al burro a un establo vacío. Sintió una fuerte tristeza ahogada en su pecho; sabía que ni él ni el joven musulmán tenían garantizada la seguridad de ningún dios. Ambos eran víctimas de la codicia nacional, un tipo de codicia que nunca permitiría cambios en sus vidas, excepto quizás el sufrimiento y una muerte probable. Tío Miaja ató al burro a una gran argolla metálica que colgaba de la pared y cerró con cuidado las puertas dobles del granero.

Entró en casa mientras cogía la mano de Mari. Una vez dentro de la casa, aseguró todas las persianas de las ventanas que daban a la calle. Subió por la escalera de madera que servía para llegar a la abertura del techo de la cocina que conducía a los dormitorios del segundo piso.

Las habitaciones habían quedado en estado de caos. Las camas grandes de plumas estaban deshechas, y la ropa estaba esparcida por el suelo. Se sentó en el borde de la cama, se sujetó la cara con las manos y lloró. Al cabo de un rato, las lágrimas de Tío Miaja cesaron. Bajó a la cocina y cortó unos trozos de salchicha y pan, los cuales ofreció a Mari.

Ella comió en silencio.

Tío Miaja mantuvo la puerta principal ligeramente entreabierta mientras llevaba una jarra de agua y un gran trozo de queso y pan al joven musulmán que montaba guardia fuera de su casa. "He pensado que tal vez tenga hambre," le dijo al joven.

El joven soldado musulmán le miró y sonrió. Tomando en sus manos la ofrenda de comida, admitió: "Sí. Lo tengo. Gracias. Que Alá esté siempre con usted y con los suyos."

Tío Miaja volvió a su casa. Limpió, engrasó y cargó su rifle de caza y afiló dos grandes cuchillos que utilizaba para sacrificar cerdos. Cuando terminó, rodeó con sus brazos a Mari, la sostuvo en su regazo y le dijo: "Todo esto terminará pronto. ¿Estás bien?"

Mari apoyó la cabeza en el pecho del hombre y susurró: "Sí, estoy bien, pero tengo un poco de miedo. ¿Cree que los moros matarán a Boabdil por ayudarnos?"

"Oh, no. Es un buen soldado, casi un amigo. Nunca dejaría que le pasara nada por nuestra culpa, incluso aunque tuviera que morir por ello. Me da pena que esté ahí solo, tan joven, tan lejos de su familia."

Mari dejó escapar un suspiro de alivio. "Espero que esté a salvo. Me gusta. Es un nombre gracioso, Boabdil."

"Bueno, en realidad no es tan gracioso", respondió Tío Miaja. "Lleva el nombre del último emir de Granada, el cual solo tenía diecisiete años cuando llegó al poder. Su verdadero nombre era Abu- Abadala, pero como era tan joven, el pueblo le dio el apodo de Boabdil, que significa *El Rey Chico*."

"¿Fue un buen rey?", preguntó Mari.

Tío Miaja se sentó en su silla y relajó su cuerpo sin soltar a Mari. "Bueno, no llegó a hacer gran cosa. Los moros habían perdido la mayor parte de sus posesiones, y Granada era lo único que les quedaba. Boabdil amaba Granada, pero no pudo conservarla. Los reyes católicos fueron implacables en su intento de liberar a España de los moros, y Boabdil tuvo que entregarles la ciudad. Fue un día muy triste para Boabdil. Montado en un magnífico semental negro, se situó en lo alto de una colina frente a Granada y entregó las llaves de la ciudad a los monarcas católicos, la reina Isabel y el rey Fernando. Dicen que Boabdil lloró cuando entregó las llaves de la ciudad a la reina Isabel, diciendo: "Estas son las llaves de este paraíso. Recibe la ciudad según la voluntad de Dios.""

"Después, apenas acabó de decir estas palabras a la reina, en lo alto de la sierra, resonando hasta los jardines de la Alhambra, las trompetas cristianas junto con las voces del pueblo feliz de España anunciaron el fin del imperio moro en la Península Ibérica. Está escrito que el olor a lilas y a menta estaba en todas partes y que Boabdil se alejó con su caballo de los cristianos y de Granada, temblando de tristeza y con los ojos cegados por las lágrimas. Oh, sí. Amaba mucho a Granada. No sé si es cierto, pero alguien me contó que la reina Isabel le dijo a Boabdil que, si quería, podía vivir en Granada, pero Boabdil dijo que no podía hacerlo porque Granada había sido su madre, y él no la había protegido, así que la vergüenza pesaba sobre él."

Mari escuchó al Tío Miaja sentir amor y soledad. Su abuela le había contado muchas veces que las personas de piel oscura, como su madre, procedían de un país llamado Abisinia. Ahora estaba confundida, porque obviamente también venían de Tetuán. Tal vez ella era mora. Se sentó en el regazo de Tío Miaja durante mucho tiempo, medio despierta y medio soñando. Leyendas, historias y visiones se agolparon en su mente hasta que finalmente se quedó dormida.

Tío Miaja subió la escalera hasta los dormitorios y colocó a la niña en una de las camas de plumas. La cubrió con cuidado con una manta ligera y la besó en la frente antes de volver a la cocina. Se sentó en la oscuridad y meditó sobre su vida. Reflexionó una y otra vez sobre lo que podía hacer para salvar a su familia. No se trataba de política. No se trataba de patriotismo. Se trataba de aquellos por los que se preocupaba más que por su propia vida.

Siempre había sido un agricultor sin una orientación política concreta. Adoptado en un orfanato cuando tenía seis años, creció en una familia de campesinos en un pueblo en el que no había más que campesinos, y con la excepción de un breve período de servicio militar en Madrid, siempre vivió en este pueblo. Era un hombre sencillo. Madrid le había asfixiado, y el ritmo de vida de la ciudad le había desbordado. No tenía educación formal, pero mientras estaba destinado en Madrid, aprendió por sí mismo a leer y escribir. Cuando las noticias de la guerra llegaron a su pueblo, se preocupó por el valle, por la tierra y por su familia. Casado desde los dieciocho años con una joven del pueblo, fue padre de dos hijas. Cuando su hijo menor cumplió cinco años, quedó confirmado que su mujer no podía tener más hijos, y Tío Miaja la convenció de que tenía que haber algo bueno en la decisión de Dios cuando adoptaron a dos hermanos del mismo orfanato del que Tío Miaja fue adoptado.

Los niños, de seis y diez años, le llamaban Tío Miaja, y la gente del pueblo pronto empezó a utilizar también este apodo. Amaba su vida tal y como siempre había sido y como esperaba que siguiera siendo. La guerra había perturbado su serenidad. La idea de sangre española derramada en suelo español por hermanos que luchaban contra hermanos había perturbado su fe sin reservas en la solidaridad entre aquellos que habían sido tan dichosos como para ser fruto de Iberia. Esta guerra le dolía además de avergonzarle, y los llantos y sollozos nocturnos de la nieta de su prima María a causa de sus encuentros con la guerra en Madrid le hicieron experimentar un tipo de ira que nunca antes había conocido. A través de las palabras de la niña, comprendió el significado de la guerra cuando describió su miedo a las bombas incendiarias y la visión de los cuerpos ametrallados en las calles. Sangre española. Cuerpos españoles asesinados con balas españolas en suelo español. Ahora el terror de la guerra amenazaba realmente su vida y la de sus seres queridos. Una oleada de instinto animal primitivo nubló todos los años de pensamiento civilizado. Estaba dispuesto a matar a sus propios hermanos. Era el líder de su manada, dispuesto a matar a cualquiera y a cualquier cosa que amenazara a su mujer o a sus pequeños.

Para cuando llegó la noche, Tío Miaja ya había metido cuidadosamente los cuchillos de carnicero dentro de la faja que llevaba en la cintura. Comprobó el rifle y salió de la casa por una ventana.

Boabdil, a poca distancia de la casa y completamente agotado por la falta de sueño, no se dio cuenta de que Tío Miaja salía de su casa en silencio.

Tío Miaja se dirigió hacia una colina que conducía a la plaza del pueblo y a la iglesia.

Boabdil no oyó nada. Se había mantenido despierto rumiando sobre su vida y las pesadillas insoportables de su situación actual. Sí, le habían puesto el nombre del último rey moro de Granada, pero carecía de cualquier parecido con los guerreros de antaño. Era un chico de quince años tímido, tranquilo y sin pretensiones cuando se alistó en un ejército moro recién formado por un coronel del ejército español llamado Francisco Franco Bahamonde. Boabdil era muy delgado y de baja estatura. Tenía estructuras faciales angulosas, pómulos altos y un mentón bien perfilado. Su pelo era negro y espeso, su piel del color de la miel, y sus grandes y profundos ojos oscuros lucían un velo de tristeza que nublaba el brillo de sus pupilas. No había arrogancia ni actitud desafiante en su aspecto. Solo era un joven melancólico alejado de su madre y de su tierra demasiado pronto. Cruzó el Estrecho de Gibraltar desde su Tetuán natal y desembarcó en Algeciras con su pelotón, que se adentró en el sur de España.

Durante un tiempo, la vida en el ejército fue emocionante, pero a medida que pasaba el tiempo, Boabdil echaba de menos a su madre y a sus dos hermanas. Creció triste, siempre cansado y nostálgico en una tierra extraña y poco amistosa. Su vida como soldado marroquí ya no era emocionante. Las noticias que llegaban de Tetuán eran siempre sobre el hambre y la enfermedad, y le mantenían en un estado perpetuo de ira y depresión porque se preocupaba por su madre y sus hermanas.

Boabdil se encontraba entre infieles. ¿Qué quería Alá de él? Hacía dos días que habían llegado a la aldea. No hubo batalla, ni resistencia, y solo unos pocos disparos. Le hicieron una pequeña herida en la pierna. Debido al dolor de pierna, su depresión y su falta de interés, los detalles de su llegada al pueblo resultaban confusos en su mente. Recordó el tiroteo de los funcionarios de la ciudad en la plaza. Los cuerpos se dejaron en el mismo lugar donde cayeron, expuestos, cubiertos de sangre e infestados de moscas.

Algunos hombres fueron obligados a cavar sus propias tumbas, y otros fueron enterrados vivos. Se obligó a las esposas a bailar sobre las tumbas de sus maridos. Se forzó a las mujeres a beber grandes cantidades de aceite de ricino y se les afeitó la cabeza. Algunas de las mujeres habían sido violadas en público mientras se obligaba a la gente del pueblo a mirar. Lo peor fue la visión de un bebé pequeño empalado en una bayoneta y llevado en alto alrededor de la plaza para que todos lo vieran. Eso le provocó arcadas a Boabdil y corrió detrás de una de las casas para vaciar el contenido de su estómago. Después de eso, cada mujer violada era su madre, y cada niño asesinado era una de sus hermanas.

A Boabdil le resultó imposible ver más asesinatos o violaciones sin sentir unas náuseas y una opresión en el pecho que le impedían respirar. En esos momentos, se obligaba a cerrar los ojos con fuerza hasta que una nube de oscuridad le cubría los ojos, impidiendo misericordiosamente seguir observando. A causa de la herida en la pierna, a Boabdil se le permitió permanecer en el cuartel provisional instalado en las afueras de la ciudad y que bloqueó la carretera a Madrid durante un día. Pasó la mayor parte del día y la noche sin poder dormir debido a las voces y los gritos de los aldeanos. Boabdil pidió a Alá que hiciera cesar las voces, pero Alá no respondió, y las voces continuaron durante toda la noche. Al segundo día, Boabdil recibió la orden de montar guardia al otro lado de la ciudad, en un camino que conducía a Ávila. No se esperaba ninguna acción militar desde esa carretera, ya que Ávila seguía asegurada por los rebeldes. Boabdil recibió la orden de matar a cualquiera que intentara salir de la ciudad.

Tras casi veinticuatro horas sin dormir, Boabdil cayó de rodillas, confundido, alucinando y oyendo las voces de los muertos. Se inclinó hacia el este y dijo: "Alá es el único Dios, Mahoma su único profeta." Boabdil salvó la vida de dos infieles y Alá estaba enfadado.

Una voz suave que destaca sobre todas las demás susurró desde lo más profundo de su corazón. "Soy el Dios de todos los Dioses. Mis hijos me han dado distintos nombres en distintos momentos, pero yo no tengo nombre. No hay infieles. Todos vosotros sois mis hijos, tal como sois, mi niño. No estoy enfadado. Quiero que vengas a Mí y encuentres la paz." Alá había hablado.

Todavía inclinado hacia el este, Boabdil se comió el último trozo de queso que Tío Miaja le había dado. Sentado, sostuvo el rifle en sus manos con los brazos estirados. Colocando el cañón en su boca, apretó el gatillo.

El sonido de una única bala resonó en la noche. Tío Miaja dejó de correr durante un segundo para mirar hacia su casa. Un escalofrío le recorrió el cuerpo cuando le pareció que los árboles susurraban: "No existe Alá No existe la Santísima Trinidad. Solo existo Yo, y no tengo nombre."

Era una noche oscura y sin luna. Las suaves brisas que llegaban de las montañas impregnaban el aire con los olores de las flores silvestres y se mezclaban con los sonidos y olores de los lobos que aullaban en los picos de una sierra cercana. Una iglesia completamente blanca se erigía contra el cielo oscuro con todas sus luces encendidas, iluminando la plaza y exagerando las grotescas sombras tras las casas más próximas.

Tío Miaja se acercó a la primera de las casas que estaban alejadas de la iglesia. Lentamente y en silencio, aprovechó las sombras para ocultar su presencia mientras buscaba a su mujer y a sus hijos entre la gente que se encontraba fuera de la iglesia. No estaban allí. En su lugar, unos cuantos soldados estaban sentados frente a los fuegos de leña, hablando y riendo mientras esperaban que las grandes jarras de café terminaran de hacerse. Otros soldados, estirados sobre mantas, dormían. Sentados en el suelo, acurrucados, pequeños grupos de mujeres y niños temblaban de miedo bajo la atenta mirada de los soldados moros armados.

A poca distancia de las mujeres y los niños, algunas niñas aún adolescentes habían sido obligadas a beber grandes cantidades de aceite de ricino y se les había negado el acceso al baño. Estas chicas ocultaban sus rostros, incapaces de evitar el doloroso y desgarrador vaciado de sus heces y de ensuciarse ante la mirada del público. Las cabezas de las chicas habían sido afeitadas. Envueltas en ropa sucia, reviviendo la vívida experiencia de la violación, intentaron ocultarse de las luces mientras sollozaban en silencio, sintiendo un insoportable autodesprecio.

Un joven moro soldado salió de la iglesia, armado con un fusil y una bayoneta con la que apuntó al alcalde de la ciudad mientras gritaba a su prisionero que siguiera bajando las escaleras. Desorientado y semidesnudo, el alcalde se revolvía de dolor, cegado por los golpes de fusil en la cara. Tenía los ojos hinchados y unas gotas de sangre resbalaron hasta el suelo. El moro maldijo y empujó la punta de su bayoneta contra la espalda del alcalde. Ordenó al alcalde que se detuviera al pie de la escalinata y cayera de rodillas ante un oficial español rebelde que vestía un uniforme inmaculado y botas brillantes.

El oficial rebelde, que vestía con elegancia, se cruzó de brazos y adoptó una postura desafiante y arrogante mientras miraba al alcalde con total indiferencia. Detrás del oficial, el padre Rafael, con una corona hecha de alambre de espino apretada sobre su cabeza, se desplomó hacia delante, con los brazos extendidos hacia atrás, atados a una cruz de madera.

El oficial miró fijamente al alcalde durante un momento y, lentamente, forzó una sonrisa mientras anunciaba sus palabras lentamente y con mucho cuidado. "¿Dónde se guarda el dinero del pueblo?"

El alcalde miró al oficial a través de sus párpados hinchados, tomándose un momento antes de declarar en voz alta: "El pueblo no tiene dinero. Recogemos donaciones, según sea necesario, para reparar las calles, la electricidad o cualquier cosa que surja."

El oficial frunció el ceño y señaló con el dedo al alcalde. "¿Quién paga su sueldo, Señor Alcalde?"

"Crío ganado", dijo el hombre herido. "No tengo salario. Me ofrezco voluntario para llevar los registros civiles del pueblo y, una vez al mes, presido una reunión de los ancianos del pueblo para discutir cualquier problema que tenga que ver con el municipio. ¡Está perdiendo el tiempo! Este pueblo no tiene dinero."

El oficial frunció el ceño y entornó los ojos mientras daba una patada al alcalde y lo lanzaba por la escalera. "¡Tú, inútil hijo de puta! Al amanecer, te arrancaremos a disparos en las pelotas esa arrogancia tuya, y la de este marica atado a la cruz que se hace llamar sacerdote. ¿Quién sabe? ¡Tal vez Dios haga aparecer algo de dinero en tus testículos!"

Sin que los soldados se dieran cuenta, arrastrándose por el suelo de casa en casa hasta llegar a la plaza frente a la iglesia, Tío Miaja buscó a su familia por todas partes, pero su mujer y sus hijos no estaban allí. Temió que estuvieran muertos y que los hubieran arrojado a la fosa común recién cavada detrás de las casas. Se arrastró frenéticamente por el suelo hacia una entrada trasera del inmueble. Tan pronto como se acercó a la puerta trasera, sintió un débil temblor bajo sus pies, seguido del zumbido lejano del motor de un avión.

Al principio pasó desapercibido para el resto, pero el zumbido fue acercándose y haciéndose más fuerte, hasta que los soldados moros detuvieron toda actividad y se miraron unos a otros con desconcierto. Esto no estaba previsto; no había habido mensaje alguno sobre ayuda aérea o entrega de suministros. Los oficiales gritaron órdenes para que todos los prisioneros fueran colocados dentro de la iglesia y para que todos los soldados se prepararan para la batalla. Al cabo de cinco minutos, un pequeño avión procedente de las montañas apareció, lanzando bengalas e iluminando el cielo del pueblo.

El aullido de los lobos cesó. Los soldados rebeldes soltaron a todos los prisioneros y se escondieron detrás de las casas, mientras unos jóvenes cansados y sin afeitar, con uniformes harapientos, aparecían de las sombras y rodeaban la plaza y gritaban a los civiles que se refugiaran. La gente del pueblo se escondió en el interior de la iglesia, se arrastró bajo los bancos y se agachó detrás del altar y dentro de los armarios de los servicios. Se deslizaron bajo el órgano y bajo cualquier otro lugar hueco en el que cupiera un cuerpo. No sabían si los hombres que se acercaban eran soldados republicanos o miembros voluntarios de tropas guerrilleras no oficiales que recorrían las montañas en busca de cualquier actividad rebelde. Sin embargo, los habitantes del pueblo agradecieron su presencia.

El pandemónium se desató entre los rebeldes nacionalistas mientras intentaban defenderse torpemente. Los desconocidos atacaron desde todas partes con disparos. A medida que se acercaban a los soldados rebeldes, les iban clavando las bayonetas en el cuerpo. Pronto se aseguró el bienestar de los habitantes del pueblo. Las granadas y los proyectiles de mortero hicieron estallar los camiones que suministraban municiones a los rebeldes y las tiendas del cuartel general.

Sumido en algo similar a un trance, Tío Miaja se unió a la lucha. Sin dudarlo, utilizó sus cuchillos de carnicero para apuñalar al mayor número posible de enemigos. Se fundió con las salpicaduras de sangre y carne en su cara y ropa.

En menos de una hora, los rebeldes tenían claro que seguir luchando sería inútil, y los oficiales a cargo de la defensa agitaron trozos de tela sucios atados a sus bayonetas para señalar su rendición.

La lucha se detuvo. Nadie lo celebró.

Utilizando un altavoz manual, un joven barbudo con voz ronca anunció que él y sus hombres eran soldados republicanos al mando del coronel Mangada que se dirigían a cortar el paso en Ávila desde el paso de Palo de Alto cuando se dieron cuenta de que este pueblo había caído en manos del enemigo.

Tras un breve silencio, una voz distinta habló por el altavoz, ofreciendo ayuda de emergencia a los que habían sido heridos por el enemigo. Casi de inmediato, los lamentos de las mujeres y el llanto de los niños resonaron en la noche mientras los soldados republicanos se apresuraban a atender a los más necesitados. De pie, en un rincón apartado de la plaza, con las manos a los lados y la mirada fija en el suelo, permanecía un grupo de chicas jóvenes con la ropa manchada por los desechos humanos. Habían sido violadas y luego despojadas de su feminidad al haberles afeitado la cabeza. Durante un instante, las mujeres mayores del pueblo miraron a las jóvenes, sin saber qué hacer. Entonces, todas a la vez, como si estuviesen dirigidas por manos invisibles, las mujeres corrieron a abrazar a cada chica. Las mujeres se quitaron parte de su propia ropa para cubrir las cabezas rapadas y las prendas sucias de las niñas.

Dentro de la iglesia, Tío Miaja encontró a su mujer sentada en el suelo. Tenía la cabeza rapada. Sostenía los cuerpos de sus hijas pequeñas. Miró a su alrededor buscando a sus hijos, pero no estaban allí. Se sentó junto a su mujer y sus hijas. Se inclinó para abrazarlas. Las jóvenes estaban muertas. Tío Miaja besó la cara de su mujer, le quitó el pañuelo del cuello y le cubrió la cabeza. No dijeron nada. ¿Qué podían decir?

Dos de los soldados republicanos cogieron a las niñas muertas de los brazos de su madre y las colocaron en mantas delante de la iglesia, junto a los cuerpos de otras numerosas víctimas.

Tío Miaja levantó a su mujer del suelo. Colocando su brazo alrededor de sus hombros, caminaron hacia su casa. Las primeras luces del alba surgían de las montañas cuando Pilar y Tío Miaja llegaron a su casa. La puerta estaba abierta. Llamaron a Mari, pero nadie respondió.

Tío Miaja salió corriendo a la calle. Encontró a la niña dormida en el suelo, acurrucada junto al cuerpo de Boabdil. No se despertó cuando Tío Miaja la llevó de vuelta a casa, la subió a los dormitorios y la colocó en una de las camas de plumas vacías. Tío Miaja volvió en silencio a la cocina y se sentó junto a su mujer. Apoyó los codos sobre la mesa de la cocina y sostuvo su cabeza entre sus manos. Unas lágrimas silenciosas inundaron sus ojos.

Pilar se acercó a él mientras se sacaba las lágrimas con el delantal. Le preguntó a su marido: "Antonio, ¿quién estaba ahí tirado con la chica? ¿Uno de nuestros chicos?"

"No, Pilar. Era Boabdil, un musulmán que ayer me salvó la vida." Tío Miaja se levantó de su silla y miró el rostro de la mujer que había sido su compañera de vida, su amiga, la madre de sus hijas muertas. Se maravilló de su silenciosa valentía. La ayudó a subir a los dormitorios y le pidió a su esposa exhausta que descansara. Le dijo que prepararía el carro de dos ruedas para transportar a Boabdil colina arriba hasta el cementerio. "Más tarde," susurró, "le enterraremos en la parcela familiar con nuestras hijas."

Pilar se acostó junto a Mari, con cuidado de no despertarla, y cerró los ojos sin hacer más preguntas a su marido. Estaba muy cansada, entumecida por el dolor de ver cómo violaban a sus hijas y luego morían en sus brazos. Intentó recuperarse mediante la ira, pero sus intentos fracasaron. Su angustia hacía imposible sentir cualquier otra emoción.

Tío Miaja sacó el carro del granero y preparó al burro. Una vez que estuvo todo listo, colocó el cuerpo de Boabdil en el carro y lo cubrió con una sábana blanca. Tras regresar de su sombrío recado en silencio, se quedó junto al carro y miró al cielo. Estaba triste, enfadado, cansado y sucio. La sangre manchaba su cara y su ropa al comenzar el nuevo día. Sus ojos siguieron los movimientos de las suaves nubes blancas suspendidas en el cielo azul, y se imaginó a los ángeles bailando para divertir a los dioses, como si nada atroz hubiera ocurrido en la tierra. ¿Cómo podía ser Dios tan indiferente? Miró al cielo imperturbable. Cayó de rodillas y gritó: "¡Alá, eres un hijo de perra! ¡Este joven creyó en ti de verdad! ¿Por qué le has abandonado?"

Al oír los gritos de su marido, Pilar se asomó a la ventana del dormitorio. "¿Antonio?", gritó ella. "¿Quién anda ahí? ¿Hay alguien contigo?"

"Nadie. Solo yo." Se arrancó el crucifijo de oro que llevaba al cuello desde su infancia en el orfanato y lo lanzó al aire. La cadena de oro y el crucifijo brillaron durante un momento, y luego, sin hacer ruido, la cadena y el crucifijo cayeron al suelo sobre los desechos de los animales. "No hay nadie", se repitió mientras miraba la cadena y el crucifijo. "Nunca ha habido nadie. Todas las cosas sobre Dios. Mentiras que alimentan la debilidad supersticiosa y la ignorancia. ¡No hay dioses, ni putas vírgenes, ni hijos bastardos de divinidades, solo hombres asustados que tratan de encontrar excusas para evitar la responsabilidad de sus propios pensamientos y acciones!" Sorprendido y asustado por estos pensamientos, Tío Miaja entró en casa. Después de preparar el café, se sentó en la cocina, sollozando.

Pilar bajó de los dormitorios y se sentó junto a su marido. Lo sostuvo en sus brazos.

Al día siguiente, llegaron camiones con suministros y se marcharon del pueblo mientras los soldados republicanos construían búnkeres y trincheras alrededor de todos los puntos de entrada al pueblo. Camiones exploradores recorrían las colinas en busca de rebeldes fugitivos Los soldados republicanos se encontraron con varios jóvenes que, al estar desnudos y atados, no podían moverse. Los habían golpeado y sodomizado y luego los habían dejado morir a un lado de la carretera. Sangraban a causa de cortes y heridas que tenían por todo el cuerpo. No tenían ni comida ni agua. Incluso el más fuerte y el más duro de los soldados del camión explorador no pudo contener un torrente de lágrimas. Aquí había niños frágiles, cubiertos de sangre seca y enormes marcas moradas de los golpes que les infligieron antes de ser violados sexualmente. Al acercarse los soldados, e incapaces de distinguir un ejército de otro, los chicos temblaron y perdieron el control de sus vejigas.

Mientras los soldados luchaban por desatarles los unos de los otros, un veterano de la Legión Española, más viejo y duro, se dirigió hacia los chicos, murmurando: "Dime, Dios de los dioses, protector de los inocentes y de los indefensos, maldito hijo de puta, ¿dónde estabas Tú cuando ocurrió todo esto?" Luchando por ocultar sus lágrimas y sus músculos faciales temblorosos, el sargento sacó un pañuelo de su bolsillo y empezó a sonarse la nariz mientras pasaba lentamente de un joven a otro, diciendo: "Shh, *muchacho*. No tengas miedo. Somos los buenos. No vamos a hacerte daño. Lo juro por la tumba de mi madre." Desató a los chicos.

Rápidamente, los chicos sucios y manchados de sangre fueron llevados al camión, mientras cada soldado donaba un trozo de su ropa para cubrir a los chicos desnudos que estaban sentados en el camión mirando al vacío. Después de que el camión volviera al pueblo y aparcara frente a la iglesia, los chicos permanecieron quietos y en silencio, sin mostrar ninguna reacción ni respuesta cuando la gente del pueblo corrió hacia ellos para buscar a sus propios hijos desaparecidos.

Al principio, hubo gritos de alegría, pero pronto la alegría fue seguida por gemidos ahogados, ya que los chicos permanecieron congelados y sin reaccionar mientras sus familias los abrazaban y besaban.

Tío Miaja y Pilar, sin saber del regreso de los chicos, llegaron a la plaza para reclamar los cuerpos de sus hijas y se sorprendieron y alegraron al ver a Felipe y David, sus dos hijos adoptivos, vivos en un camión que pasaba. Tío Miaja subió al vehículo cuando aún estaba en marcha, y entre los otros chicos del camión, encontró a sus hijos mirando al vacío sin expresión alguna en sus ojos. Les llamó: "¡Felipe! ¡David! Soy yo, Tío Miaja, tu padre."

El camión se detuvo. Mientras Tío Miaja intentaba obtener alguna señal de reconocimiento por parte de sus hijos, una ambulancia se detuvo frente a su carro. Tío Miaja bajó del camión mientras Alfonso salía del asiento del conductor de la ambulancia y lo abrazaba.

Alfonso gritó: "¡Lo siento, lo siento muchísimo! Me he enterado de lo que ha pasado. Perder a dos hijas al mismo tiempo debe ser como sentir un vacío enorme y doloroso en tu corazón."

"No, *mi hijo*", respondió Tío Miaja. "No se trata de un solo vacío. Hay dos vacíos enormes y dolorosos en mi corazón."

Alfonso miró los cuerpos de las dos chicas en el suelo. Estaban cubiertos con mantas que no les llegaban a los pies.

"Sí, tiene razón, Tío Miaja. Lo siento. Debe ser como si te apuñalaran en el corazón dos veces. Por favor, déjeme ayudarle a llevarlas a casa y enterrarlas."

"Los chicos", dijo Tío Miaja. "Primero tengo que llevarlos a casa. Se los llevaron ayer y los abandonaron en las colinas. No sé qué les ha pasado. No responden."

Alfonso no tuvo ocasión de conocer a los chicos la noche en que dejó a Mari en casa de Tío Miaja. Miró en el camión y trató de adivinar quiénes de entre los jóvenes eran los hijos de Tío Miaja. Le resultaba imposible saberlo. Las caras magulladas y los ojos hinchados de cada uno de los niños estaban cubiertos de sangre seca y suciedad. Cada uno de los chicos miraba sombríamente al fondo del camión. Alfonso puso la mano en el hombro de Tío Miaja y dijo: "Lleve a sus hijos a casa en el carro. Traeré a las chicas en cuanto entregue algunos suministros médicos."

Tío Miaja guió a sus hijos hacia el carro. Envolviéndolos con las mantas con las que pretendía cubrir a sus hijas, saludo mientras Alfonso ponía en marcha su ambulancia.

Justo cuando se preparaban para salir, el Padre Rafael apareció frente a la escalinata de la iglesia. Todos los presentes en la plaza se arrodillaron cuando el sacerdote, con la cabeza vendada pero impolutamente vestido y sin mostrar signos de la tortura y las penurias que había sufrido, comenzó a rezar y a bendecir los cadáveres que tenía delante. Cuando el Padre Rafael terminó, un fuerte "Amén" resonó en toda la plaza. Familias llenas de lágrimas empezaron a recoger los cuerpos de sus muertos.

Tío Miaja no tuvo tiempo suficiente para hacer ataúdes antes de que los cuerpos se empezaran a descomponer con el calor del verano, así que envolvió los cuerpos de los tres jóvenes muertos en sábanas blancas y los bajó con cuidado a tres agujeros que había cavado por separado en sus parcelas familiares y los cubrió con tierra.

Alfonso y los hijos de Tío Miaja, David y Felipe, observaron en silencio cómo Pilar, con un velo negro que le cubría el rostro, les susurraba un adiós a sus hijas antes de que estas desaparecieran bajo la tierra. Cuando todo terminó, Pilar le entregó a su marido tres pequeñas cruces de madera toscamente elaboradas.

Tío Miaja dudó antes de colocar dos de las cruces de madera sobre las tumbas de sus hijas. Dijo: "Mari Carmen y Pilar, perdonad a vuestro padre por no haber estado allí para protegeros. Viviréis dentro de mi corazón toda mi vida, y espero que nos volvamos a encontrar en la eternidad, sea lo que sea la eternidad. Estas cruces son de tu madre, que aún cree en un Dios." Respirando profundamente, Tío Miaja colocó la última de las cruces sobre la tumba de Boabdil y dijo: "Mi gentil amigo musulmán, gracias por salvarme la vida. Por favor, perdóname por no haber estado allí para salvar la tuya. Esta es una cruz de madera que mi esposa ha hecho para ti. Es un símbolo de amor y fe por un Dios en el que ya no creo, pero si Dios existe, es el mismo Dios para los cristianos que para los musulmanes, el único Dios, como predicaba Mahoma. Por favor, acepta esta cruz como símbolo de nuestro amor y agradecimiento por el breve tiempo que has pasado en nuestras vidas. Descansad en paz, hijas mías; descansa en paz, Boabdil."

Al volver a casa, Alfonso encontró a Mari junto a la puerta, donde Tío Miaja le había pedido que esperara mientras él enterraba a los tres jóvenes. Alfonso intentó establecer contacto con su hija, pero Mari apartó la cabeza para resistirse al beso de su padre.

Mari no pensó en él ni un instante durante todo el tiempo que pasó con la familia de Tío Miaja, y se sintió asustada e incómoda con su repentina presencia. Tío Miaja había sido su padre y su maestro, pero sobre todo había sido su amigo. Le había mostrado su amor y la había protegido. La había hecho sentirse orgullosa de sí misma y contenta de ser una ibérica con buena sangre y no una abisinia con mala sangre. Lloró al pensar que tenía que abandonar el lugar que le había proporcionado innumerables momentos de felicidad, un lugar en el que se sentía útil, un lugar en el que la cabeza de Manolito nunca fue cortada, un lugar en el que Conchita y Rosa María todavía reían. Temía que su padre estuviera aquí para llevársela y tener que volver a los olores de las balas, a los dolores del hambre y a los largos días sin amigos. Se alejó de su padre y buscó consuelo detrás de las piernas de Tío Miaja.

Por un segundo, Mari se imaginó escuchando a su abuelo a la hora de comer, agitando un tenedor con el puño cerrado, la cara desencajada con la boca llena de comida, gritando a cualquiera o a cualquier cosa sobre la hipocresía de Roosevelt y la cobardía de Francia. Recordó los horribles momentos que seguían al sonido de las sirenas antiaéreas mientras las bombas silbaban en el aire, cuando todos en el refugio contenían la respiración. Recordó los fuertes impactos de las bombas al explotar, cuando la gente volvía a respirar, a salvo por ahora. "No nos han dado, esta vez no." Mari perdió el control de su vejiga y corrió dentro de casa, llorando. Este momento fue incómodo y doloroso tanto para Tío Miaja como para Alfonso.

Tratando de tranquilizar a Alfonso, Tío Miaja le puso una mano en el hombro y le dijo: "Dale un poco de tiempo, Alfonso. Hace tiempo que no te ve."

A Alfonso le costó mucho sentarse a cenar con la familia de Tío Miaja aquella noche. La muerte de sus hijas, junto con la muerte de sus vecinos y la devastación total de su pueblo, convirtieron sus risas en silencio. Eran personas sin complicaciones y sin opiniones políticas rígidas, para las que cada español era un hermano, así que quedaron desolados cuando la guerra se hizo realidad, destrozando su sencillo modo de vida. Les resultaba difícil conectar con esta realidad, no aquí, no en su pueblo, donde los desacuerdos más graves entre sus gentes fueron las horas que compartían para el riego y los precios oscilantes de las ovejas. Alfonso comió lentamente mientras Tío Miaja, ajeno a la horrible experiencia de abuso sexual y humillación sufrida por sus hijos, intentaba entablar algún tipo de conversación preguntando a los chicos acerca de su experiencia como prisioneros en manos de los soldados rebeldes.

"Eran moros", susurró uno de los chicos.

Pilar dejó de comer. Se levantó y salió corriendo de la cocina llorando. Supo lo que había pasado con tan solo mirar a sus hijos.

Tío Miaja fue tras ella, y Pilar compartió sus sospechas con su marido antes de volver a la mesa. Tío Miaja estaba pálido. Cada músculo de su cara y de su cuello estaba tenso mientras abrazaba a sus hijos. Les dijo: "Lo siento, lo siento muchísimo. Os quiero, y vuestra madre también os quiere. Habéis sido valientes y estamos orgullosos de los dos."

Alfonso siguió comiendo, sintiendo el dolor a su alrededor. Habiendo experimentado los horrores de la guerra en Madrid y en el frente, ya no pudo encontrar palabras de consuelo. Sintió que todos eran víctimas, incluido él mismo. Sabía lo que les había ocurrido a los hijos de Tío Miaja, pero la violación y la humillación sufridas por los chicos no eran muy diferentes del dolor y la humillación sufridos por las mujeres en la guerra, y estaba acostumbrado a ello.

Después de la cena, los dos hombres se sentaron fuera de casa. Dieron un sorbo de vino tinto y hablaron del posible regreso de Mari a casa. Tras recibir órdenes de transportar en su ambulancia a los soldados que necesitaban cuidados más urgentes a los hospitales de Madrid, Alfonso obtuvo la aprobación de sus comandantes para traer a su hija.

Tío Miaja se sentó, asintiendo en silencio con la cabeza. Había perdido a su Dios, y había perdido a sus hijas. Ahora estaba a punto de perder a la pequeña niña cuya curiosidad y admiración por todos los seres vivos había despertado un mundo mágico que dormía en su interior. "Sí", dijo con voz lenta y distante. "Tu hija necesita restablecer vínculos contigo y con tu familia en Madrid. Por ahora, esta ciudad es solo otra zona de guerra que tan solo reforzará sus miedos y destruirá los recuerdos de los buenos momentos que ha pasado aquí." Tío Miaja cerró los ojos e intentó ocultar el dolor en su voz. En menos de una semana, la vida había cambiado. A voice from within told him, *Life has changed, not ended. Los cambios traen consigo nuevos comienzos y responsabilidades con infinitas posibilidades.* La voz era la suya. Había perdido su carne y su sangre; había perdido a su Dios de recompensas y castigos, pero seguía teniendo la energía que le conectaba con todas las cosas. Tenía que creer en esa energía y utilizarla para encontrar la paz.

Respirando profundamente, Tío Miaja colocó su copa de vino en el suelo. Sí, la vida había cambiado, pero no había terminado. Entró en la casa. Un rato después, volvió, trayendo a Mari de la mano y sonriendo. Le dijo: "Siéntate aquí sobre mis rodillas, pequeña. Sabes que a todos nos encanta tenerte aquí con nosotros. Has sido de gran ayuda para mi familia y te queremos. Nada puede cambiar lo que sentimos por ti, pero tu padre te ha echado mucho de menos, y ahora los tres tenemos que hablar sobre la posibilidad de que quizá regreses a casa."

La niña trató de escuchar, pero no pudo oír el sonido de la voz de Tío Miaja a través del estruendo de los latidos de su corazón. Sus ojos se llenaron de lágrimas. Ella se deslizó de su regazo. ¿Qué había querido decir con "una ayuda para su familia"? ¿No era ella de la familia? Dijo: "Quiero quedarme aquí para ver al bebé de Chata."

Los dos hombres se miraron. Tío Miaja sonrió y le dijo: "Cuando Chata tenga a su bebé, te enviaré una foto, te lo prometo. Más adelante, cuando las cosas mejoren, podrás volver para ver a Chata y al bebé."

Alfonso se arrodilló frente a su hija. Sosteniendo su cara entre las manos, le besó la frente. Dijo suavemente: "Mi hija, Chata siempre será tu amiga, y te prometo que volverás para visitarla, pero también tendrás amigos en Madrid. En la ciudad hay muchos niños de tu edad, y seguro que harás amigos en poco tiempo. Chata puede ser la amiga del pueblo de tu abuela; es divertido tener amigos en muchos lugares."

Su padre era un idiota. Mari dijo: "Chata es una cerda, no mi amiga. La cuido; va a tener un bebé."

Alfonso se sonrojó y trató de ocultar su vergüenza diciendo a su hija: "A veces, los animales son los mejores amigos." Siguió hablando, pero su hija ya no le escuchaba.

Conchita, Rosa María y Manolito, los únicos amigos que había tenido, se quedaron a unos pasos de la esquina de la casa, mirándola y escuchando todo lo que había dicho. Le dijeron: " Díselo a tu padre. Dile a tu padre cómo mentiste. Cuéntale lo que nos pasó a nosotros, tus amigos, por mentir sobre que La Pasionaria te dejó un mensaje." Mari se giró hacia su padre, que seguía hablando con ella.

Alfonso le dijo: "Te quiero. Siempre cuidaré de ti. Lo prometo."

Mari se mordió los labios, intentando no llorar. Entró corriendo en casa mientras su padre seguía hablando de cómo la familia la había echado de menos y de los nuevos amigos que iba a hacer en Madrid. Mari no creía nada de lo que decía su padre. Una vez en casa, miró por la ventana hacia la esquina de la casa para buscar a sus amigos, pero Conchita, Rosa María y Manolito ya no estaban.

A la mañana siguiente, Pilar recogió la ropa que Mari tenía después de un año de desgaste sin haber sido reemplazada y añadió algunas cosas de su hija menor en su bolsa. Al notar la mirada dubitativa de Mari, Pilar la cogió de la mano y le pidió que se sentara junto a la cama con ella. "Eras como una de la familia para todos nosotros y una amiga especial para Mari Carmen, que te consideraba como una hermana más. Ella habría querido que tuvieras sus cosas."

Mari lo entendió; estaba claro. Se iba. Volvía a Madrid. No era familia.

Las nubes se abrieron brevemente en el cielo, permitiendo que la lluvia refrescara el caluroso paisaje castellano y bañara el aire con una pizca de dulzor procedente de flores silvestres que habían dispersas. Alfonso y su hija llevaban tres horas viajando, y Alfonso aprovechó el alivio momentáneo del calor para comprobar y asistir a los soldados heridos que transportaba a un hospital de Madrid. Había sido un viaje accidentado, agravado por el caluroso sol que golpeaba el techo metálico del vehículo, y que si no fuera por la ligera brisa que salía de las ventanas delanteras cuando la ambulancia se movía, hubiera creado un calor insoportable. Su hija y un soldado joven armado con un fusil se sentaron con él en la parte delantera de la ambulancia. Luchando contra el calor en camiseta interior, otros dos soldados se sentaron en la parte trasera, escudriñando el camino que dejaban atrás en busca de exploradores enemigos a través de las puertas abiertas.

Los soldados eran todos hombres muy jóvenes, chicos que apenas habían salido de la escuela y trabajaban en la granja familiar cuando empezó la guerra. Ahora iban armados con rifles, cañones de mortero y granadas de mano, dispuestos a utilizarlos para matar otros jóvenes y hombres según fuera necesario. Atormentados por las sombras de los aldeanos muertos que habían dejado atrás y oyendo aún los gritos de las mujeres violadas que bien podrían haber sido sus madres o hermanas, los jóvenes mantuvieron sus rifles cerca del pecho, acariciando los gatillos y deseando que apareciera el enemigo. Estos jóvenes soldados querían volar los cuerpos de sus enemigos en pedazos. Temerosos de sus pensamientos, los jóvenes soldados limitaban su conversación a una queja ocasional sobre el calor o la sed, pero cada uno sabía lo que pensaba el otro, incluso cuando hablaban para mostrar una fachada de valentía. "¡Hijo de puta, qué calor!" o "*¡Hombre*, bebe un poco de agua!"

Esa frase era probable que tuviera como respuesta un "Cállate, idiota. ¡El agua solo hace que sude más!" Vuelta al silencio. Vuelta a recordar a las mujeres violadas en el pueblo, los cuerpos desmembrados. El sudor les caía por la cara.

Mari no se movió hasta que la ambulancia se detuvo. Su padre la ayudó a bajar y le ofreció agua. Había permanecido en silencio durante todo el viaje. Ignoró los intentos de su padre por arrancarle una sonrisa con bromas tontas y conversaciones inanes. Aceptó el agua, pero su rostro permaneció inexpresivo hasta que el soldado que había estado sentado a su lado le colocó en la cabeza su gorra, la cual tenía una borla. Tocó la gorra. En su rostro apareció un atisbo de sonrisa. Preguntó: "¿Puedo quedármela?"

Sujetándose la barbilla y rascándose la cabeza como si estuviera muy concentrado, el soldado se inclinó y ofreció a Mari su mejilla mientras le respondía con el melodioso acento de alguien del sur de España. "Te lo cambio por un beso."

Mari, que nunca había oído hablar a nadie con un acento distinto al castellano claro y serio, se sorprendió por el acento sureño del soldado. Le preguntó al soldado: "¿Eres español?"

Contestó: "Eh, guapa," y se puso la mano derecha sobre el corazón, fingiendo estar ofendido. "¡Cuando me afeito y me baño soy un gitano atractivo de los de verdad, del corazón de Sevilla!"

Mari miró al soldado. Por un momento, oyó la misma risa y vio la misma sonrisa en el rostro del soldado que en el de Tío Miaja. Le besó la mejilla y le susurró: "Gracias por la gorra."

"Oh, no es nada, pequeña. Ahora eres una verdadera soldado republicana. Salud."

Se abrazaron, y el soldado se alejó para reunirse con sus camaradas, vigilando la carretera mientras bebía agua de un recipiente metálico y fumaba un cigarrillo.

Mari sacudió la cabeza para que la borla de la gorra saltara de un lado a otro mientras se giraba hacia su padre. Con cuidado de que los soldados no la oyeran, se dirigió a él en voz baja, diciendo: "Tengo que ir al baño."

Alfonso tomó la mano de Mari y la acompañó hasta la parte delantera de la ambulancia, donde los soldados de la parte trasera no podían verlos. "¿Necesitas ayuda?"

Poniendo los ojos en blanco y curvando el labio superior, Mari dejó escapar un suspiro de impaciencia y exasperación. Su padre era realmente tonto. Llevaba mucho tiempo, mucho tiempo, yendo al baño sin ayuda. Por un instante, recordó haber sentido un par de manos que la colocaban sobre un orinal redondo y blanco, mientras unos ojos oscuros la miraban y unos labios suaves producían un sonido sordo en la punta de su nariz. ¿Fue esa la última vez que la habían ayudado a ir al baño? Sin recordar nada más y sintiendo un vacío familiar dentro de su pecho, Mari se alejó de su padre y se escondió detrás de unos arbustos para hacer sus necesidades. Gritó: "¡Ya soy mayor! ¡No necesito tu ayuda!"

Alfonso se quedó quieto un momento tras escuchar a su hija antes de dirigirse a la parte trasera de la ambulancia para asegurarse de que los heridos estaban hidratados y limpios. Ofreció agua a los soldados heridos y vació los contenedores casi llenos en el arcén. Encendió un cigarrillo y echó el humo al aire con un suspiro de alivio.

Mari caminaba hacia él con el ceño fruncido y quejándose de que se había quedado sola en los arbustos.

Alfonso decidió no insistir en su relación en un momento en el que se dirigía al hospital con seis soldados gravemente heridos que podían morir en cualquier momento. Se sintió cansado y deprimido por llevarse a su hija de un pueblo que se había convertido en la brasas del infierno a otra existencia de ansiedad y miedo a las bombas y a los proyectiles de mortero que formaban parte del día a día en Madrid. ¡Si lo hubiera sabido! Su hija podría ahora haber estado a salvo en Nueva York en los brazos de su madre. Se sentía culpable por haber interrumpido todo contacto con su mujer, Rosa. Se sentía culpable por permitir que su ego pusiera a su hija en peligro, culpable por no proporcionarle el amor y el afecto que tan desesperadamente necesitaba. Se sentía culpable y asqueado consigo mismo. Pisó la colilla, intentando no mostrar sus sentimientos a su hija, que estaba a su lado.

Los soldados terminaron de llenar la ambulancia de gasolina e indicaron a Alfonso que todo estaba despejado.

El calor de la tarde empezaba a disminuir cuando la ambulancia pasó por delante de unos pequeños pueblos vacíos que indicaban la proximidad a Madrid. Poco después llegaron a las afueras de la ciudad y pasaron una manzana tras otra de edificios de apartamentos totalmente destruidos. Las paredes que faltaban revelaban colchones, camas y todo tipo de muebles rotos que colgaban de los restos de los edificios destrozados. Las calles, antes concurridas y llenas de familias paseando y niños jugando, estaban ahora vacías mientras el sol descendía. La muerte se movía silenciosamente entre las sombras de las casas destrozadas por la guerra.

Todavía era de día cuando la ambulancia llegó a un hospital provisional dentro de un edificio escolar abandonado. Los médicos, avisados de que se acercaba la ambulancia, esperaban en la entrada. Alfonso acercó la ambulancia a la puerta y les entregó su documentación oficial. "Estamos con el Coronel Mangada. Nuestro pelotón se dirigía al Alto de León cuando los fascistas atacaron un pueblo. Hemos tenido algunas bajas al deshacernos de esos hijos de puta."

"¿Cuántos heridos tienes?", preguntó uno de los médicos.

"Seis. Tengo seis hombres heridos; son los peores, y mi capitán pensó que debíamos arriesgarnos a traerlos aquí antes de dejarlos morir en la aldea por falta de atención y suministros médicos."

Dos médicos saltaron a la ambulancia y salieron transportando a uno de los soldados heridos en una camilla. "Dos han muerto, muchacho. Lo siento," dijo uno de los médicos.

Alfonso no dijo nada, pero apretó la mandíbula con la fuerza suficiente como para romperse un diente. Entró en el hospital, escupiendo esputo teñido de sangre, incapaz de comprender la rabia que brotaba de su estómago. ¿Qué demonios? pensó. *Muerte ahora o después, no hay más camino de vuelta de la guerra que la muerte. Muerte ahora, o después, es lo mismo. Así que, ¿qué demonios? Murieron en la parte trasera de la ambulancia. Probablemente me maten en la parte frontal de esta misma ambulancia. Quizá no hoy, pero sí algún día.*

Una enfermera le preguntó a Alfonso: "¿Se encuentra bien, soldado?"

Alfonso estaba sentado en el suelo, sujetándose la cabeza y llorando, cuando la misma voz le preguntó si quería una taza de café. Asintió sin levantar la vista mientras una joven con uniforme de enfermera colocaba una taza de café a su lado en el suelo.

Dijo: "Tienes el café al lado, soldado. Bébetelo. Cuando termines, ven a la oficina que hay al final del pasillo para firmar el papeleo y vete a casa."

Alfonso se levantó del suelo. Dio un sorbo al café y siguió a la enfermera hasta el despacho. Firmó los papeles y se terminó el café. Alfonso volvió a la ambulancia, donde Mari seguía durmida en el asiento delantero. Abrazó y dio las gracias a los soldados por escoltarle hasta Madrid sano y salvo y luego se dirigió a la casa de su padre sin despertar a su hija en la ambulancia vacía. Hacía un par de semanas que no estaba en la ciudad, y durante ese tiempo, el Ejército Republicano había podido resistir el asedio contra la ciudad haciendo retroceder a las tropas fascistas, ofreciendo un breve descanso a la población civil. Pero desde entonces, Alfonso sabía que Franco había intensificado los bombardeos aéreos, jurando reducir Madrid a cenizas antes que dejarle la ciudad a los "marxistas."

Alfonso se preocupó por la seguridad de su hija, al volver a casa en unas circunstancias tan peligrosas. Cuando Alfonso llegó a casa de su padre, las risas y las voces fuertes mezcladas con los acordes melancólicos de una guitarra lo detuvieron en la puerta. Su padre estaba celebrando una de sus reuniones con amigos, y Alfonso no estaba preparado para una noche de largas discusiones sobre política y el futuro de España. Volvió a la ambulancia, donde Mari seguía durmiendo, y miró al cielo. La noche estaba tranquila. Era demasiado pronto para los bombardeos, y Alfonso dormitaba, sentado junto a su hija. Empezaba a sumirse en un sueño oscuro y vacío cuando una voz fuerte y femenina que coqueteaba armoniosamente con los sonidos de una guitarra llegó desde el apartamento y se metió en el sueño de Alfonso, despertándolo. Escuchó la guitarra mientras seguía los seductores acordes de la voz de una mujer con el excitante ritmo y el toque de una *malagueña*: *"Lleno de lunares negros tiene el traje de esa gitana que se parece al lucero que sale por la mañana."*

Alfonso sonrió, reconociendo la voz profunda y resonante. Era Dolores cantando, la mujer con la que formó un profundo vínculo emocional desde que llegó de Nueva York casi cinco años antes. Tenía previsto casarse con ella cuando el divorcio fuera legal en España y su mujer estuviera de vuelta con su familia en Estados Unidos. Sintiendo un entusiasmo renovado, Alfonso llevó a su hija dormida al apartamento, donde su padre y los invitados de su padre lo recibieron con mucho regocijo.

También fue recibido con los besos con lágrimas de su madre y de Dolores.

Mari fingió estar dormida cuando la volvieron a colocar con cuidado en su antigua cama dentro de la misma habitación que un año antes había sido testigo de su terror y sus pesadillas. A través de los párpados entrecerrados vio a su padre besar a Dolores, la mujer que recordaba haber visitado a sus abuelos anteriormente, una mujer que nunca le había gustado.

En otras habitaciones, hombres y mujeres reían. Voces roncas y enérgicas intercambiaron melodías folclóricas de diversas regiones del país hasta que el sonido de las sirenas antiaéreas devolvió a todos a una realidad que ya se había convertido en habitual. María y don Juan extendieron mantas por las ventanas y los balcones. Apagaron las luces y encendieron velas pequeñas. Todos escucharon las sirenas, pero solo durante un instante; pronto volvieron a la música y a las conversaciones.

La mayoría de los hombres se habían reunido en la cocina con don Juan, donde bebían vino del mercado negro y discutían apasionadamente sobre política: comunistas, socialistas, anarquistas, liberales. Todos observaban a don Juan gesticular salvajemente. Argumentó: "Amigos míos, el enemigo no está fuera de Madrid. El enemigo está en todos los lugares en los que los hombres persisten en la aberración de creer que solo sus ideas son las que merecen la pena, principalmente la creencia en el nacionalismo. Ah, ahí tenéis una de las mejores ideas que se han inventado para que los hombres se maten entre sí."

Un hombre de aspecto cansado y mediana edad que llevaba una boina vasca interrumpió a don Juan. "¡*Mierda*, don Juan! Es más que una idea cuando las potencias extranjeras intentan tomar el control de nuestra patria. España es para los españoles. España no pertenece a ningún partido político, especialmente a los conceptos políticos de otros países que no tienen en cuenta nuestros valores tradicionales. No somos entidades políticas; somos la extensión viva y palpitante del suelo ibérico, y yo soy uno de los que matarán por mi país. ¡Se llama patriotismo!"

Don Juan respondió: "Supongo que te refieres a la intervención rusa, ¿no?"

"Bah, hombre. ¡Me refiero a cualquier intervención! Todos los partidos que dicen actuar por el bien del pueblo han aceptado ideas extranjeras. ¿Qué ha logrado esto? Una y otra vez, cuando los españoles han abrazado creencias extranjeras, solo les ha llevado a la tumba."

"No tiene nada que ver con la intervención extranjera," dijo un hombre que sostenía un palillo entre los dientes. "Los problemas de España son el resultado de su incapacidad para tolerar la impermanencia. Seguimos resucitando los huesos y la carne muerta del pasado para justificar nuestro presente. Es nuestra forma de conservar la inmortalidad nacional. Toda idea nueva en este país no es más que la proyección de viejas ideas. El control autoritario es nuestro enfoque más antiguo y sagrado." No terminó su discurso, porque un joven se metió en la conversación.

"Que te jodan, Andrés. ¡El enfoque autoritario ha matado a este país!"

El hombre mayor se quitó el palillo de la boca y dijo: "Hombre, no hay ninguna posibilidad de que los españoles se desprendan jamás de su necesidad de autoridad. Es una tradición como el jamón y el vino; es la misma tradición que ha perpetuado la adicción española a la muerte, ignorando a veces la propia vida."

El joven declaró: "¡Propongo un brindis! ¡Por nuestros *cojones* de macho, mientras están intactos, antes de que Franco se los dé de comer a los cerdos!"

Los hombres guardaron silencio. La derrota de la Segunda República Española era más segura con cada día que pasaba. La mayoría de ellos sabían que la derrota y el fin de la guerra también pondrían fin a sus vidas. Levantando sus copas, brindaron por España.

Desde algún lugar del interior de las habitaciones, el eco ululante del *canto jondo* atravesó las paredes. La voz profunda y poderosa de Dolores dominaba el resto de los sonidos mientras los lúgubres acordes de una guitarra acompañaban su voz. Las mujeres y la mayoría de los hombres la rodearon, siguiendo el ritmo con las palmas. Estaba sentada junto al guitarrista, con el torso erguido, y su suave y oscura garganta se esforzaba por sacar los sonidos de España. El público quedó hechizado al ver cómo su boca acariciaba las palabras antes de lanzarlas a la sala con una resonancia explosiva. *"Tengo el cuerpo empapado de mi patria. Soy de España. Soy de España. Soy de tierra caliente. Tengo rabia defendiendo mi gente. El que no esté contento, que se valla."*

Mari la observó mientras se escondía detrás de la esquina de la puerta. El entusiasmo de la sala parecía contagioso, pero ella se sintió aislada del grupo de personas cuyos ojos brillaban por el vino del mercado negro, la canción y el patriotismo de don Juan. Ella era la única cuyas venas estaban contaminadas con sangre "mala" extranjera, aunque también era de España. La mujer de grandes dientes blancos cantaba que los que no estaban contentos con España debían irse. Mari no era feliz allí. Pero, ¿ir a dónde? Al cabo de un rato, se dirigió a la cocina, donde los hombres hablaban muy animados y no se dieron cuenta de que ella estaba bebiendo el líquido claro y dulce de una botella de anís que don Juan guardaba de tiempos mejores. El mundo le pareció más amable después de unos cuantos tragos. Apenas capaz de caminar por los efectos del licor, volvió a su cama. No quería estar allí. Cerrando los ojos, se dirigió hacia una luz blanca que conducía a un campo de flores silvestres. El cielo era azul puro y, a lo lejos, pudo ver a Chata, su amada cerda, caminando hacia ella con un diminuto cerdito a su lado. Mari corrió a abrazarlos, riendo.

Pronto, los aviones llegaron y lanzaron bengalas al cielo, iluminando sus objetivos. Las bombas explotaron, los edificios se derrumbaron, los humanos fueron aplastados, los bebés lloraron, las mujeres gritaron y los hombres maldijeron. Pero en el apartamento de don Juan, la música, las discusiones sobre política y los cantos continuaron mientras todos reaccionaban con estremecimiento a las explosiones y temían el próximo golpe. Las mujeres mayores, incapaces de olvidar su infancia católica, susurraron: "En el nombre del Padre, del Hijo y del Espíritu Santo."

9

Con la ayuda de la Brigada Internacional, los republicanos pudieron ganar la batalla de Guadalajara contra los batallones italianos que ayudaban en la guerra de Franco contra su propio pueblo. Esta victoria republicana abortó el avance fascista desde el noreste hacia Madrid, dando a la ciudad un breve respiro de los horrores diarios y constantes de muertes y mutilaciones. Sin embargo, no alivió la falta de alimentos y suministros que afectaba a la población que se encontraba atrapada en la ciudad. Sin carne ni legumbres y con todos los caballos y burros disponibles sacrificados desde hacía tiempo, los gatos y los perros empezaron a desaparecer de las calles. Se habían convertido en el único sabor de las insípidas raciones diarias de lentejas cocinadas sin aceite, verduras ni especias, que se tragaban con la ayuda de agua y bolas secas y duras de pan de arroz. Durante este breve periodo de silencio sin balas perdidas y explosiones de misiles, las mujeres volvieron a hablar entre ellas en los patios, los niños jugaron en las calles y algunas familias pudieron compartir las comidas con lentejas de la tarde.

Pero este interludio pacífico fue breve. Pronto los aviones alemanes de la Legión Cóndor incendiaron la ciudad, calle por calle, y luego apuntaban a la población civil con proyectiles de artillería después de cada ataque aéreo. Esta intensidad de ataques concentrada sobre los ciudadanos de Madrid solo parecía fortalecer al pueblo, que seguía resistiendo repitiendo una y otra vez: "¡No pasarán!

¡No pasarán!"

Desde Roma, el Papa dio instrucciones a la Iglesia española para que se distanciara de la España republicana. Pidió a todos los sacerdotes y monjas una alianza continua con la rebelión de Franco contra el gobierno. En represalia, los republicanos cambiaron la expresión religiosa de "Adiós" por "Salud", un saludo que deseaba buena salud y dejaba fuera a Dios. Patrullas armadas registraban las iglesias y los conventos en busca de armas ocultas y castigaban los actos encubiertos de traición de sacerdotes y monjas con su ejecución instantánea. Las estatuas religiosas fueron destruidas, desfiguradas y abusadas brutalmente por algunos soldados mediante la imitación de actos sexuales con la Virgen María.

Franco siguió transportando hordas de tropas moras desde Marruecos a España. Las armas de las potencias nazi y fascista se utilizaron continua y abiertamente en suelo español para matar a los españoles mientras Hitler probaba nuevas armas y aviones en preparación de los acontecimientos y ataques contra Europa que darían comienzo a la Segunda Guerra Mundial.

El estado de ánimo de la población republicana se ensombreció. La muerte se extendió por cada campo de batalla sin tener en cuenta la ideología política de los muertos. En un intento de complacer a Francia e Inglaterra (y al mismo tiempo poder retener la ayuda rusa) el gobierno republicano retiró la Brigada Internacional de España, lo que provocó cierta debilidad en la fuerza de su ejército y bajó la moral tanto de los soldados como de los civiles. Las tropas republicanas empezaban a debilitarse en el noreste de España solo días después de haber ganado territorio al cruzar el río Ebro y alejar a Franco de Madrid.

La amenaza de una posible retirada inició una de las batallas más sangrientas de la guerra para ambos bandos, dejando miles de muertos a orillas del río. Mientras tanto, los implacables ataques del ejército fascista por aire y tierra descendieron sobre la costa noroeste de España. Barcelona, en medio de la discordia interna en sus propias filas, pronto caería en manos de los fascistas. Miles de personas de toda Cataluña se dieron a la fuga y cruzaron (o intentaron cruzar) la frontera con Francia. La posible pérdida de una de sus zonas de resistencia más fuertes en la costa noreste era algo devastador para los que aún luchaban en Madrid. Seguían considerando que la muerte era una opción mejor que la rendición.

Ignoraban la pérdida constante de vidas. Madrid siguió resistiendo, pero con pocas esperanzas de obtener cualquier tipo de victoria.

Solo habían pasado unas semanas desde que Mari llegó a Madrid desde el pueblo de su abuela. El tiempo que había pasado con el Tío Miaja y su familia lo sentía como un sueño o una vida extra. De vuelta a la ciudad de las armas y el hambre, sintió que la tristeza se mezclaba en su mente y su corazón. La primera mañana tras su regreso a Madrid, Mari se sorprendió al despertarse sola, tumbada en un duro colchón. Miró a su alrededor en la habitación, esperando ver a las hijas del Tío Miaja, Mari Carmen y Pilar, y quizá a los chicos Felipe y David. Sin embargo, estaba sola. Todo era distinto, desde un colchón duro en lugar de una cama de plumas gruesa y suave, hasta una habitación cuadrada con un techo bajo en lugar de una gran habitación con techos altos sostenidos por grandes *vigas* de madera.

El anís que consumió la noche anterior le estaba nublando un poco la vista, pero su cabeza estaba lo suficientemente despejada como para darse cuenta de que, efectivamente, todo era distinto; estaba de nuevo en su antigua habitación. Estaba de nuevo en Madrid. Desde entonces, pasaba sola la mayor parte del día, sin otros niños con los que jugar. Se sentaba durante horas junto a la ventana de la cocina sosteniendo a Teodoro, el pequeño oso de peluche que le regaló su tío en América. Tenía el mismo olor a lavanda que la mujer de pelo oscuro y ojos tristes de antaño. No recordaba por qué su tío le había regalado a Teodoro, pero sí recordaba que hacía mucho tiempo, mucho mucho tiempo, alguien la acunaba para que se durmiera cuando tenía el oso de peluche en sus brazos.

A veces, si cerraba los ojos con fuerza, una película muda proyectaba imágenes de hierba alta, ranas que croaban, pájaros que volaban, un suelo marrón rico en el que crecían todas las cosas, y siempre, Chata y su bebé caminaban a su lado. Mari escapaba de las largas y solitarias noches en las que escuchaba el estallido de los aviones y las bombas, volando hacia el techo, asumiendo otras formas y experimentando realidades diferentes a las de la luz del día. En esas noches, después de dormirse, su cuerpo se elevaba suavemente y flotaba por la habitación. Cuando llegaba al techo y miraba hacia abajo, una niña muy parecida a ella siempre estaba en su cama ocupando el espacio y la almohada que ella acababa de dejar, mientras que una mujer de pelo oscuro y grandes ojos marrones permanecía sentada junto a la niña, acariciando su cabeza y sonriendo. Cuando Mari empezaba a descender del techo, justo antes de llegar a la cama, la niña y la mujer de pelo oscuro siempre desaparecían, y Mari se despertaba sola, pero ahora la cama estaba mojada.

Solo mantenerse con vida era una lucha constante para todos, y los días pasaban sin que la familia se diera cuenta del silencio de Mari. Culpaban de sus "accidentes" ocasionales de orinarse en la cama a un dudoso entrenamiento temprano por parte de su descuidada madre. Los hombres rara vez volvían a casa. Cuando lo hacían, ya no había el entusiasmo y la charla constante de antes. La abuela pasaba la mayor parte de sus días haciendo cola para conseguir comida o vagando por los campos vacíos en busca de hierbas comestibles con las que pudiera añadir un poco de sabor a la mísera cocina que preparaba en casa.

Pilar, la tía sorda de Mari, estaba siempre demasiado ocupada limpiando y fregando suelos, haciendo la colada de la casa y haciendo las camas como para pasar tiempo con su sobrina.

El abuelo de Mari pasaba los días fuera de casa atendiendo las necesidades de las tropas que venían del frente. Cuando estaba en casa, aporreaba en silencio su máquina de escribir sin reírse ni tomarse tiempo para estar con su nieta. También guardaba silencio a la hora de comer, sin sus habituales e interminables especulaciones de que Roosevelt acudiría en auxilio de la república.

A veces, la quietud diaria de Mari se veía interrumpida por soldados que llamaban a la puerta para pedir colchones y mantas para los heridos. Mari iba de vez en cuando con su abuela a hacer cola para el reparto racionado de lentejas y pan amarillo. En estos viajes, Mari y su abuela a veces se cruzaban con mujeres y niños en la calle que buscaban desesperadamente sus pertenencias mientras las clasificaban entre las ruinas bombardeadas de sus casas. Mari no sabía lo que estaban haciendo. No preguntaba y tampoco le importaba. Ya no parecía haber tiempo para preocuparse.

Había momentos de la noche en los que el sonido de los tanques que partían hacia el frente hacía vibrar los suelos y las paredes de los apartamentos, mientras los aviones enemigos realizaban vuelos erráticos sobre la ciudad con bombardeos imprevisibles, como si supieran cuándo los tanques y las tropas se dirigían a la batalla. Estos mismos aviones volvieron por la mañana, dejando caer bolsas de pan recién horneado con panfletos que explicaban al pueblo de Madrid cómo Franco "se preocupaba" y "admiraba" a todos los españoles, independientemente de sus creencias políticas. En la parte inferior de los folletos, en letras grandes y negras, estaba impreso el consejo de rendirse "para empezar a construir una España mejor."

Los funcionarios del gobierno desaconsejaron a todos los habitantes de la ciudad que comieran el pan, advirtiéndoles de que podía estar envenenado, al igual que los caramelos que fueron esparcidos en Barcelona tiempo atrás. Las bolsas de caramelos fueron llevadas inmediatamente a zonas remotas y enterradas. Nadie trató de comer el pan. Enfurecidos por la posibilidad de ser envenenados, nadie pensó en rendirse.

Las tropas agotadas que llegaban del frente a Madrid para descansar brevemente se alojaban en los conventos e iglesias católicas que estaban vacías por la noche, pero el espacio empezaba a ser un problema. El número de tropas que necesitaban descanso y de civiles refugiados aumentó. La responsabilidad de Don Juan por encontrar espacio para los soldados exhaustos exigía una disponibilidad de veinticuatro horas. Después de discutir el problema con su esposa, la familia se trasladó a uno de los conventos carmelitas ahora vacíos, lo que permitió a don Juan estar fácilmente disponible para las tropas en cualquier momento.

El traslado fue rápido, y Mari se encontró con el inesperado entretenimiento de ver llegar a los soldados agotados al convento/cuartel durante el día. Estos soldados desaparecían antes del amanecer tras un par de días de descanso y volvían al frente. Muchos probablemente morían antes de que llegara el momento de otro descanso. Todos los días, tras la llegada de nuevas tropas, Mari recorría los edificios que estaban delimitados por una enorme muralla que rodeaba el convento. Solo había una salida, una gigantesca puerta de hierro forjado que conducía a un pasillo cerrado que llevaba a la calle.

Había muchos edificios extraños dentro de la muralla. Algunos edificios se utilizaban para almacenar suministros, y otros para almacenar municiones. El resto del monasterio, a excepción del edificio principal, se utilizaba como cuartel temporal para las tropas que llegaban y necesitaban descansar. Bajo el monasterio había una serie de túneles que conectaban el edificio principal con todos los otros edificios. Al principio de estos túneles, bajo la cocina del edificio principal, se almacenaba el vino en barriles y botellas, ordenados dentro de estanterías de madera que se construían contra las paredes de barro. Todos los barriles y todas las botellas se llenaron cuando el ejército llegó por primera vez al monasterio, y ahora el vino se racionaba con moderación y se daba a los soldados durante la comida para mejorar la moral y sugerir que la comida española habitual persistía. Los túneles eran oscuros y fríos, manteniendo una temperatura adecuada para el vino almacenado. Una solitaria y tenue bombilla iluminaba la zona de suelos de arena inacabada, siempre húmeda, que soportaba una pesada puerta de madera que separaba la bodega del resto de los túneles.

María y don Juan visitaron las dependencias del monasterio antes de mudarse. Tras algunas diferencias entre ellos, eligieron seis habitaciones del edificio principal de entre un número aparentemente infinito de habitaciones, en su mayoría vacías. Las habitaciones eran grandes, y las paredes blancas habían sido acabadas con pintura rugosa. Cuando Mari se apoyaba en ellas, unas pequeñas cantidades de impresiones blancas y pulverulentas se pegaban a su ropa. Al parecer, antaño colgaban cruces y cuadros en estas paredes, los cuales dejaban contornos oscuros cuando se retiraban. En las esquinas superiores de las habitaciones, nichos vacíos que antes contenían estatuas de santos y vírgenes estaban ahora vacíos. Temerosa de dormir sola en estas habitaciones grandes y poco acogedoras, a Mari se le permitió turnarse para dormir con cada miembro de la familia. Dormir con otra persona le resultaba menos amenazante que dormir sola, pero interfería con sus experiencias nocturnas de ascender al techo, mirar hacia la cama que acababa de dejar y ver a la mujer de pelo oscuro con grandes ojos oscuros y a la niña que se parecía a ella. En cambio, había noches en las que, cuando la tenue luz del amanecer empezaba a brillar tras las montañas, a Mari la despertaban sonidos de voces femeninas que lloraban y susurraban oraciones. Estas voces procedían del patio situado detrás de los edificios, voces que eran silenciadas tras una única descarga múltiple y simultánea de disparos de fusil. Sabía, por su experiencia de otras noches, que pronto los disparos intermitentes de pistola seguirían a los disparos de fusil y que estos disparos de pistola resonarían en los edificios vacíos solo cuando la tenue luz del amanecer se elevara sobre las cimas de las montañas. Nadie en la familia parecía oír estos sonidos. Nadie hablaba de estos

sonidos, y Mari nunca preguntó.

Mari siguió cambiando de habitación, pero la mayoría de las noches prefería dormir con el Tío Chato, el hermano de dieciséis años de su padre, con el que mantenía una relación lúdica que la mayoría de las veces la hacía reír y sentirse importante. Estos sentimientos cambiaron una noche cuando, durmiendo con su tío, se despertó al oír una fuerte voz femenina que penetraba a través de las ventanas: "Querido Jesús, hijo de Dios, recibe nuestras almas para toda la eternidad; ten misericordia de los jóvenes que están a punto de enviar nuestros cuerpos mortales al sueño perpetuo."

Mari abrió los ojos y escuchó. Le siguió un coro de voces femeninas. "Querido Jesús, hijo de Dios, recibe nuestras almas para toda la eternidad." Las voces pararon antes de pedir a Dios que perdonara a los hombres que estaban a punto de enviar sus cuerpos al sueño perpetuo. Mari se asustó más que de costumbre, pues las voces eran mucho más fuertes y las palabras de las oraciones muy claras. Intentó acercarse al tío Chato, pero su lado de la cama estaba vacío. Abrió los ojos y miró alrededor en la habitación. Su tío terminó de vestirse y se guardó una pequeña pistola bajo el cinturón, tras lo cual salió de la habitación a toda prisa.

Más curiosa que temerosa, Mari lo siguió, pero se desvaneció en los pasillos oscuros fuera de las habitaciones. Las voces en el patio repetían las mismas oraciones. Mari corrió hacia una de las ventanas que daban al patio. Un puñado de mujeres vestidas con las túnicas marrones de la orden de monjas Carmelitas se arrodillaban de espaldas a la pared, sosteniendo las cuentas de un rosario entre los dedos temblorosos de su manos atadas. Los soldados estaban de pie al otro lado del patio con rifles apuntando a las mujeres arrodilladas. Con el sonido de una descarga simultánea de disparos, las monjas cayeron al suelo. Un minuto después, Mari observó con horror cómo el tío Chato pasaba de un cuerpo inerte a otro, descargando un solo disparo en la cabeza de cada mujer. El universo giró.

Mari se imaginó de repente a su joven tío con unos grandes colmillos manchados de sangre colgando de las comisuras de su boca. Volvió corriendo a la habitación, dejando un rastro del contenido de su estómago y esperando que la mujer de pelo oscuro la alejara de ese terror. Pero la mujer de pelo oscuro y ojos tristes no apareció. Mari se escondió bajo las sábanas, temblando y perdiendo el control de la vejiga.

Su tío volvió a entrar en la habitación y le preguntó: "¿Estás despierta?"

Pero tuvo miedo de mirarle y se quedó bajo las sábanas, susurrando: "Chato, estoy enferma. Por favor, llama a mi abuela."

El Chato despertó a su hermana Pilar, y ésta lavó a Mari después de quitarle el pijama manchado y la vistió con ropa de día mientras intentaba quitarle importancia a la situación sonriendo y bromeando sobre los malos sueños que hacen que a la gente se le revuelva el estómago. "Le pasa a casi todo el mundo en un momento u otro. No hay nada de lo que debas preocuparte."

Debido a la sordera de la tía Pilar, Mari se dio cuenta de que la tía Pilar no sabía lo que había pasado, y supuso, por lo que le dijo su hermano, que Mari se había despertado enferma del estómago debido a un mal sueño. Pero Chato lo sabía bien; era imposible que se le escapara que había un rastro con el contenido de su estómago desde la ventana hasta la habitación. Mari no le contó a su tía lo de los disparos en el patio, pero nunca más volvió a dormir en la misma habitación con el tío Chato.

Largos días y noches pasaron. Mari pasaba el tiempo sola explorando las habitaciones vacías del convento, una tras otra, buscando tesoros que nunca encontraba, evitando siempre mirar o ir al lado del patio que hacía de sus noches una pesadilla. Fuera y dentro de los muros del convento, los horrores de la guerra sucedían todos los días, hechos que siempre eran desestimados y aceptados por los adultos con total naturalidad. Nadie mencionaba los tiroteos nocturnos de las monjas.

De repente, los disparos cesaron y Mari pudo dormir la mayoría de las noches. La comida mejoró desde que la familia se trasladó al convento, y la familia a veces podía comer junta cuando los tíos de Mari y su padre venían a casa a descansar. Uno de esos días, Mari se sentó a la mesa con sus tres tíos, su padre y su abuelo mientras esperaban a que Pilar y la abuela de Mari sirvieran una de las raras comidas bien recibidas. Mari se dio cuenta de que había otra persona en la mesa preparándose para comer con su familia. Sentada junto a su padre estaba Dolores, la mujer de los grandes dientes blancos, la mujer que siempre estaba cantando, la mujer a la que su padre besó la noche que volvieron del pueblo de su abuela, la mujer a la que su padre acariciaba ahora mientras reía y le susurraba al oído.

El odio, el terrible odio de Mari, había vuelto. Mari salió corriendo del comedor sin decir una palabra, y salió del edificio hacia el patio donde habían disparado a las monjas. Imaginando a Dolores con las manos atadas delante de ella, sosteniendo un rosario y rezando, Mari apuntó con el dedo e hizo la mímica de dispararle en la cabeza. Se imaginó a la mujer de grandes dientes blancos cayendo al suelo. Con rabia, Mari dio patadas y puñetazos al cuerpo imaginario contra la pared.

La abuela salió corriendo del edificio, gritando a la niña: "¡Para! ¡Para!" Sosteniendo a su nieta suavemente en sus brazos, María apoyó su mejilla en la cara de Mari, tarareando y besando sus párpados una y otra vez hasta que, agotada y entumecida, el cuerpo de Mari se relajó y la abuela la soltó. Volvieron al edificio cogidas de la mano y en silencio. Una vez de vuelta, la abuela intentó disculparse, riendo y sin dirigirse a nadie en particular: "Tiene el temperamento de la familia. Estará bien después de comer y dormir la siesta."

Nadie preguntó a Mari qué había pasado. Su padre estaba distraído y centraba toda su atención en la mujer de grandes dientes, ignorando las lágrimas de rabia en los ojos de su hija. Mari se sentó en silencio, con una sensación de hundimiento en la boca del estómago, con ganas de vomitar.

Después de comer, los hombres se sentaron alrededor de la mesa, sin afeitar y con sus monos azules, con aspecto cansado, pero hablando y riendo mientras se pasaban una bota de cuero llena de vino sobre la mesa. El abuelo leyó de las muchas páginas que escribía casi todos los días con su máquina de escribir sobre política, guerra, el fracaso de Roosevelt a la hora de acudir en ayuda de la España republicana, el fracaso del presidente norteamericano a la hora de actuar sobre las propuestas de resolución para acabar con el embargo norteamericano de armas a España, y cómo este retraso había concedido a los católicos tiempo para tomar impulso y abortar la propuesta.

"¡Este embargo," gritó don Juan, "no es legal ahora, y nunca lo ha sido teniendo en cuenta nuestra situación en España! La Ley de Neutralidad de EEUU de 1935 fue una respuesta a los conflictos en Abisinia y no tiene nada que ver con nuestra guerra." Se refería al embargo que el poderoso y manipulador Cordell Hull, secretario de Estado de Estados Unidos además de ferviente católico, utilizó para negar la ayuda a los republicanos en España, haciendo caso omiso a las protestas de todo el mundo, desde los obreros hasta los políticos liberales y conservadores europeos, pasando por científicos no políticos, como Einstein. "Estoy sorprendido y decepcionado," continuó don Juan. "Soy consciente de que el Papa es un hombre poderoso, pero también lo son los millones de estadounidenses y europeos que se preocupan por nosotros."

Alfonso encendió un cigarrillo y echó el humo al aire. Su voz era casi un susurro. "Tuve esperanzas cuando Eleanor Roosevelt apoyó a la República. ¿Recordáis?"

Su hermano Max se inclinó hacia él, con la voz temblorosa. "Eleanor Roosevelt era una mujer poderosa, pero no lo suficiente como para detener al bastardo de Hull. ¿Cómo ha podido el pueblo americano votar a un jodido fascista católico?"

Alfonso le miró y sonrió. "Se salió con la suya porque el presidente Roosevelt cambió sus creencias por el voto católico. Es otro cabrón, y ahora estamos jodidos. Es hora de dejar de hablar de las oportunidades pasadas y de entregarnos. Esta guerra ha terminado."

Don Juan se quedó mirando a su hijo con una mirada incrédula. Cuestionó el desenlace de la conversación. Consideró el comentario de su hijo como cobarde. La cuestión de la derrota nunca se le había pasado por la cabeza: no la derrota por rendición, solo por muerte. ¿Cómo podía su hijo considerar la vida bajo una dictadura y el Vaticano? Su propia vida había sido una serie de derrotas tumultuosas que no le permitieron entregar al fascismo su forma de pensar y, posiblemente, su vida. Durante toda su vida adulta, su energía se había dirigido a la supervivencia de su familia, su país y sus ideas.

Ahora Don Juan se daba cuenta de cómo sacrificó la expresión de sus emociones y su necesidad de cercanía con su mujer y sus hijos al salir de España durante el reinado de Alfonso XIII con la cabeza llena de ideas y planes para una democracia marxista en todo el mundo. Buscó la igualdad y la equidad política en el Nuevo Mundo, permitiéndole la libertad de sus pasiones políticas, pero la igualdad se le escapó de un continente a otro. Desde los talleres clandestinos en la ciudad de Nueva

York hasta los campos de trabajo para inmigrantes en California, pocos quisieron escuchar sus ideas. Nadie leyó sus palabras: ni los inmigrantes de California, ni los *peones* mexicanos que trabajan sin descanso bajo el sol abrasador por unos centavos al día. Llevó a su familia por el desierto de California en camiones cargados de muebles y niños, muy parecido a la sombra de un Don Quijote casado en las áridas llanuras de La Mancha.

Fueron tiempos difíciles. Hizo que su familia recogiese fruta y permaneciese en campamentos asolados por pobreza y enfermedades. Vio a su mujer dar a luz al último hijo entre sillas y utensilios de cocina en un camión atascado en la arena del desierto de Mojave. Una hija perdió la audición y otra perdió la vida en un campo de inmigrantes de California infestado de enfermedades en el que se recogía fruta. Esto no le detuvo, y empujó a su familia a México, donde la alimentó transportando whisky a través de la frontera con Estados Unidos durante la Ley Seca. Mientras tanto, aporreaba su máquina de escribir y predicaba las bondades de una reforma socialista a una población de indios mexicanos que lo tomaban por loco. Había abortado toda emoción, toda necesidad de cercanía y amor con su familia al consumir toda su energía tratando de cambiar un mundo que no quería ser cambiado.

La Segunda República Española, por cruda que fuera, le había devuelto todas sus esperanzas de disfrutar de un mundo seguro, libre y cómodo, sin miedo a la esclavitud de los ricos y poderosos, un mundo educado, un mundo sin hambre, un mundo donde todos fueran iguales y libres de elegir su religión y su orientación política. Su mundo. Su realidad.

Don Juan giró la cabeza para no ver a sus hijos. No iba a participar en una conversación sobre rendición, y cambió bruscamente el tema de discusión iniciando uno de sus monólogos sobre estrategias para ganar una guerra que ya estaba perdida. Habló de la necesidad de atacar y recuperar algunas de las poblaciones entre Valencia y Zaragoza, principalmente Teruel, para mantener una línea abierta desde Madrid a Barcelona y empezar así a trabajar en una ofensiva.

Alfonso y sus hermanos siguieron pasando la bota de vino. Era evidente que don Juan no estaba dispuesto a aceptar la inminente realidad de una derrota republicana. Llevaban mucho tiempo a la defensiva, y ahora los dirigentes del gobierno republicano empezaban a subir a los aviones del aeropuerto de Barajas en Madrid para huir a otros países. Madrid y la costa noreste eran los únicos frentes republicanos que apenas se mantenían en pie. ¡Ahora el don Juan idealista hablaba sobre el avance de las tropas hacia Barcelona!

"¡Bah!", susurró Alfonso a su hermano. "El pobre idealista hijo de puta. ¡Demasiado vino!"

Las mujeres limpiaron la mesa, llevando todos los platos sucios a la cocina. La mujer de Don Juan y su hija Pilar sumergieron los platos en una pila llena de agua caliente y jabón. Mari siguió a su abuela hasta la cocina, tratando de llamar su atención o tal vez para que le diera un poco más del postre de flan.

Dolores, que estaba sentada en la mesa de la cocina, llamó a Mari por su nombre. Mari dejó de mirar al suelo y Dolores la levantó. Ignorando a la niña tensa y malhumorada que tenía en sus brazos, Dolores colocó a Mari en su regazo e intentó iniciar una conversación. "Mari, te pareces a tu madre. Los mismos ojos. ¿Recuerdas a tu madre? Era mi amiga."

La abuela se dio la vuelta desde la pila, frunciendo el ceño, y miró a Dolores con una mirada de enfado. Le pidió a su nieta que bajara del regazo de Dolores: "Ve al comedor a ver si los hombres quieren café."

Después de que la niña saliera de la estancia, María se puso delante de Dolores y forzó una sonrisa mientras se secaba las manos en el delantal. Sus palabras eran cortantes, pero hablaba muy despacio, intentando suavizarlas. "Dolores, sé que probablemente no sabes que Mari no recuerda a su madre. Preferimos que siga siendo así. Creemos que esta niña ya ha sufrido bastante por los problemas entre su madre y su padre, así que ya es hora de que empiece a sentir que pertenece a esta familia sin que todos los días eche de menos a su madre."

Dolores miró al suelo sin responder. No quería crear ninguna situación incómoda entre ella y la madre del hombre con el que quería casarse, pero no se sentía cómoda con lo que su madre acababa de decir. Creía que todos los niños debían conocer a su madre, independientemente de la situación entre sus padres. El ambiente en la cocina era tenso. Dolores se dirigió a la ventana y contempló el jardín y los pensamientos que tenía sobre Rosa, la madre de Mari, los cuales la distrajeron de la tensión que había en la estancia.

Sí, Dolores recordaba bien a la madre de Mari: Rosa, la adolescente extranjera que estaba casada con Alfonso y que llegó a España unos meses después de que este se instalara en Madrid con su madre. Dolores conoció a Alfonso antes de la llegada de Rosa, y ambos mantuvieron una relación romántica llegando incluso a planear su matrimonio. Alfonso pensaba divorciarse de su mujer por abandono, lo cual no era exactamente cierto, ya que Alfonso había abandonado a Rosa. Querían aprovechar la separación republicana de la Iglesia y el Estado en España antes de que la república cayera y España, de nuevo bajo el mandato católico, declarara ilegales los divorcios. El plan era casarse de inmediato, antes de que los padres de Dolores se enteraran de que Alfonso se había casado y divorciado, lo que considerarían inaceptable debido a sus creencias católicas.

Todos estos planes se acabaron cuando un don Juan furioso se puso en contacto con Alfonso desde Nueva York con la noticia de que Rosa, la mujer de Alfonso, había dado a luz a su primer hijo y estaba embarazada de otro, concebido antes de que él partiera hacia España. "No ha podido recibir ninguna ayuda de su familia," escribió don Juan, "y ha estado viviendo con tu hija en la calle." Le contó a Alfonso cómo había visto a Rosa de pie en una de las habituales y largas colas que la gente hacía para recibir comida en Nueva York en plena Depresión y lo doloroso que había sido ver a Rosa, débil y frágil, intentando conseguir comida para ella y para una Mari delgada y descuidada. "Me has mentido," escribió don Juan, "cuando hablamos con tu madre de que te fueras a España para encontrar un trabajo y tener un lugar preparado para cuando los demás pudiéramos reunirnos contigo, eso incluía a tu mujer y a tu hija. ¿Cómo has podido? ¿Cómo has podido abandonar a tu propia carne y sangre?" Don Juan ordenó a Alfonso que preparara la llegada de su esposa a Madrid y que dispusiera de un espacio adecuado en el que vivir con su familia.

Dolores siguió mirando por la ventana de la cocina mientras recordaba cómo la llegada de Rosa y la niña a Madrid había cambiado su vida. Con la presencia de una esposa embarazada y una niña pequeña, era imposible ocultar a su familia que Alfonso estaba casado. Su familia nunca aceptaría a un divorciado como yerno. Alfonso le dijo, y ella le creyó, que el hijo que esperaba Rosa no era suyo y que se encargaría de colocar al bebé en un orfanato y de enviar a Rosa de vuelta a América.

Rosa dio a luz a un niño, y al hacerlo, desarrolló graves complicaciones hemorrágicas que la obligaron a permanecer en el hospital durante un tiempo después de haber dado a luz al bebé. La estancia en el hospital se prolongó indefinidamente cuando a Rosa le diagnosticaron anemia mediterránea, un tipo de anemia recién descubierta y poco conocida en España que los médicos tuvieron dificultades para gestionar. El nuevo bebé se llamó José. Alfonso llevó a José a casa. Alfonso, junto con Dolores, aprovechó la estancia de Rosa en el hospital para dejar al recién nacido en el orfanato de la ciudad. A Rosa le dijeron que su hijo había muerto al nacer, y como no hablaba español y se encontraba en el solitario aislamiento de un país y un pueblo con los que no podía comunicarse, fingió aceptar lo que Alfonso le había dicho, pero nunca le creyó y lloró la pérdida de su hijo en silencio.

Habían pasado ya casi cinco años desde que Rosa salió de España para someterse a un tratamiento para su enfermedad en Nueva York. Sin expectativas de que Rosa sobreviviera a su enfermedad, Dolores planeó decir a su familia que Rosa había muerto en Estados Unidos, y que ella y Alfonso se casarían y se llevarían a su hija a vivir con ellos. Con estos pensamientos en mente, Dolores quiso establecer una relación con la hija de Alfonso antes de la boda para evitar otro cambio brusco en su vida. Esto era lo que trataba de hacer cuando la abuela la interrumpió y sacó a la niña de la habitación.

La voz apologética de María devolvió de nuevo a Dolores al presente. "Lo siento. He sido un poco brusca, pero Mari sufrió muchos cambios cuando su madre se fue. Ahora que se acuerda de ella, es mejor no recordársela."

Dolores apartó la mirada de la abuela, con la voz entrecortada. "Lo entiendo."

Cuando María y su hija terminaron de lavar los platos, se mantuvo un prolongado e incómodo silencio en la cocina. Pilar trató de ignorar la tensión entre las dos mujeres manteniéndose ocupada en secar los platos y, con una precisión inmaculada, colocando lentamente cada plato y cada taza dentro de los estantes de la cocina. Cuando Pilar terminó de guardar los últimos platos, el incómodo silencio entre su madre y Dolores todavía no había cambiado. Para romper ese malestar, Pilar les ofreció un café. Ambas lo rechazaron.

Finalmente, Dolores se disculpó y volvió al comedor. Estaba a punto de sentarse en la mesa junto a Alfonso cuando se dio cuenta de que Mari no estaba allí. Tocando el hombro de Alfonso, Dolores preguntó: "¿Dónde está la *niña*?"

Los hombres miraron a su alrededor, esperando que la niña estuviera por allí, pero no estaba. "¿Ha vuelto Mari con el vino?" preguntó Alfonso a su padre.

Don Juan hizo una pausa en una de sus lecturas y miró a Alfonso por encima de sus gafas. "Creo que no. No veo ninguna botella de vino."

Dolores levantó las cejas, mirando a los hombres con incredulidad. "No me digáis que habéis enviado a la niña sola a la bodega."

Alfonso cogió una hoja mecanografiada que su padre le estaba entregando, y respondió a Dolores sin levantar la vista: "¿Por qué no? Ya ha estado allí antes."

Dolores se alejó de los hombres y se precipitó hacia la entrada del túnel. Encontró a Mari, con los ojos muy abiertos y temblando, junto a una botella de vino rota en el suelo. Una mano sin vida yacía sobre su pie derecho, una mano que casi parecía querer sujetar el tobillo de Mari. Un hombre grande vestido con la túnica larga de un sacerdote yacía en el suelo sin moverse. Tenía los ojos muy abiertos, mirando hacia el techo. Su mano derecha sostenía un crucifijo. Dolores se horrorizó ante la escena que tenía delante y se arrodilló en el suelo. Cogiendo a Mari en brazos y girando la cabeza de la niña para apartarla del cuerpo que yacía en el suelo, Dolores susurró: "Oh, Dios. No mires, *niña*. Mírame a mí."

Abrazando a Mari con fuerza, Dolores corrió de vuelta hacia el edificio pasando por el comedor, donde los hombres seguían hablando sin prestar atención a lo que ocurría mientras ella pasaba junto a ellos en dirección a los dormitorios de la parte trasera. Se sentó en la primera cama que encontró y, aún con Mari en brazos, se meció de un lado a otro mientras llamaba a los hombres que estaban en el comedor: "Alfonso, había un muerto en el sótano. Un sacerdote. ¡Se lo ha encontrado tu hija!"

Los hombres corrieron hacia los túneles mientras Dolores siguió sosteniendo a Mari en sus brazos y le susurraba a la niña aterrorizada: "Estás a salvo. Estás a salvo."

La abuela entró en la habitación con las manos metidas dentro del delantal. Se arrodilló frente a Dolores y acarició la cara de Mari, que estaba hundida contra el pecho de Dolores, y preguntó: "¿Qué ha pasado?"

Dolores señaló con la barbilla hacia el comedor y explicó: "Los hombres han enviado a Mari a la bodega a por una botella de vino. Allí había un hombre tumbado. Creo que estaba muerto. Mari tropezó con su mano. Era un sacerdote."

Acariciando la mano de Mari, María se levantó e hizo la señal de la cruz contra su pecho. Salió de la habitación, diciéndose a sí misma: "Querido Dios, estoy segura de que me estás explicando la razón de todo esto, pero no sé por qué no puedo escucharte."

Los hombres volvieron del túnel. Alfonso fue a la habitación. Se sorprendió al ver que Dolores seguía sosteniendo a su hija. "Sabes que nunca habríamos enviado a Mari al túnel si creyéramos que existe alguna posibilidad de que haya algo malo allí."

Como siempre, Dolores guardó silencio para evitar expresar sus opiniones, que le parecían demasiado abstractas como para que Alfonso y su familia las entendieran. Como siempre, Dolores guardó silencio para evitar expresar sus opiniones, que le parecían demasiado abstractas como para que Alfonso y su familia las entendieran.

El sacerdote que encontraron en el túnel del vino escapó de su celda después de que el pelotón de fusilamiento le acusara de actos de traición a la República. Su cuerpo no presentaba heridas y nadie sabía cómo había escapado, pero ya estaba muerto cuando lo encontraron y lo enviaron a enterrar a una de las muchas fosas comunes que se cavaban cada día para los prisioneros ejecutados. Este hombre santo, como se llamaba a los sacerdotes, fue declarado culpable de obedecer al Papa y actuar contra la Segunda República Española al utilizar su iglesia para almacenar armas para los rebeldes, así como de enviar información al enemigo detallando los puntos débiles en la defensa de la ciudad. Era un traidor cuya muerte no tenía consecuencias para nadie, excepto para la niña que lo encontró, una niña que ahora yacía en su cama y miraba fijamente al vacío plenamente consciente, pero sin responder a nadie ni a nada.

Noche tras noche, María sostuvo a Mari en sus brazos, sin hacer ningún esfuerzo por ocultar las lágrimas que recorrían sus mejillas, lágrimas de pena y arrepentimiento. Dolor por lo que estaba ocurriendo ahora, arrepentimiento por no haber protegido lo suficiente a su nieta después de lo ocurrido en la Casa de Campo.

"Tenemos que estar con Mari. Tenemos que hacerle saber lo mucho que la queremos", dijo a la familia.

La abuela de Mari y su tía Pilar se sentaban todos los días junto a la cama de Mari y le ponían trocitos de comida en la boca, le hacían beber agua, la lavaban, la sostenían y llevaban su cuerpo flácido al baño todos los días sin poder obtener una respuesta o ser reconocidos.

Alfonso intentó desesperadamente conectar con su hija. Evitaba pasar la noche en el frente de batalla y casi todos los días volvía a casa para verla entre los viajes en los que llevaba a los heridos a los hospitales. Al cabo de unos días, frustrado por no obtener respuesta de su hija, Alfonso negoció una barra de caramelo de chocolate con un vendedor del mercado negro, con la esperanza de que la golosina iniciara algún tipo de respuesta en la niña. No lo hizo, al menos no la respuesta que él quería. Tras mantener el chocolate en la boca durante unos minutos, Mari adoptó posición fetal y, por primera vez en todos estos días, cerró los ojos mientras estaba despierta. Alfonso la miró, sin saber el significado de lo que estaba pasando. Era imposible para él imaginar cómo el sabor del chocolate la había transportado a otro mundo, a otra época en la que el chocolate la hacía sentir segura. Se quedó acurrucada en sí misma, recordando los tiempos en que el chocolate frío y dulce se derretía en su boca y los brazos de la mujer de pelo oscuro la envolvían mientras se reía, limpiando parte de la crema fría y dulce de su barbilla. El sabor del chocolate permaneció en su boca, y los recuerdos de las risas y los juegos volvieron junto con unas palabras familiares: *ice cream*.

Mari se sintió segura en este sueño hasta que la oscuridad de la noche entró en la habitación, y el sonido de una voz ronca susurró: "Ayúdame", mientras algo frío se enredaba en su tobillo. Era la mano unida al brazo unido al cuerpo unido a la cara que tenía esos ojos tan abiertos que la miraban y luego miraban al vacío. La botella de vino que sostenía siempre se le caía de las manos, y los cristales rotos y el líquido oscuro salpicaban la cara unida al cuerpo unido al brazo unido a la mano que le sujetaba el tobillo. No sabía cuánto duraba este sueño, pero una y otra vez, alguien la alejaba de la botella rota y del rostro con los ojos muy abiertos, y una suave voz le susurraba al oído: "Estás a salvo. Estás a salvo." ¿Era esa la voz de Dolores, la mujer de grandes dientes? ¿O era la joven de antaño de piel oscura aceitunada y ojos sonrientes?

Don Juan veía cómo su nieta era menos receptiva cada día. Atormentado por la culpa y la tristeza, se dio cuenta de que el convento ahora convertido en cuartel no era lugar para una niña pequeña. Después de planearlo y meditarlo mucho, se dirigió a su mujer y le habló de sus sentimientos, así como de sus observaciones acerca de cómo creía que el entorno actual del lugar en el que vivían estaba afectando a su nieta. Tras un momento de pausa, don Juan tomó la mano de su mujer y terminó lo que estaba diciendo con una pregunta: "¿Qué te parecería que nos mudáramos a un apartamento propio?"

María miró a su marido con sorpresa y dijo: "Juan, creía que tu trabajo en el cuartel era importante para ti."

"Oh, lo es. No estoy hablando de abandonar mis obligaciones, solo de dónde vivir. Si alquilamos un apartamento cerca, puedo venir a trabajar en bicicleta y por la noche uno de los soldados podría llevarme a casa. Lo único es que no nos veríamos tanto."

María esbozó una gran sonrisa. Besando a su marido, le susurró: "¡Te quiero muchísimo! Por supuesto, sabes que estás en lo cierto. Este no es un buen entorno para Mari. Empezaré a buscar alojamiento ahora mismo. Hay tantos apartamentos vacíos por la guerra que estoy segura de que no tendremos problemas para encontrar algo que podamos pagar."

En dos semanas, la familia se trasladó al segundo piso de un dúplex situado cerca del cuartel que no tenía bodegas, túneles, monjas o sacerdotes muertos, y donde el paso de los pájaros volando era lo único que interrumpía el silencio en las primeras horas del amanecer. El dúplex estaba situado junto a una hilera de casas, muchas desocupadas a causa de la guerra, y daba a una calle ancha e inacabada, sin árboles ni vegetación. El apartamento contiguo al de don Juan y su familia estaba vacío, y María y Pilar empezaron a limpiar y arreglar las cosas del edificio, así como el pequeño jardín de la parte trasera de la casa. Los soldados del cuartel, agradecidos, les dieron a don Juan y María un regalo de despedida: un par de conejos y un pequeño gallo. María construyó en el patio un refugio para los conejos, con la esperanza de que en el futuro vinieran muchos más para facilitarle la cocina. El gallo, que todavía era un pájaro pequeño, gozaba de libertad en el patio, ya que a él también le esperaba un destino oscuro e ingrato en la cocina de María.

Unas campanillas adormecidas trepaban por las paredes de los lados de la casa, esperando que la primavera estallara en flores brillantes y coloridas y cubrir así todo el edificio. A Mari le pareció un auténtico hogar después de los días estresantes que pasó en el cuartel. Era un hogar cómodo, pero solitario. Poco a poco fue saliendo de la cama y empezó a jugar sola en el patio trasero pasando horas con los conejos, lo que le hizo pensar en Chata y en el cerdito que nunca llegó a ver. A veces, el pequeño gallo saltaba y cacareaba, y pensando que el gallo se reía, Mari saltaba y reía con él. La abuela la miraba jugar con el gallo desde la ventana de la cocina, preguntándose por qué su nieta se reía con el gallo pero nunca con la familia.

En el nuevo apartamento, todos se adaptaron pronto a la nueva rutina. La abuela pasaba fuera la mayor parte del día, buscando cualquier alimento básico disponible en el mercado negro de los alrededores de Madrid. A veces volvía con un puñado de patatas y otras con un par de huesos de vacuno para dar sabor a las raciones de lentejas. Hacía ensaladas con las hierbas comestibles que recogía en los solares vacíos, utilizando las gotas de aceite de una botella de aceite que atesoraba de antes de la guerra.

Don Juan pasaba todo el tiempo de que disponía fuera del trabajo detrás de su máquina de escribir, luchando furiosamente contra las injusticias que sufría España a manos de otros países. Estaba furioso después de que Francia prohibiera los envíos de ayuda a la Segunda República Española en un momento en que la Legión Cóndor alemana bombardeaba insistentemente los barcos de abastecimiento, privando de todos los alimentos necesarios a la población civil. A medida que el suministro de alimentos iba disminuyendo y que la caída de Barcelona se convertía en una realidad para los madrileños, una ola de suicidios recorrió la ciudad, animando a más y más simpatizantes fascistas a salir de su escondite y a predicar la rendición sin un tratado de paz.

Madrid estaba sumida en el caos y la desesperación, pero grupos de personas seguían reuniéndose casi todos los días y continuaban marchando por las calles tras la bandera republicana, gritando: "¡No pasarán!

¡No pasarán!"

Tras la caída de Barcelona en manos del enemigo, la derrota de la Segunda República Española en el noreste de España era inminente. En la costa mediterránea, el estado de ánimo de la población, cansada y temerosa, era denso. Con cada hora que pasaba, la desesperación y el desánimo de un pueblo derrotado que había olvidado ya la victoria y se concentraba en la supervivencia aumentaba. Barcelona había sido el corazón y el alma de la provincia de Cataluña. Con el sonido de los tacones enemigos marchando con perfecta precisión militar por sus calles ahora silenciosas, los refugiados se agolparon en el puerto, esperando poder huir por mar. Pero los continuos ataques aéreos habían destruido todos los barcos y botes disponibles atracados en todos los puertos de la costa occidental, dejando a un pueblo aterrorizado incapaz de huir y condenado a una inminente prisión, tortura y muerte una vez que el ejército fascista de Franco asegurara y dominara la ciudad.

Casi de inmediato, después de que Barcelona, el orgullo de España, cayera en manos del enemigo, la esperanza dio paso al miedo y la ira en toda la costa noroeste de España. Los trabajadores municipales dejaron de ir a trabajar, las oficinas gubernamentales cerraron sus puertas, la basura sin recoger llenó las calles y las tiendas fueron invadidas por turbas hambrientas que buscaban comida o cualquier cosa de valor. Finalmente, cada calle de cada pueblo y cada ciudad a lo largo de la costa se rindió al silencio de un pueblo desesperado y abrumado por el terror y la desolación después de que sus esfuerzos desesperados por huir a la frontera francesa o a cualquier otro país por mar fracasaran. La ilusión de una península democrática libre había muerto. Mientras tanto, la milicia republicana de Madrid seguía oponiéndose al ejército fascista, mientras la población civil se desmoronaba bajo los constantes bombardeos de la aviación alemana y el hambre. Los milicianos lucharon y los civiles siguieron levantando barricadas, pero la moral entró en una espiral de descomposición tras la noticia de que los últimos funcionarios del gobierno, entre ellos La Pasionaria, se habían subido a bordo de aviones en un aeropuerto de Dakar, la capital de Senegal, en África Occidental, y habían abandonado a España y a toda la gente que les seguía, muchos de ellos a la muerte.

El conflicto entre partidos políticos perturbó la unidad del ejército y de los civiles en Madrid, y finalmente, surgieron guerras internas entre ellos incluso cuando conseguían resistir los esfuerzos del enemigo por entrar en la ciudad. Ataques aéreos sin previo aviso sobrevolaban la ciudad durante el día, causando un gran número de víctimas entre la población civil, especialmente niños desprevenidos que jugaban en las calles. Abrumado e incapaz de contraatacar estos ataques aéreos del enemigo, el gobierno convirtió los edificios de las iglesias abandonadas en refugios para proteger a los niños durante el día cuando se producían los bombardeos y llamó a los refugios "escuelas de día." Era un plan desesperado que, además de ofrecer protección a los niños, liberaba a los adultos para que pudieran atender al creciente número de heridos en la ciudad. Los soldados empezaron a llamar a las puertas pidiendo que llevaran a los niños a la "escuela de día" del barrio más cercano. [Esta discusión sobre la situación política, etc., me ha parecido intrusiva y ha ralentizado la historia. Enfócate en las emociones y las percepciones.]

Cuando María compartió esta información con su nieta, Mari gritó y chilló, amenazando con huir con los gitanos antes que ir a la escuela en una iglesia. Había oído hablar de esos lugares en los que las monjas golpeaban a los niños con los punteros de madera de los mapas y a veces los encerraban en armarios pequeños y oscuros durante días sin comida ni agua. Se lo dijo su abuelo. Le ocurrió a él cuando era pequeño, y ella estaba dispuesta a vagar por todo el mundo con los gitanos sin un hogar y lejos de la familia, antes de que las monjas la golpearan y la encerraran en armarios pequeños y oscuros. La actitud inamovible de Mari cambió cuando su abuela se ofreció a hacerle un *cocido* para su primer día de clase. Ésta era una de las comidas favoritas de Mari, una comida que no había probado desde hacía mucho tiempo. Recordó viejos tiempos en los que comía deliciosos fideos cocinados en una sopa con el caldo de unas carnes tiernas cocidas en aceite de oliva y especias dulces. Se le olvidó por completo lo de pasar el día abandonada y ser golpeada por las monjas. Su cabeza se llenó de imágenes de garbanzos servidos con grandes trozos de ternera, cerdo, patatas y col roja bañada en aceite de oliva servido después de la sopa de fideos. Estas visiones hacían que las palizas de las monjas parecieran insignificantes. Esta era su comida, la comida de antaño. Era lo que comían cuando su padre estaba en casa todas las noches, lo que comían cuando su abuelo le contaba historias de España, una comida que bien valía el enfado de una monja.

Después de que su nieta aceptara ir a la escuela a cambio de que ella cocinara, la abuela intentó no pensar en lo que costaría esta comida. Le costaría sus zapatos de cuero, que era lo que necesitaría en el mercado negro a cambio de las carnes para hacer el cocido. Las patatas, la lombarda, los garbanzos y las patatas todavía se podían comprar con dinero, mucho dinero, pero eso no tenía importancia. Renunciar a sus zapatos de cuero fue un poco más difícil; todos los artículos de cuero habían sido confiscados para hacer botas para el ejército, y un par de zapatos de cuero era todo lo que se permitía a cada persona. Era su último par de zapatos, pero mereció la pena el sacrificio cuando finalmente estuvo frente al edificio de la escuela con su nieta.

Mari sonreía y parecía feliz mientras metía una naranja en el bolsillo de su delantal y señalaba a su abuela con un dedo tembloroso. "No lo olvides, Abuela. ¡Me prometiste cocido cuando llegara a casa después de la escuela!" La voz de la niña era seria y autoritaria, y la abuela tuvo que fruncir los labios en un intento de no reírse y, en su lugar, asintió con la cabeza, en señal de afirmación y comprensión, mientras su nieta se alejaba de ella, caminando hacia la puerta de la iglesia abandonada.

Una mujer alta con el pelo oscuro recogido en un moño saludó a Mari con una sonrisa y la cogió de la mano mientras atravesaban las puertas delanteras de la iglesia abandonada y entraban en una sala de recepción vacía con cristales tintados y un altar vacío al fondo de la sala. La mujer, que aún sostenía la mano de Mari, empujó una puerta en la parte posterior del altar y siguió un pasillo largo y oscuro hasta llegar a un pasillo estrecho que descendía y terminaba frente a una gran sala sin ventanas. Era una habitación grande y fea, con paredes húmedas y sin terminar. Gotas de agua se arrastraban hasta formar pequeños charcos en el borde del suelo. Parecía como si las estatuas religiosas y los cuadros, ahora desaparecidos, que antes asomaban por las paredes hubieran dejado nichos y contornos vacíos en la pared. No había más mobiliario en la habitación que unos bancos largos y toscos de madera sin terminar, donde las monjas antes se reunían para rezar.

Ahora estos bancos acogían a un grupo de niños asustados que miraban una pantalla de cine. Era una sala oscura, húmeda y con olor a polvo, en la que el susurro de las oraciones de las monjas casi podía oírse por encima de las voces procedentes de la pantalla de cine. Vaqueros y caballos corrían frente a los niños, gritando palabras incomprensibles y emitiendo sonidos extraños. Los subtítulos en español parpadeaban en la parte inferior de la pantalla, confundiendo a los niños, que nunca aprendieron a leer ni a escribir porque sus padres y maestros estaban demasiado ocupados matándose entre sí.

La mujer del pelo oscuro recogido en un moño siguió sonriendo mientras se dirigía a Mari. "Me han dicho que eres Americana. Tal vez puedas entender lo que dicen los vaqueros y contárselo después a los demás niños."

Mari no sabía qué decir. No sabía nada sobre americanos. "Soy-mm", tartamudeó y dejó de hablar, recordando la voz de su abuelo el día en que le preguntó si ella era española. "La sangre de los íberos, de los celtas, de los griegos y de los romanos está en tus venas. Puede que también tengas una gota de sangre mora en la punta de tu nariz, una mezcla que te convierte en española. No importa dónde hayas nacido. No hay más que sangre española en esta familia. Nunca lo olvides."

Quería creer a su abuelo, pero esta mujer la había llamado americana. En todos los relatos e historias de su abuelo sobre distintos pueblos, nunca mencionó a los americanos. ¿Qué era un americano? Se sentó en uno de los bancos de madera con los demás niños, sin oír ni ver lo que aparecía en la pantalla que tenía delante. El sonido de las bombas silbando en el aire llegó desde el exterior del edificio, resonando en el interior de la sala y persistiendo en el aire antes de que las bombas explotaran. Cada vez que una bomba silbaba en el aire, los niños se sentaban erguidos, como hipnotizados, y esperaban a que la bomba explotara.

Los niños rompían y masticaban semillas de girasol de pequeños cucuruchos hechos de papel de periódico que les daba la mujer de pelo oscuro recogido en un moño. El masticar y el crujir se hicieron más rápidos y más fuertes a medida que cada bomba explotaba en algún lugar fuera de la habitación. El sonido de una explosión todavía resonaba en las paredes de la sala cuando un niño sentado junto a Mari se dio cuenta de que no tenía semillas de girasol y acercó su cuerpo al de ella. Tenía la cara mojada por las lágrimas y por el líquido de una nariz que le chorreaba por la barbilla mientras extendía su mano temblorosa sosteniendo semillas de girasol.

Mari sonreía y extendía la mano para aceptar el regalo del chico, cuando todo lo que tenía delante cambió. El niño de las pipas de girasol era Manolito, con la nariz llena de mocos y los ojos llorosos. Tenía el mismo aspecto que el día en que explotó el proyectil de mortero, el día en que él y las gemelas Conchita y Rosa María fueron asesinados en Casa de Campo. El mismo Manolito al que había mentido sobre que la Pasionaria había dejado un mensaje. Ahora Manolito estaba aquí, sentado junto a ella, mirando a través de la habitación hacia un rincón oscuro mientras las figuras de Conchita y Rosa María aparecían lentamente a través de la pared y le devolvían la mirada en silencio.

Los brazos de Mari se quedaron sin fuerzas. Sus manos soltaron las semillas de girasol que el niño le había dado. Perdió el control de su vejiga. *Whiz, bang, click, snap*; las paredes resonaban con el ruido de las bombas que caían fuera de la habitación y el sonido de las semillas de girasol que los niños rompían con rapidez dentro de la habitación.

"¿Ya estamos muertos?" susurró Manolito.

"Estamos todos muertos," susurró Conchita, mientras Rosa María asentía. Las gemelas miraron directamente a Mari mientras sus imágenes se desvanecían lentamente en las sombras de la habitación mientras susurraban: "Mentiste, Mari. No había ningún mensaje de La Pasionaria."

"Lo siento, Manolito. Lo siento, Conchita. Lo siento, Rosa María."

La naranja que le había dado su abuela rodó por el suelo sin hacer ruido y, al mismo tiempo, la cabeza de Manolito sobrevoló la habitación, desapareciendo silenciosamente por la pared opuesta, dejando el cuerpo sin cabeza junto a Mari.

El sonido de una voz en la habitación detuvo la vueltas en su cabeza. Era la mujer de pelo oscuro recogido en un moño. Leía los subtítulos de la película en la parte inferior de la pantalla en un tono susurrante. Ya no sonreía. Cada vez que explotaba una bomba, sus ojos recorrían la sala para confirmar que todos los niños estaban a salvo. Una vez que la atención de Mari volvió a la habitación, el cuerpo de Manolito desapareció, y el niño que estaba a su lado con la nariz llena de mocos la miraba fijamente.

Los niños siguieron mirando la pantalla con la mirada vacía mientras escuchaban el ¡*whiz! ¡bang!* de las bombas que caían fuera del edificio y el *click, click, snap, snap* de las semillas de girasol que rompían dentro de la habitación. No se dieron cuenta de que el sonido sibilante de las bombas que caían había cesado hasta que la mujer de pelo oscuro recogido en un moño dejó de hablar. La estancia estaba en silencio. Los dedos que sostenían los conos de papel se congelaron en el aire.

La mujer de pelo oscuro recogido en un moño se recompuso, apartando algunos cabellos que le habían caído frente a los ojos. Miró alrededor de la sala silenciosa y recorrió los bancos, sonriendo a los niños mientras encendía las luces, tratando de mostrarse alegre. "¡Ha sido una película maravillosa! ¿No lo creéis? Llegamos justo a tiempo para ir a casa y comer. No olvidéis echar una siesta después de comer. ¡Ha sido una película buenísima! Sí, mis valientes soldados, llegamos justo a tiempo para ir a casa a comer y dormir la siesta. Los soldados tienen que comer y descansar para ser fuertes."

Como los niños no hablaban ni se movían de sus asientos, la mujer los condujo con suavidad hacia ella, moviendo las manos y repitiendo: "¿No pensáis que ha sido una buena película?" Antes de salir de la estancia, la mujer pidió a los niños que se pusieran en fila y caminaran de dos en dos, cogidos de la mano. Para evitar que nadie se diera cuenta de que tenía la falda mojada, Mari se quedó atrás, siendo la última de la fila y llevando de la mano al pequeño. Ya no tenía lágrimas en los ojos y ahora le sonreía, pero su nariz todavía goteaba. Mari sacó un pequeño pañuelo de su delantal y le limpió la cara.

La mujer del pelo oscuro se desató el moño mientras caminaba delante de los niños, y éstos la siguieron en silencio. Solo se oía el arrastrar de pies de los pequeños mientras estos subían por el pasillo inclinado hasta llegar a la parte delantera del edificio, donde se quedaron en silencio junto a la puerta. Nadie parecía haberse dado cuenta de la gran mancha húmeda que Mari había dejado en uno de los bancos, porque había muchas otras manchas húmedas que otros niños aterrorizados habían dejado en otros bancos.

Fuera del edificio de la iglesia, una joven con el mono y la gorra puntiaguda con borla en la parte delantera que llevaban los soldados republicanos esperaba a los niños. Señaló hacia un camión aparcado delante de la puerta y sonrió. "¡Daos prisa! A ver quién se sube primero al camión. No queremos llegar tarde a comer."

Mari miró la gorra puntiaguda con la borla en la parte delantera de la mujer y recordó la que le regaló el soldado andaluz en el viaje de vuelta a Madrid desde el pueblo de su abuela. Preocupada pensando en el gorro, en Tío Miaja y en Chata, la cerda preñada de la aldea, Mari estaba demasiado distraída como para oír una voz que la llamaba por su nombre hasta que esta la llamó una y otra vez. Era Dolores, la mujer de grandes dientes. ¿Qué quería? ¿Por qué, de repente, siempre estaba cerca?

Mari se volvió y se dio cuenta de que su padre estaba de pie junto a la mujer, con el brazo alrededor de sus hombros. El labio superior de Mari se torció mientras desvió la mirada. No quería ir a ninguna parte con esa mujer. El amargo sabor de los celos y la ira se precipitó desde el fondo de su estómago, y salió corriendo para alejarse de Dolores y su padre y saltar al interior del camión. Intentando sonreír, Dolores se apartó de Alfonso y metió la mano en el camión, intentando coger la mano de Mari y ayudarla a bajar.

Mari se adentró aún más en el camión, esperando que su padre la levantara y la sostuviera en el aire, tal y como acostumbraba a saludarla desde que era un bebé, pero su padre no se movió. Permaneció de pie, agarrando de nuevo los hombros de Dolores. Fue Dolores la que, alejándose de Alfonso, levantó a Mari en el aire y la colocó en el suelo mientras la cogía de la mano. "¿No te acuerdas de mí? Soy Dolores, la amiga de tu padre. También me gustaría ser tu amiga. Estamos aquí para llevarte a casa."

Mari levantó las cejas y comenzó a caminar hacia atrás. Dijo: "Sí, me acuerdo de ti, pero mi abuela dijo que el camión de la escuela me llevaría a casa. Prefiero ir a casa en el camión con mis amigos."

Dolores sonrió, tratando de ocultar su creciente decepción. Alfonso no dijo nada, lo que decepcionó aún más a Dolores. Conteniendo sus sentimientos y dándose cuenta de que Alfonso no iba a hacerse cargo de la situación, se dirigió hacia Mari, cogiéndole la mano, y dirigiendo suavemente sus palabras en un esfuerzo por ganarse la confianza de la niña. "Lo sé, lo sé. Estábamos en tu casa, y tu abuela dijo que le parecía bien que te lleváramos a casa para que pudiéramos hablar un poco y conocernos."

¿Por qué necesitaban conocerse? Mari vio partir el autobús escolar sin ella. Agachando la cabeza para no mirarles cogidos de la mano, caminó detrás de su padre y de la mujer de grandes dientes, esperando que su ropa interior se secara pronto. Con gusto elegiría la muerte antes de que la mujer de grandes dientes se diera cuenta de que se había mojado. Después de que subieran al tranvía, Mari se sentó junto a Dolores y mantuvo la cabeza erguida, pero al mismo tiempo lanzaba algunas miradas de vez en cuando a la mujer de grandes dientes, que llevaba una chaqueta pesada de lana sobre un vestido estampado de un material suave que acentuaba sus pechos pequeños y bien definidos. Dolores no llevaba delantal ni faldas negras y feas como otras mujeres. Sus pequeños pies estaban bien metidos en unos zapatos de tacón alto, no en unos zapatos planos desgastados, como la tía y la abuela de Mari. Sus suaves y largas piernas apenas quedaban cubiertas bajo el vestido, mucho más corto que las faldas habituales que llevan las mujeres mayores.

Al mirar a Dolores, Mari no se sintió bien vestida llevando su ropa desgastada, llena de parches y codos rotos. Los dedos de los pies de Mari sobresalían por los agujeros de sus alpargatas hechas de tela y cuerda, las cuales ya se le habían quedado pequeñas. Sus pies eran casi más grandes que los de Dolores, y en lugar de unas piernas completas y curvass, tenía un par de palos rectos y flacos con las rodillas llenas de arañazos y costras producidas durante las horas que pasaba jugando con el gallo y los conejos de su abuela. Mari notó que la gente del tranvía miraba a Dolores con admiración y que el brazo de su padre le rodeaba el hombro con el orgullo de ser el propietario. Nadie miraba a Mari. Odiaba a esta mujer.

Dolores trató de establecer algún tipo de contacto con la niña hosca sentada a su lado. "Tus alpargatas ya no te sirven. Estás creciendo muy rápido y tus pies son cada vez más grandes. Quizá tu padre y yo podamos ayudarte a encontrar alpargatas más cómodas de tu talla."

Pies grandes. La mujer de dientes grandes había dicho que Mari tenía los pies grandes. El tranvía circulaba y se balanceaba por las calles bajo el cielo nublado de una tarde fría, mientras Mari escapaba de su odiosa realidad sumiéndose en ensoñaciones que le proporcionaban poder y control. Imaginó un castillo situado en lo alto de unos elevados acantilados formados por roca viva. Era su castillo, un castillo que había construido con los restos de sus sueños, sus fantasías y sus viajes nocturnos a otros reinos. Un castillo construido desde la soledad. Y ahora, en lugar de estar sentada en un tranvía junto a la mujer que odiaba, galopaba hacia el castillo, montada en un semental blanco. El sonido de su látigo chasqueó en el aire, instando al caballo a ir más rápido mientras veía al semental aletear sus fosas nasales y correr hacia delante a velocidades increíbles. El semental galopó por los elevados acantilados con vistas a una serie de rocas dramáticas y peligrosas que había debajo. El viento soplaba a través de la capa de Mari, una capa hecha de la más fina tela árabe, una capa bordada con hilos de oro. Un turbante confeccionado con la más fina de las sedas brillaba con preciosas joyas y abrazaba milagrosamente la cabeza de Mari, sin que le molestara la inmensa fuerza del trote del caballo contra el viento. Un gran y majestuoso castillo apareció en la cima de la roca más alta. Las trompetas resonaron en el espacio, anunciando así su llegada. Unas cadenas pesadas tintinearon al bajar el puente del castillo, situado sobre un foso infestado de cocodrilos que protegía la entrada.

Mari cruzó al galope el puente de madera y hierro. Unos sirvientes altos y musculosos se apresuraron a sujetar las riendas de su caballo. Mari saltó del corcel sin esfuerzo y se precipitó hacia las inmensas puertas del castillo que ahora se abrían con precisión militar. Unos profundos y sinuosos túneles conducían hasta las mazmorras situadas en las mismas entrañas del castillo. La mujer de grandes dientes colgaba de unos grilletes con los brazos y las piernas extendidos en una de las mazmorras. Tenía unos pies enormes dentro de unas botas de hierro muy pesadas. Mari miró a la mujer. Desfilando hacia delante y hacia atrás, Mari siseaba y reía con odio y desprecio. "¡Tú eres la que tiene unos pies grandes y feos! Los pies grandes y feos no están permitidos en *mi* castillo. ¡Fuera con esos pies!"

El viaje en tranvía terminó justo cuando la mujer de grandes dientes gritaba pidiendo perdón a Mari.

La comida que le habían prometido no estaba tan buena como Mari recordaba de los días en los que no había ninguna mujer extraña introduciendo comida entre sus dientes grandes y blancos y quitándole los pocos momentos de atención que su padre le dedicaba. Se sentó a la mesa, con los pies colgando y girando los tobillos con nerviosismo. Estiró los dedos de los pies para sentir mejor los agujeros de sus alpargatas. Estaba frente a su padre y Dolores. Mari les observaba reír mientras comían y se echaban el vino en la garganta desde una bota de cuero; se sentía totalmente ninguneada por su padre y pasó la mayor parte de la comida luchando para no llorar. No, la sopa de fideos no estaba tan buena como ella recordaba. Los garbanzos se le atascaban en la garganta. La carne le provocaba ganas de vomitar. Hubiera deseado que sus tíos estuvieran allí para que pudieran burlarse y fijarse en ella, pero sus tíos seguían librando las últimas batallas en la frontera madrileña. Solo estaban sus abuelos y la tía Pilar en la mesa, y todos entretenían a su padre y a la mujer de grandes dientes.

Una vez concluida la comida, Alfonso anunció que pronto tendría que partir hacia el frente para traer de vuelta a los heridos y a los muertos antes del amanecer. Miró a su madre, sabiendo cuánto temía sus viajes por miedo a que un día Alfonso pudiera transportar el cuerpo de uno de sus hermanos. Se levantó de la silla y, rodeándole suavemente los hombros con los brazos, le dijo: "Ya no tienes que preocuparte tanto, Madre. Pronto acabará todo esto."

Se hizo el silencio en la estancia. Don Juan trató de romper el clima de tristeza preguntándole a Mari por su día en la escuela. Antes de que Mari pudiera responder, la mujer de grandes dientes interrumpió y, con una sonrisa forzada, mientras entornaba los ojos, miró a Mari. "Debes de habértelo pasado bien con tus compañeros, porque cuando fuimos a recogerte no querías dejar a tus amigos para venir a casa con nosotros. Casi me pareció que yo no te gustaba."

Una tensión incómoda recorrió la estancia, e ignorando el comentario de Dolores, don Juan sirvió un poco de vino en un vaso con agua y pidió a su nieta que se sentara en su regazo mientras le ofrecía la bebida que acababa de mezclar. La niña dio un sorbo al vaso y sus ojos se llenaron de lágrimas al escuchar a su abuelo entre suspiros. Su abuelo dijo: "Hoy las bombas han hecho mucho ruido; me ha tranquilizado saber que estabas a salvo en la escuela, y espero que haya sido divertido estar con otros niños en lugar de estar encerrada en casa con gente mayor. ¿Habéis jugado?"

Lanzando sus brazos alrededor del cuello de su abuelo, Mari lloró abiertamente. Estuvo a punto de contarle a su abuelo lo de Manolito, pero en lugar de eso, susurró: "La mujer de la escuela dijo que yo era americana."

Sin vacilar, don Juan sacó un gran pañuelo de su bolsillo y empezó a limpiarle la cara a su nieta. "Oh, Mari. ¡Tú ya sabes que se ha equivocado! Alguien ha debido decirle que una vez vivimos en Estados Unidos durante un breve periodo de tiempo, y se ha confundido. ¿No recuerdas lo que te conté sobre nuestra familia? Somos descendientes de íberos, romanos, griegos y vikingos, y no olvidemos la gota de sangre mora en la punta de tu nariz."

Mari dejó de llorar. Cogiendo el vaso de la mesa, bebió un poco más del líquido sin mirar a nadie.

El malestar en la estancia iba en aumento. Dolores sintió que le brotaban gotas de sudor en la frente, y Alfonso miró su reloj de pulsera, se levantó de la silla y se dirigió a su padre. "Debo irme. Sánchez y su primo Martín me van a recoger en la esquina y me van a llevar al taller." Besó a Dolores en la mejilla y le preguntó: "¿Quieres que te lleve a casa?"

Mari se preguntó si Dolores se quedaría y le arruinaría el resto de la tarde. "No, gracias, Alfonso. Voy a quedarme un rato hablando con tus padres sobre nosotros mientras Mari se echa una siesta."

Alfonso cogió la mano de su hija, la ayudó suavemente a bajar del regazo de su abuelo y la acompañó hacia las habitaciones. Le dijo a su hija: "Esta noche te echaré de menos. Mañana te recogeré después del colegio y daremos un paseo en la ambulancia, solos tú y yo. Tú ya sabes que eres muy especial para mí; no te quiero ver nunca infeliz."

Mari dejó que su padre la cubriera con una manta fina. Se imaginó a un pequeño bebé acercándose desde la cama hacia una mujer de pelo oscuro y rizado y ojos tristes.

Su padre la besó en la frente y salió de la habitación.

Mari esperó a que la mujer de pelo oscuro viniera a estrecharla entre sus brazos, pero nadie vino, y no había más sonido en la habitación que sus propios sollozos.

Después de que Alfonso saliera del apartamento de sus padres, Dolores se sentó a hablar con don Juan y su mujer. Ellos la escuchaban mientras sorbían una taza de achicoria, el falso café de los tiempos de guerra.

Pilar se sentó a la mesa por poco tiempo, pero con la conversación desarrollándose con rapidez en la sala y las bocas ocupadas bebiendo con frecuencia la achicoria, fue incapaz de leer los labios para saber sobre qué hablaban sus padres y Dolores. Disculpándose, Pilar recogió los platos de la mesa y los llevó a la cocina para lavarlos. Ni su madre ni Dolores se ofrecieron a ayudarla, pero ella lo prefería así. La gente que oye puede resultar poco caritativa y amable con los demás sin razón aparente y, a veces, casi se alegraba de haber perdido la audición; su sordera la había recompensado con poderes a la hora de leer el lenguaje corporal de las personas, una habilidad que parecía mejorar con el paso del tiempo, y hoy era capaz de leer claramente la ira enmascarada hacia Dolores en los rostros de sus padres.

Sí, la sordera era casi una recompensa; no tenía que oír el estallido de las bombas, los gemidos de los soldados heridos o el llanto de las madres que habían perdido a sus hijos luchando en la guerra. Por desgracia, ya no podía oír el piar de los pájaros, el crepitar [¿cacareo?] del gallo de su madre por la mañana, la risa de sus hermanos o la potente voz de su padre. No podía oír el sonido de una guitarra gitana. Estos sonidos eran ahora un recuerdo lejano en un vasto universo de silencio, pero era un silencio que le daba un poder especial y un mayor dominio de sus otros sentidos. Ahora podía ver, saborear, oler y sentir con una precisión asombrosa. A veces, podía sentir los aviones que se acercaban media hora antes de que llegaran a la ciudad, oler y saborear la pólvora de los cañones que se disparaban en las calles y, sobre todo, interpretar el lenguaje corporal de las personas, los animales y, a veces, incluso los pájaros y los insectos.

Ahora, cuando regresó al comedor, sus poderes especiales emitieron una alarma cuando interpretó rápidamente la interacción entre Dolores y sus padres; era tensa. Pilar se ofreció a hacer más achicoria, pero todos se negaron. A esta breve interrupción le siguió un silencio en la sala. Dolores bajó la vista y jugó con las uñas, María miró al balcón y don Juan empezó a liar un cigarrillo. Como ella estaba de pie y todos los presentes miraban hacia abajo o se apartaban de la mesa con un leve giro de cabeza, a Pilar le resultaba difícil leer sus labios. Acercó una silla a su madre y se sentó a la mesa, mirando abiertamente a todos, esperando a que hablaran.

Solo se movían los labios de Dolores, y Pilar leyó lo que decía. "Alfonso no puede divorciarse de Rosa; ella se niega a divorciarse por culpa de la iglesia. No podemos esperar más y tenemos que casarnos por lo civil antes de que acabe la guerra y la iglesia recupere sus poderes. Es probable que Rosa haga que excomulguen a Alfonso, y esto plantearía problemas si esperamos a que termine la guerra y la iglesia vuelve a involucrarse en los matrimonios. Debemos hacerlo ahora, porque estoy embarazada."

Pilar jugó con su delantal, haciendo ajustes innecesarios y limpiando migas imaginarias de su regazo. Don Juan y su mujer no decían nada, solo miraban hacia abajo y jugaban con las tazas de achicoria vacías. Tras un breve tiempo incómodo, Pilar ignoró las últimas palabras de Dolores sobre su embarazo y preguntó: "¿Vivirá Mari contigo y con mi hermano?"

Dolores sonrió. "Por supuesto. Alfonso es su padre. Pero hemos pensado que Mari podría pasar los fines de semana aquí con la familia hasta que se acostumbre a los nuevos cambios, es decir, si todo esto sale bien."

María y don Juan levantaron la vista, tratando de relajar los músculos de la cara. Tras una pausa incómoda, don Juan habló lentamente y con cuidado. "Por supuesto; así disminuirá su ansiedad, y nosotros trataremos de pasar más tiempo con ella. Mi problema es el hecho de que tú y nuestro hijo no estaréis realmente casados a menos que él se divorcie de su mujer, y si no se divorcia de Rosa, todos mis futuros nietos que tenga contigo serán bastardos, dejando a Mari como la única hija legítima de mi hijo."

Dolores miró a don Juan y se obligó a sonreír. "Bueno, la palabra *bastardo* es un poco fuerte, pero durante un tiempo, nuestro hijo no tendrá la edad suficiente como para conocer las circunstancias de nuestro matrimonio; estoy seguro de que todo irá bien en los próximos años. No somos ricos. No tenemos ninguna propiedad. La legitimidad no es otra cosa que un papel y una firma. Alfonso se va a declarar soltero, y nadie se va a poner a buscar una sentencia de divorcio."

Don Juan se puso de pie. Se disculpó y salió de la habitación.

Poco después de que don Juan se fuera, Dolores presentó sus disculpas. Abrazando a María y a Pilar, verbalizó las formalidades pertinentes y se fue a casa.

El asedio a Madrid por parte del ejército de Franco y de las tropas italianas aliadas durante los últimos días de la guerra se convirtió en un horror diario de víctimas humanas, demasiadas para ser contadas. En medio de la confusión, el hambre y el agotamiento, las ambulancias y los médicos se convirtieron en objetivos diarios del enemigo, por lo que era casi imposible atender las necesidades de los heridos mientras estos yacían sangrando y desatendidos detrás de las trincheras. Cada día era una pesadilla. Cada día, más oficiales desertaban del ejército republicano, o eran asesinados, dejando a los soldados detrás de las trincheras con poco o ningún liderazgo y observando impotentes cómo la mayoría de sus camaradas abandonaban el frente o morían a medida que el enemigo ganaba terreno. Con la mayoría de los oficiales ausentes, no había esperanza de resistir. Hora tras hora, el poderoso ejército fascista hizo retroceder a los soldados republicanos, que se desvanecían rápidamente, y pronto llegó a las afueras de Madrid, lo que supuso el fin de la guerra y la derrota de la Segunda República Española. Temiendo que Madrid se convirtiera pronto en un extenso campo de batalla, los civiles aterrados atrapados dentro de la ciudad desaparecieron dentro de sus casas, echando persianas abajo en las ventanas y balcones que daban a la calle, dejando atrás calles silenciosas, tiendas vacías, tranvías abandonados y metros oscuros y vacíos.

Alfonso escuchó los horribles y espantosos relatos del trato inhumano que recibieron tanto civiles como soldados tras la ocupación enemiga de pueblos y ciudades de toda España. Estos relatos incluían crueles cazarecompensas que buscaban a toda persona que pudiera estar a favor de la república. Continuamente llegaban a Madrid historias espeluznantes que eran propagadas por amigos y parientes, lo que hacía temer a Alfonso no ya por él mismo, sino por su padre y sus hermanos. Sabía que su padre, como conocido marxista, y sus hermanos, como miembros de sindicatos, si eran capturados, serían interrogados, torturados y asesinados frente a un pelotón de fusilamiento si se negaban a divulgar información. Pero los rumores más brutales que Alfonso temía eran los que corrían por toda la ciudad sobre los planes formulados por el partido gobernante de Franco, la Falange, acerca de utilizar las cámaras subterráneas que quedaban en Madrid de los tiempos de la Inquisición para interrogar a los prisioneros una vez terminada la guerra.

A Alfonso le atormentaban imágenes horripilantes de extremidades humanas arrancadas de sus cuerpos mientras los prisioneros yacían en los famosos potro de tortura de la Inquisición, donde los cuerpos eran forzados a estirarse más allá de lo que pueden soportar. Sabía que tenía que convencer a su padre de que abandonara Madrid antes de que se firmara el tratado de paz. No sería una tarea fácil pedir a un hombre como su padre que abandonara su ciudad, sus amigos y su lucha contra el fascismo, pero había que hacerlo, y si era necesario, Alfonso estaba dispuesto a secuestrar a su padre por la fuerza con la ayuda de sus hermanos. O tal vez Alfonso utilizaría la culpa para explicar cómo su padre hacía peligrar a la familia al quedarse en Madrid. Alfonso estaba dispuesto a intentar cualquier tipo de coacción, aunque tuviera que utilizar a su madre y a la familia como instrumento de presión. Con estos pensamientos de preocupación por la seguridad y la supervivencia de su padre y hermanos, Alfonso se reunió con su familia unos días antes de que se firmara la rendición de paz.

Alfonso llegó a casa de su padre con Felipe y Carlos, los hermanos de Dolores. Ambos hombres eran bien conocidos por ser miembros del Partido Comunista Español, así como por ser amigos íntimos de don Juan. La familia saludó a estos hombres en la cocina con abrazos y besos en la mejilla, seguido de una animada conversación acerca de las últimas novedades y la situación actual en España. Abandonando el grupo, Alfonso salió de la cocina para dirigirse al comedor y disponer las sillas para la reunión. Mientras pasaba por un balcón abierto, se detuvo un momento y miró los últimos rayos de sol antes de que estos dejaran una calle silenciosa y vacía. No había niños saltando a la cuerda, ni chicos persiguiéndose, ni mujeres cotilleando o compartiendo sus preocupaciones sobre la guerra o sus temores por sus seres queridos.

Alfonso cerró las puertas del balcón y corrió las cortinas. El final estaba cerca, y toda España lo sabía, pero aún no habían aceptado la realidad de perder la libertad y la igualdad. Sentado junto a la mesa y mirando un calendario que colgaba en la pared de enfrente, Alfonso dejó escapar un profundo suspiro. Era marzo de 1939. El pueblo de España había envejecido tres años desde que comenzó la guerra, pero no se había vuelto tres años más sabio. Todavía se derramaría mucha sangre. Uno a uno, la familia y los dos invitados entraron en la sala y tomaron asiento alrededor de la mesa.

Pilar sonrió y puso sobre la mesa servilletas y una bota de piel llena de vino tinto. Ella explicó: "Estaba guardando este vino para el día de la victoria, pero ahora podemos festejar y confiar en un final seguro y pacífico para nuestra guerra, una guerra entre españoles, familia contra familia, padres contra hijos e hijas, e hijos e hijas contra padres. Qué triste."

Mientras Pilar pasaba junto a él, el Chato le dio un golpecito en el hombro y habló despacio para facilitar que su hermana leyera sus labios. "Gracias por el vino, hermana. Sí, es triste que nos hayamos tratado como salvajes, pero la realidad es que, por muy sádicos y crueles que hayamos sido en esta guerra los unos con los otros, no habrá un final seguro y pacífico para todo este lío. Mi dulce hermana, beberé tu vino con gusto. Gracias."

Alfonso se aclaró la garganta. Mirando directamente a su padre, habló en tono tranquilo pero firme. "Esto me lleva al motivo de esta reunión. Como sabemos, pronto perderemos la guerra y esta terminará; ahora debemos centrarnos en nuevos tipos de supervivencia, porque es indudable que el nuevo régimen encarcelará y probablemente ejecutará a todos los miembros del Partido Comunista, así como a todos los miembros de los sindicatos de trabajadores." Su voz empezó a temblar. Sonándose la nariz, trató de ocultar las lágrimas antes de continuar. "Padre, usted es un conocido marxista. También lo son Carlos y Felipe. Max y Pascual son miembros de los sindicatos de trabajadores UGT y CNT. Todos estáis en peligro. Con suerte, el nuevo gobierno solo le encarcelará durante muchos años. Sin ella, le ejecutarán tras días, quizás semanas, torturándole para obtener información.

"Por ello, Carlos y Felipe han tomado una decisión muy acertada y mañana por la mañana se marcharán al pueblo de su familia en Extremadura. El pueblo es pequeño y está aislado; la gente del pueblo rara vez tiene contacto con el exterior y no es políticamente de un lado o del otro. Como la ciudad no ha sido importante desde el punto de vista político o estratégico debido a su aislada ubicación, la guerra nunca los separó. Sus jóvenes siguen vivos, y los viejos siguen siendo sabios y malhumorados. Todo el mundo en el pueblo conoce a Carlos y Felipe, su familia sigue teniendo una casa y tierras en la zona, y su madre y su padre han estado trabajando las tierras cada verano durante años. Por ahora, será un lugar seguro, y Padre, queremos que usted y Madre vayan con ellos y se lleven a Pascual y a Max. Chato y Pilar son americanos, así que no les pasará nada mientras yo arreglo algo a través de la embajada americana para llevarlos de vuelta a América. Ya lo veremos."

Gritando y golpeando los puños contra la mesa, don Juan gritó a Alfonso: "¡Hijo, espero que no estés sugiriendo que salga corriendo como un cobarde! ¿Es que nadie recuerda las historias sobre los españoles de fe judía que, tras siglos viviendo en España, los reyes católicos obligaron a huir de sus casas? ¿Qué tipo de vida tuvieron después? Fueron perseguidos y atormentados; muchos fueron asesinados. Prefiero no prolongar mi miseria. Prefiero morir luchando."

Alfonso levantó las cejas y negó con la cabeza. "No me ha dejado terminar. Dar un paso atrás y explorar las alternativas no es huir. Esta guerra puede estar perdida, pero no la lucha. En este momento, se están preparando planes para futuros ataques guerrilleros, y hombres y mujeres de esas provincias han escondido armas en lugares ubicados detrás de las montañas del norte. Estos planes entrarán en vigor cuando Hitler y Mussolini retiren todas sus tropas aéreas y terrestres de España. Cuando las cosas se calmen, es probable que Franco ofrezca indultos y que casi todo el mundo pueda viajar libremente, por lo que podremos unirnos a ellos. Si no, tendremos que viajar al norte como sea."

Don Juan se levantó, con el rostro deformado por la ira. "¿Ofrecer indultos? ¡Me condenaré para siempre si me humillo aceptando el indulto de un dictador fascista! ¿Cuántas veces se les perdonó a los judíos si cambiaban a la religión católica? Cuando lo hicieron o decían que lo iban a hacer, no impidió que los trataran como leprosos. No tengo intención de cambiar mis creencias a cambio de un indulto."

Alfonso ignoró el enfado de su padre y siguió hablando. "Padre, nunca me deja terminar. Después de que Hitler y Mussolini retiren sus tropas aéreas y terrestres de España, esperamos reunir el impulso necesario en todas las provincias como para ayudar a iniciar los ataques de la guerrilla, comenzando en el norte, para debilitar así a Franco y al régimen hasta que podamos obtener ayuda de Rusia y de voluntarios extranjeros. A partir de ahí, iremos paso a paso. Le necesitamos no solo para luchar, sino también para escribir e informar al mundo sobre los esfuerzos del pueblo español contra Franco. Puede tragarse su orgullo por el bien de su patria y fingir que acepta un indulto y luego ir al norte a luchar con la guerrilla. Madre puede quedarse en el pueblo, volver a Madrid si Chato y Pilar siguen allí, o ir con usted. Para que estos planes se hagan realidad, es necesario que todos nosotros sigamos vivos para luchar contra Franco. Poder movernos libremente ayudaría. No le pido que acepte un indulto; le pido que finja que acepta un indulto para poder seguir vivo y ser de ayuda. Esta vez, *será* una guerra popular, sin partidos ni política. Ni los alemanes ni los italianos ayudarán a Franco. ¿Qué opina, Padre?"

"Alfonso, eso sigue siendo deshonesto. No soy un hombre deshonesto. Aceptar un indulto, aunque sea por poco tiempo, me obligaría a declarar mis creencias como dañinas para España."

"No es deshonestidad, Padre. Se llama estrategia, y la estrategia se utiliza siempre en tiempos de guerra. Es un plan para distraer al enemigo y atacar en lugares donde y cuando menos lo espera."

Todavía de pie y agarrado a la parte superior de su silla, don Juan se inclinó hacia su mujer y le tendió la mano. "María," dijo. "Llevamos mucho tiempo juntos, y tú eres la única persona que me conoce bien. Tú sabes lo que yo quiero hacer, pero haré lo que creas que es mejor para nuestra familia."

María apretó la mano de su marido y se aclaró la garganta antes de responder. "No siempre sé hasta qué punto te conozco bien, pero lo que siempre he sabido de ti ha estado rodeado de honor, amor y preocupación por los trabajadores del mundo. Mantenerse vivo, por la razón que sea, no es una cobardía. Me lo debes a mí y a tu país, seguir vivo y seguir luchando. Estaré a tu lado, y prometo sostener y usar un rifle cuando llegue el momento."

"Muy bien, mujer," respondió don Juan. "Asegúrate de llevar ropa interior de invierno. He oído que las noches en Extremadura son frías." La conversación entre don Juan y su mujer se vio interrumpida cuando, casi a la vez, ambos se acordaron de su hijo Alfonso. No había mención alguna acerca de él o de su esposa e hija en los planes que estaban haciendo para todos los demás. "¡Alfonso, no has dicho nada sobre lo que vais a hacer vosotros! Hijo mío, ¿y vosotros qué? ¿Qué vais a hacer?"

Alfonso se sentó junto a sus padres, cogiéndoles de la mano. "No voy a hacer nada. No tengo ninguna necesidad de salir corriendo. No pertenezco a ningún partido. Nunca he llevado un arma ni he participado en batallas. No soy lo suficientemente importante. Solo soy un conductor de ambulancia. Se supone que los conductores de ambulancias no deben ser considerados como peligrosos ni deben ser retenidos como prisioneros de guerra. A menudo les hemos brindado primeros auxilios a soldados enemigos y les hemos aplicado torniquetes para detener sus hemorragias. Ellos han hecho lo mismo por nosotros. Este es el derecho humanitario de los médicos. Pero si las cosas se ponen feas, me reuniré con ustedes en Extremadura."

"Espero que tengas razón, hijo," murmuró don Juan. Levantando la bota de vino, apretó un chorro de vino hacia su garganta y luego se lo pasó a los demás, doblando el brazo derecho a modo de saludo leal y soltando un fuerte "¡Salud!"

Una a una, ocho fuertes voces distintas respondieron: "¡Salud!"

A la mañana siguiente, con el sol apenas visible tras las montañas, la pequeña y maltrecha camioneta de Carlos y Felipe petardeó, rebotando en los adoquines de la calle hasta detenerse finalmente frente a la casa de don Juan, envuelta en una nube de humo procedente del motor.

La familia estaba preparada. Don Juan, su mujer y sus dos hijos esperaban junto a la acera con tres maletas pequeñas y una gran máquina de escribir. Carlos y Felipe colocaron las maletas en la parte trasera del camión y se sonrieron cuando don Juan se negó a entregar su máquina de escribir. Carlos se sentó en el lado del conductor mientras su hermano y los hijos de don Juan subían a la parte trasera del camión y se sentaban encima de las maletas.

Haciendo un hueco en el asiento delantero entre Carlos y su marido, María frunció el ceño con incomodidad después de que su marido colocara su máquina de escribir en el pequeño espacio que había delante de ella. Se quejó: "¿Tenías que traer la máquina de escribir?"

"Mira, María, esta máquina de escribir va donde yo voy." Carlos arrancó el motor y el camión se movió.

María miró a su marido y le pellizcó el brazo juguetonamente. Le dijo: "¡Las cosas serían mucho más fáciles si hubieras aprendido a usar un bolígrafo!"

A golpes y petardeando, el camión aumentó la velocidad. Intentaron evitar el contacto con el enemigo moviéndose por los caminos secundarios, hechos de tierra, entre las colinas que antes utilizaban los agricultores de la zona para llevar los productos a Madrid los días de mercado.

Tras semanas luchando en las trincheras en una guerra que estaba perdida, con poca comida y aún menos horas de sueño, los hombres que habían protegido Madrid de la invasión fascista durante tres años fueron informados por sus superiores más inmediatos de que la guerra había terminado. Los oficiales ordenaron a los hombres que pusieran todas las armas encima de las trincheras como acto de rendición. La guerra estaba perdida, y el sueño de una España libre había desaparecido. Los soldados, emocionalmente aturdidos, sintieron alivio al entregar las armas en silencio y ver cómo los tanques alemanes, seguidos por los soldados de a pie de Franco y las tropas terrestres italianas, pasaban al otro lado de las trincheras, gritando y cantando palabras de victoria.

Poco después de que pasaran las tropas, les siguieron camiones con ametralladoras y cañones. En el impecable cielo azul, los aviones alemanes volaban en perfecta formación hacia Madrid. Temerosos de que las tropas que pasaban les dispararan o de que los aviones les ametrallaran, los hambrientos y cansados soldados del ejército republicano derrotado se acurrucaron junto a sus camaradas heridos dentro de las trincheras, pero ni las tropas que pasaban ni los aviones les dispararon. Nadie disparó, y los soldados, ahora menos aterrorizados, comenzaron a salir de las trincheras. Llevaron a los heridos a camiones de abastecimiento que estaban aparcados con las llaves puestas y se alejaron a toda velocidad por las carreteras secundarias poco conocidas que utilizaban los pastores.

Franco estaba en cama enfermo de gripe cuando le entregaron el tratado de rendición firmado. Casi de inmediato, se inició otra guerra en toda España, una guerra mucho más dolorosa que la que acababa de terminar. El nuevo partido en el poder inició persecuciones. Hombres armados, vestidos con camisas azules y boinas rojas, registraban casa tras casa, buscando a cualquier persona o cosa relacionada con el gobierno republicano en el exilio. Nada era seguro, pues invadían cualquier edificio municipal y gubernamental, y revolvían los archivos en busca de los nombres y títulos de las personas que habían trabajado para el gobierno republicano. Los expedientes del personal y los registros de los años de guerra fueron confiscados. Se forzaron los escritorios y se examinaron todos los documentos en busca de la identidad de los miembros de la oposición.

Los desplazamientos en Madrid estaban vigilados, y cada camino de salida estaba celosamente custodiado por la policía rural más antigua de España, la Guardia Civil, que se situaba en todas partes vestida con uniformes antiguos y sombreros de charol, con rifles en la mano, esperando para detener a cualquiera que intentara salir de la ciudad. Los soldados que volvían a casa se escondían en cualquier lugar en el que pudieran estar a salvo de las cacerías: bajo edificios bombardeados, en iglesias abandonadas y en bodegas subterráneas. Algunos pudieron llegar hasta las cuevas que dejaron los gitanos en las afueras de la ciudad. A pesar de los esfuerzos por salvarse, la mayoría de los soldados que llegaban a Madrid caían en manos de la Falange o de la Guardia Civil, que, ebrios de poder, golpeaban, mutilaban y torturaban a sus prisioneros, sin importar la edad o el sexo, antes de meterlos en la cárcel o ejecutarlos.

A partir de ese día, la Reconquista fue una época de subordinación y tortura para los miles de españoles que no apoyaban el nuevo régimen. La gran mayoría eran fusilados en el acto, mientras que otros eran transportados a prisiones o campos de concentración para esperar la disposición de su destino, un destino que podía ser cualquier cosa, desde una tortura seguida de un encarcelamiento de por vida con trabajos forzados, hasta una muerte a manos de pelotones de fusilamiento mientras sus familias eran obligadas a mirar. Los prisioneros republicanos de mayor rango desaparecieron en celdas subterráneas bajo las calles de Madrid. Antes de morir, fueron víctimas de los mismos métodos de tortura que la Inquisición española utilizaba para extraer información casi quinientos años atrás. Franco dirigió esta siniestra guerra contra el pueblo español en nombre de una "España unida," mientras el resto del mundo observaba sin hacer nada. Desde su trono en el Vaticano, el Papa aclamó y bendijo a Franco.

Desde el día en que el ejército de Franco entró en Madrid, la ciudad permaneció en silencio, con calles vacías en las que no había vítores ni agitación de banderas. Madrid estaba dispuesto a morir antes que arrodillarse ante el enemigo; el pueblo había perdido su poder militar, pero no su creencia en una España democrática en la que todos eran iguales y todos eran libres de expresar sus creencias personales y adorar a sus propios dioses. Los habitantes de la ciudad vivían bajo una austeridad casi religiosa de disciplina y abnegación silenciosa bajo el temible escrutinio de quienes la imponían, la Falange, en un estado ahora fascista.

Madrid no recuperó los distintos sonidos y olores que antaño caracterizaban las calles de la ciudad antes de la guerra. Todavía no había olor a pan recién horneado por las mañanas, ni vendedores que anunciaran su llegada con verduras y frutas frescas, ni olor a cocina española a primera hora de la tarde. Las mujeres no charlaban ni reían mientras esperaban en cola para recibir las raciones de comida para la familia. Todos los barrios estaban envueltos en un silencio y una quietud que parecían proceder de una esfera de tiempo y espacio ajena a las actividades cotidianas de la vida presente de la gente.

En el interior de sus casas, las familias se reunían para esperar que sus maridos, esposas, hijos e hijas fueran liberados de la cárcel, mientras compartían en voz baja el dolor y la pena entre ellos con las ventanas cerradas, temiendo que los vecinos les escucharan y les denunciaran a la Falange. Era una espera dolorosa e interminable que, en ocasiones, terminaba en desesperación cuando mataban a sus seres queridos, los enviaban a África a realizar trabajos forzados o los encerraban tras los inescrutables muros de una prisión negándoles el contacto con el mundo exterior. [Esta es una redacción periodística excelente. En un libro como este, es mejor sacar a relucir la información a través de las percepciones de un personaje, quizás Alfonso.]

No hubo mucho tiempo para que Mari se adaptara a su nueva vida con Dolores o a cualquier otro aspecto de su nuevo entorno. En mitad de la noche, se oyeron fuertes golpes en la puerta. Unos jóvenes altos del nuevo orden, con boinas rojas y armados con fusiles, se situaron frente a la puerta del apartamento, vestidos con camisas azules inmaculadamente limpias y bien planchadas que llevaban el símbolo de la Falange bordado en los bolsillos de las mismas: un yugo rojo y cinco flechas. Los jóvenes chasquearon los tacones y se pusieron en posición de firmes en el pasillo, sujetando los rifles y moviendo los pies dentro de unos botines negros brillantes sobre los que habían doblado la parte superior de los calcetines blancos y metido cuidadosamente por dentro los pantalones negros.

Los jóvenes se quedaron mirando al frente sin expresión alguna y esperaron mientras su líder se situaba frente a la puerta mirando a Alfonso y a Dolores, que la mantenían abierta. "¿Alfonso Martín González?", preguntó el militante de la Falange de mayor edad.

"Ese soy yo," respondió Alfonso.

"Alfonso, tenemos información de que sabes dónde encontrar a algunos de los miembros del Partido Comunista."

Alfonso miró al hombre y sonrió. Dijo: "No soy comunista. ¿Qué podría saber yo de los miembros del Partido Comunista?"

"Porque uno de ellos es tu padre, don Juan Martín Villaverde. Los otros dos miembros del Partido Comunista que buscamos son tus cuñados, Carlos y Felipe."

Alfonso dijo en voz alta: "¡Ah, mi padre! Hace tiempo que no veo a ese hijo de puta. No aprobaba que quisiera casarme con mi mujer, así que nos separamos hace más de un año. No tengo forma de saber dónde pueden estar él o los demás. No conozco demasiado a la familia de mi mujer…"

No se le permitió acabar la frase; la culata de un rifle en la cara le rompió los dientes. Mari se quedó en la puerta de su habitación, paralizada por el miedo mientras observaba cómo salpicaban en la pared trozos de dientes y sangre de su padre antes de que este fuera golpeado de nuevo en la cara por el líder de los jóvenes militantes de la Falange. Tras mirar fijamente al vacío durante un instante y dar un paso atrás, Alfonso cayó contra la pared y escupió más sangre y trozos de dientes rotos. Otros dos hombres lo tiraron al suelo de una patada y lo sujetaron mientras uno de los jóvenes de la Falange que estaba de pie presionaba el tacón de su bota contra la mano de Alfonso, rompiéndole así los huesos.

Dolores se lanzó contra el joven, dándole bofetadas y puñetazos en la cara. Le gritó y le arañó la cara. "¡Le estás rompiendo las manos a mi marido, y eso no le va a ayudar a recordar algo que no sabe!"

El hombre sonrió y se acarició los arañazos de la cara mientras intentaba tocar el abdomen de Dolores, donde ya empezaba a notarse su embarazo. "¿Tenéis un bebé, eh? ¿Fabricando pequeños comunistas para que nos los comamos?"

Dolores agarró el brazo del hombre y lo mordió. El joven oficial apartó el brazo de Dolores, se chupó furiosamente las heridas y gritó: "¡Hija de puta!", mientras le apuntaba con su rifle.

Mari se puso frente a él de un salto. Por primera vez en su vida, se sintió orgullosa de su padre y asombrada por el valor de Dolores. Esto le dio fuerzas a Mari. Ya no tenía miedo. Mari siseó al oficial: "¡Déjala en paz!" Agarró el cañón del rifle y lo empujó hacia un lado. "¡Yo te diré dónde están!"

Alfonso se levantó del suelo, miró hacia arriba y dijo con los labios hinchados y la boca ensangrentada: "No, hija. ¡No!"

Mari fingió no oír a su padre. "No te va a gustar oír esto, pero mi abuelo y sus amigos cruzaron la frontera francesa hace ya mucho tiempo."

Alfonso se desplomó en el suelo cuando los camisas azules empujaron a Mari contra la pared y la apartaron.

Le ataron las manos mientras le daban patadas y empujaban su cuerpo por las escaleras hasta la calle. Poco después, el ulular de una sirena se alejó en la noche. Alfonso se había ido.

Dolores se sentó en la cocina y le indicó a Mari que se sentara en el suelo junto a ella. Dolores acarició el pelo de Mari en silencio. No hablaron hasta mucho tiempo después de que los oficiales de la Falange se fueron. La noche se disolvió en el amanecer. Dolores se agachó, sujetó la cara de Mari entre sus manos y la miró a los ojos.

"Esta noche has sido valiente. Estoy orgullosa de ti. Recuerda siempre tener una razón noble a la hora de decir una mentira. Esta noche has tenido que mentir para salvar nuestras vidas, pero te podrían haber matado, golpeado o ambas cosas. Has sido muy valiente."

Mari miró en dirección a la cintura de Dolores y susurró suavemente: "El hombre dijo que estás embarazada. No quería que el bebé resultara herido. ¿Vas a tener un bebé como mi amiga Chata?"

"¿Chata? No sabía que tuvieras una amiga llamada Chata."

"Era una mamá cerda muy simpática que se quedó embarazada cuando salí del pueblo de mi abuela."

Dolores se levantó y ayudó a Mari a incorporarse junto a ella. "Sí. Pronto tendré un bebé. Será tu hermano o quizás tu hermana. Vamos. Solo nos quedan un par de horas para dormir, y esta noche no podemos hacer nada por tu padre. Mañana, iremos al desfile de la victoria de Franco y fingiremos que lo disfrutamos. Nos estarán vigilando, y si creen que apoyamos su victoria, puede que eso ayude a liberar a tu padre de la cárcel un poco antes."

Mientras caminaban juntas hacia el dormitorio de Mari, el optimismo de Dolores hizo que Mari se sintiera como si fuera Sancho Panza caminando junto a un delirante Don Quijote. Con desfile o sin él, sabía que nada de lo que hicieran ella o Dolores cambiaría cómo, cuándo o si su padre saldría de la cárcel. Todo el mundo sabía que, una vez en la cárcel, pocos presos salían vivos. Fue un detalle por su parte fingir que el desfile ayudaría a su padre a volver a casa. Mari no era una niña estúpida. Claro que iría al desfile y fingiría, pero sería muy difícil no desear que Franco estuviera muerto.

Poco después de que Dolores saliera de su habitación le empezaron a pesar los párpados. Se sumió en un sueño agitado, pensando en su padre, en lo valiente que había sido, en que ni una sola vez lloró o gritó como lo hizo el debilucho de la camisa azul después de que Dolores le golpeara y mordiera. Mari reprodujo la escena de la noche en la que Dolores abofeteó y mordió al hombre de la Falange. La madrastra de Mari se convirtió en la orgullosa reina Isabel, sentada en un hermoso semental blanco, pisando fuerte sobre los miles de moros que llevaban camisetas azules de la Falange. Estos pensamientos de admiración hacia su madrastra chocaban con los sentimientos de rabia y resentimiento que Mari sentía desde que la habían alejado de sus abuelos y los domingos la habían obligado a llevar faldas raras y zapatos apretados e incómodos. Detestaba a Dolores, así como las nuevas reglas y normas, exceptuando el aprendizaje de la lectura y la memorización de las tablas de multiplicar. Aprender cosas bien había valido el llevar faldas raras y zapatos apretados, zurcir calcetines por las tardes y fregar los platos. Pero hasta ese momento Mari había odiado a Dolores.

Mucho después de que Dolores saliera de la habitación, mientras Mari se sumía en un sueño aún más profundo, un grito flamenco, suave pero vibrante, llegó desde las nubes, y la fuerte voz de Dolores transportó a Mari a unos sueños en los que estaba de pie en la torre de su castillo imaginario, viendo a los gitanos cantar y bailar mientras Dolores montaba un semental blanco y galopaba por las llanuras de Castilla junto al Cid Campeador. Al final de su sueño, y con lágrimas en los ojos, Mari tuvo que encadenar a Dolores y colgarla en la pared dentro de una de las mazmorras que había debajo del castillo mientras se paseaba frente a ella, vestida con amplios pantalones morunos, un turbante y un gorro ondulado, chasqueando un látigo y gritando: "¡Tú no eres mi madre! ¿Qué le has hecho a mi madre?"

A la mañana siguiente, Mari y Dolores, junto con otros miles de personas (personas tan negras y silenciosas que parecían sombras) observaron el comienzo del desfile de la victoria de Franco mientras la Guardia Civil se paseaba entre la multitud para asegurarse de que todo el mundo sabía cuándo debía extender el brazo en un saludo fascista y gritar: "¡Franco, Franco, Franco!" Era una agradable y brillante mañana de mayo, y el sol arrojaba rayos de felicidad y calor hacia la tierra, excepto en Madrid, donde las sombras oscuras y hambrientas que se encontraban en las aceras del Paseo de la Castellana parecían frías y abandonadas por Dios.

El esplendor y el coste evidente del desfile eran un insulto para un pueblo que había estado sobreviviendo con pequeñas raciones de fideos en caldos acuosos sin carne ni sabor, garbanzos hervidos y pan amarillo hecho de maíz con el que normalmente se alimenta a los grajos y al ganado. El ruido, el movimiento y la música del desfile embriagaban a Mari, haciéndole olvidar la decisión que tomó la noche anterior de no gustar ni apoyar el desfile de ninguna manera.

Participó practicando sus recién adquiridas habilidades en matemáticas contando los hombres, los caballos y los tanques que aparecían ante ella. El primer recuento fue el de 150 carabineros reales italianos montados en unos hermosos caballos blancos españoles, que tocaban marchas militares al pasar frente a una tribuna alta construida para acoger a Franco y otros funcionarios del gobierno para el desfile, una tribuna tan impresionante como el propio desfile. La palabra *VICTORIA* estaba escrita en letras doradas en un arco alto por la parte de detrás y por encima, y el nombre de Franco aparecía repetido tres veces a ambos lados de la tribuna. El antiguo escudo de Castilla y Aragón, símbolo de España desde que los reyes católicos unieron sus dos reinos, aparecía de forma destacada sobre un fondo oscuro bajo el arco, con el yugo y las flechas de la Falange añadidos bajo una esquina fuera del escudo y arriba, tras la cabeza del águila. El grito de Franco, "España, Una, Grande y Libre," estaba pintado en una franja a modo de pergamino ondulado.

A los pies de la tribuna, los soldados sostenían banderas que representaban a todas las provincias de España, y los guardias moros de Franco se situaron frente a ellos, sosteniendo rifles con sus manos dentro de guantes blancos y vistiendo pantalones y camisas blancas y anchas con un fajín morado alrededor de la cintura. Los turbantes blancos que cubrían sus cabezas y las capas rojas de cuerpo entero que caían al suelo por detrás de los hombros acentuaban la impresionante puesta en escena de los moros. Los guardias moros de Franco eran un complemento impresionante y amenazador en su versión teatral de lo que era la victoria y el poder. La banda de música italiana pasó por la tribuna. Mari contó 150 soldados de infantería, seguidos por 200 miembros de la artillería con sus cañones y 150 tanques. Tras la exhibición de quinientas motos rugiendo por el Paseo de la Castellana, Mari perdió la cuenta y empezó a aburrirse. Ella Se quejó de que estaba cansada y quería irse a casa.

Inclinándose hacia abajo y apretando la mano de Mari, Dolores le susurró al oído: "¡Shh! La Guardia Civil está mirando. No hables. Solo mira el desfile. No tienes que seguir contando."

Los aviones sobrevolaron el cielo lanzando flores a las tropas que marchaban. Esto distrajo a Mari un poco más. Cientos de cañones y miles de coches y camiones siguieron desfilando durante toda la tarde, seguidos de más aviones, entre ellos cincuenta y cuatro Fiats y ocho Heinkels alemanes. Al principio, los aviones poblaban el cielo más próximo con humos que deletreaban el nombre *FRANCO*, seguido de una formación perfecta sobre el cielo de la tribuna que utilizaba los aviones para deletrear VIVA FRANCO.

La marcha fue colorida y vibrante, además de una muestra intimidante y decadente de poder para controlar así a la gente que había pasado tres años luchando contra los mismos ideales que ese día desfilaban ante ellos, ideales que se veían obligados a fingir que aceptaban para seguir vivos.

Aquella tarde, en el camino de vuelta a casa, Mari se imaginó vistiendo un colorido uniforme de la Falange y marchando delante de cientos de personas con una bandera en la mano. Podría ser divertido. No era necesario que creyera en lo que fuera que representaba la Falange, solo tenía que fingir que lo hacía, y tal vez conseguir así más comida, además de ayudar a su padre a salir de la cárcel y traer a sus abuelos a casa. Los echaba de menos a todos.

Con el paso de los días y las semanas, Alfonso permaneció en la cárcel, sin visitas ni ningún otro tipo de contacto con el mundo exterior, y si se presentaron cargos oficiales, estos nunca se dieron a conocer. La única información que Alfonso recibió fue la de que debía permanecer en prisión sin visitas hasta que se revisara el caso.

Durante las primeras semanas tras el encarcelamiento de Alfonso, Dolores hacía viajes a diario a la prisión, teniendo que recorrer largas distancias a través de barrios antiguos con calles empedradas y aceras estrechas antes de poder llegar a una de las avenidas principales donde paraban los tranvías repletos de gente, que era el transporte más cercano a la prisión desde donde vivían. Esos paseos diarios por calles viejas eran muy duros para unos pies que ahora que empezaban a sentir el peso añadido de su embarazo, lo que hacía aún más difícil pisar los adoquines irregulares con zapatos de tacón alto. Además del estrés físico, también existía lo que ella consideraba un acoso por parte de los hombres que, tras salir de la cárcel y no encontrar trabajo, no tenían nada mejor que hacer durante todo el día que lanzar comentarios a las mujeres que pasaban.

Estos hombres pasaban horas apoyados en los portales, tratando de suavizar su situación actual volviendo a los hábitos de antaño (hábitos de días más jóvenes y felices), haciendo comentarios coquetos a las mujeres que pasaban, como por ejemplo "¡Olé, guapa!", seguido de "¡Viva la mujer de España!"

Dolores estaba acostumbrada a estos comentarios desde que tenía uso de razón. Habían sido halagadores y divertidos en el pasado, cuando podía caminar por las calles con la gracia y la arrogancia de una bailarina de flamenco, pero ahora estaba embarazada y encontraba esos comentarios ofensivos, lo que aumentaba el malestar en sus viajes diarios a la prisión.

Una vez que llegaba a la parada del tranvía, independientemente de la hora del día, todos ellos iban por encima de su capacidad, lo que obligaba a Dolores a empujarse y apretujarse entre los cuerpos de las personas que se encontraban en el andén trasero. Apenas podía sujetarse. A pesar de la incomodidad y a pesar de las horas que tardaba en ir y volver de la cárcel cada día, Dolores seguía haciendo los viajes, con la esperanza de ver a Alfonso o al menos de poder obtener alguna información.

Día tras día, sus intentos eran frustrados con la brusquedad y la rudeza de los guardias de la prisión. Dolores volvía a casa, controlando su ira en silencio, temiendo que cualquier protesta por su parte empeorara las cosas.

Después de tantos viajes y tantas veces sin poder ver a Alfonso, Dolores se cansó. A veces, experimentaba calambres abdominales, acompañados de rastros de sangrado vaginal. Estos episodios la obligaron a limitar los viajes a prisión en un intento de evitar posibles problemas a su hijo nonato. El tiempo extra en casa permitió a Dolores pasar más tiempo con Mari y establecer una comunicación más fluida con ella. Esto ayudó a crear una rutina diaria, una especie de normalidad en sus vidas.

Tras decidir no llamar la atención para proteger a sus hijos en la clandestinidad, los padres de Dolores decidieron no pasar el verano en Extremadura. Dolores pudo visitar a su familia a menudo, normalmente los domingos, cuando no tenía que hacer colas por la mañana para conseguir raciones de comida. Juntos, debatieron todas las posibilidades disponibles para informar a don Juan del encarcelamiento de Alfonso, pero después de un tiempo, decidieron que no había ninguna forma segura de ponerse en contacto con nadie en la aldea sin poner en peligro su seguridad. Los problemas de seguridad se habían agravado desde los inesperados ataques de la guerrilla procedentes del norte de España, lo que dificultaba las cosas a los que se escondían o a los que se relacionaban con ellos. Debido a los ataques y a que Franco no había concedido ningún indulto, era imposible que don Juan y sus hijos salieran de allí sin poner en peligro la vida de todo el pueblo.

El miedo era evidente en todas partes. Ahora Madrid se había convertido en una ciudad de silencio y miedo, un mundo de sospechas y rabia tras la falta de alimentos que hacía difícil adivinar a quién se denunciaba a la Falange con cargos reales y a quién a cambio de un trozo de pan. Desde la detención de Alfonso, todo había cambiado también para Dolores; sus amigos la evitaban o limitaban la relación con ella a saludos y comentarios acerca del tiempo, temiendo ser señalados como posibles comunistas. Los hermanos menores de Alfonso, Pilar y Chato, que a veces pasaban las tardes en su casa, tuvieron que pedir asilo a la embajada estadounidense tras la detención de Alfonso. Ahora esperaban para embarcarse en un buque portugués con destino a los Estados Unidos, sin dejar en Madrid a ningún adulto con el que Dolores pudiera relacionarse, aparte de sus padres.

Dolores pasaba la mayor parte del tiempo con Mari, que sorprendentemente día a día se iba convirtiendo en una lectora más atenta y mantenía a Dolores asombrada con sus preguntas y comentarios. Después de hacer cola cada mañana para conseguir sus raciones diarias de comida y pan, Dolores adquirió la costumbre de sentarse con Mari por la tarde después de comer en el balcón. Dolores cosía o tejía y escuchaba a Mari recitar las tablas de multiplicar o el alfabeto para preparar la escritura. Mari ya era capaz de leer cuentos infantiles sencillos.

Frecuentemente interrumpía sus lecciones con una de sus muchas preguntas, como: "Dolores, ¿quién ama más a España: los de la derecha o los de la izquierda?"

Estas preguntas siempre hacían sonreír a Dolores. Algunas preguntas eran difíciles de responder, pero ésta no. "Ah, Mari. No hay Izquierda ni Derecha. Todos somos de la misma raza noble y feroz, y eso es probablemente parte de nuestro trágico legado."

Mari se quedó en silencio, sin hacer más comentarios, y Dolores se dio cuenta de que no había respondido de forma que la niña pudiera entenderla, así que se inclinó hacia delante y le dio un golpecito en la mano.

"Deja que te lo explique mejor. Todos los que han luchado y han muerto en nuestra guerra lo hicieron porque amaban a España. Ahora no importa en qué lado de las trincheras lucharon y murieron; todos hicieron lo que creyeron mejor para su país."

Mari pensó por un instante en lo que había dicho Dolores y pensó en todos los que habían sobrevivido a la guerra y habían salido de España. ¿Amaban a su país? Bajó los ojos, temerosa de la respuesta, y le preguntó a Dolores si alguna vez se iría de España.

La respuesta llegó sin vacilar, mezclada con una pequeña risita. "¡Que no, guapa!" "La sangre española es como el vino español: se convierte en vinagre amargo en otros países."

¿Vinagre? Mari pensó en Francia, adonde habían huido la mayoría de los refugiados españoles, ahora probablemente repletos de vinagre, pero estaba contenta con la respuesta que le había dado Dolores. Su sangre nunca se convertiría en vinagre, y Mari quería ser como ella, una ibérica pura, pero su abuela le había dicho que tenía mala sangre, como su madre. Conteniendo la respiración en silencio durante un instante y tratando de no llorar, Mari preguntó finalmente: "¿Soy una española noble y feroz?"

Hubo un breve silencio, durante el cual Dolores fingió mirar hacia la calle, pero en realidad intentaba comprender la pregunta y las lágrimas de la niña antes de responder. Colocó el costurero en el suelo. Sujetando el rostro de Mari entre sus manos, Dolores susurró: "Todos los hijos de España son nobles españoles, pero, como sabes, una persona no necesita ser feroz para ser noble. Tú, querida, eres noble y muy valiente."

Mari era noble y valiente, pero ¿era española? Mari quería preguntar por la mala sangre de la que hablaba su abuela; también quería preguntar a qué se refirió la mujer del albergue escolar cuando dijo que Mari era americana, pero antes de que pudiera preguntar, Dolores se puso en pie y recogió su costurero, con lo que Mari supo que la conversación había terminado.

En su último viaje a la prisión, Dolores fue escoltada a una oficina donde un funcionario obeso de la Falange le informó de que Alfonso sería liberado en cuanto se revisaran sus papeles y se entregaran a las autoridades competentes. No le dieron fechas ni explicaciones. Cuando pidió ver a su marido, el hombre pareció molesto. Tras sonarse la nariz y meterse el pañuelo en el bolsillo del pantalón, le dijo a Dolores que su petición no era una buena idea.

Dolores sabía que debía aceptar la respuesta del hombre sin hacer preguntas. Alfonso volvería pronto a casa, y todas las humillaciones que tuvo que soportar por parte de los guardias de la prisión terminarían. La noticia de la liberación de su marido era la más emocionante que había recibido desde que supo que estaba embarazada.

El día siguiente era domingo. Tras convencer a Mari de que se pusiera su extraña falda y metiera los pies en los zapatos apretados, Dolores y Mari comieron un trozo de pan tostado amarillo, bebieron una taza de achicoria negra y se apresuraron a compartir la llegada de Alfonso a casa con los padres de Dolores. Atravesaron las mismas calles empedradas por las que Dolores caminaba cuando iba a la prisión, pero hoy, las calles resultaban suaves y amistosas, y Dolores se sintió libre de dejar que su cuerpo asumiera una vez más el aire arrogante de una bailarina gitana. Echó los hombros hacia atrás, señaló con la barbilla y tarareó canciones populares españolas de antaño. Sus pechos, ahora llenos, y su figura bien arqueada de embarazada ya no parecían inhibir el ritmo de sus pasos. Su andar era rápido y rítmico mientras hacía sonar sus zapatos de tacón en los adoquines. Las mujeres le sonreían, y ya no se oponía a lo que ahora aceptaba como simples cumplidos por parte de los hombres.

Mari siguió saltando tras ella para seguir su ritmo y protegerla de los hombres que se apoyaban en los portales. Mari imitaba el modo de andar de su madrastra echando los hombros hacia atrás y exagerando el gesto de apuntar con su barbilla hasta el punto de bloquear a veces su visión más inmediata y tropezar. Su misión era sagrada, por lo que después de cada tropiezo siempre proseguía con sus tareas autoimpuestas como guardiana detrás de Dolores.

La calle finalmente llegó a su fin, desembocando en una avenida llena de gente que iba a la iglesia o se apresuraba para llegar a algún sitio mientras intentaba evitar a los numerosos mendigos que pedían unas monedas. Dolores se detuvo y esperó a que Mari la alcanzara. Tomando la mano de Mari, Dolores se preparó para cruzar la avenida. Una tropa de chicas adolescentes, miembros del Frente de Juventudes de la Falange llamado Flechas (por el símbolo que tenía la Falange de flechas unidas por un yugo), apareció frente a ellas, marchando de camino a la iglesia. Las jóvenes Flechas llevaban pancartas, tocaban el tambor y zapateaban sus botines contra el suelo al unísono mientras coreaban: "¡*España unida, España grande, España libre!*"

Mari se quedó en el pequeño tramo de acera, agarrando la mano de Dolores, totalmente hipnotizada por los uniformes, los ritmos y las pancartas, y por la dramática presentación del entrenamiento militar de las jóvenes. Oh, sí, sabía que las palabras que coreaban no eran ciertas; España no estaba unida, España no era grande y definitivamente España no era libre, pero las boinas rojas, las camisas azules impolutas y almidonadas metidas dentro de esas faldas negras, el sonido de los tambores y el ondear de las banderas la emocionaban.

Mari quería ser una Flecha. Quería corear y llevar una pancarta, pero sobre todo, quería ser española como las chicas que marchaban por la calle, y si era una Flecha, sería una española de verdad. El corazón de Mari latía al mismo ritmo y tempo que el sonido de los tambores mientras estos pasaban por la intersección y desaparecían por una calle adyacente. Mari se quedó paralizada, imaginándose en posición de firmes y extendiendo el brazo derecho para hacer el nuevo saludo fascista en España.

Dolores tiró de la mano de Mari para cruzar la calle. Mucho después de que hubieran cruzado la intersección y mucho después de que el sonido de los tambores hubiera desaparecido, Mari continuaba obsesionada con convertirse en una Flecha y caminaba detrás de Dolores, pisando el suelo con precisión militar y repasando en su mente todos los beneficios de convertirse en una Flecha: nuevos amigos, escuela, comida, ropa nueva y la admiración de otros niños. Sabía que convertirse en Flecha cambiaría su mundo, y lo único que tenía que hacer era convencer a Dolores de ello antes de que su padre volviera a casa.

Los planes de Mari para acercarse a su madrastra y obsequiarla con las ventajas de permitirle unirse a las Flechas se vieron interrumpidos en la madrugada del día siguiente, cuando a Mari la despertaron unos sonidos desconocidos, extraños, bajos, guturales y jadeantes, que nunca antes había oído. Se levantó, asustada y confusa. Siguió los sonidos hasta la habitación de Dolores, donde Mari encontró a su madrastra empapada de sudor y revolcándose de lado a lado de la cama. Los músculos de su cara se contrajeron, mostrando sus dientes grandes y blancos entre jadeos. Mari se quedó de pie junto a la cama, con los ojos muy abiertos y aterrorizada. Le preguntó a la mujer inquieta: "¿Dónde te han disparado?"

"No me han disparado," respondió Dolores. "No me han disparado," repitió. "Estoy teniendo un bebé. No tengas miedo. Tráeme unas toallas."

Mari se sintió impotente. No sabía cómo afrontar la situación. Sabía lo que eran las balas, y conocía las heridas que provocaban. Había visto las devastadoras balas de las ametralladoras atravesando cuerpos, y sabía cómo las explosiones de las granadas de mortero podían decapitar y matar a la gente, como les ocurrió a su amigo Manolito y a las gemelas, Conchita y Rosa María. Pero Mari no tenía ni idea sobre tener bebés. Bueno, sabía un poco por Chata la cerda, pero dejó el pueblo de su abuela antes de que Chata tuviera su bebé. Los cerdos tenían cerditos, pero los bebés de las personas nacían en Francia bajo una planta de coles y eran transportados a España por unas cigüeñas enormes. Algunas veces oyó que los hombres y las mujeres humanas hacían bebés juntos, pero ¿cómo era posible? Cuando las mujeres estaban embarazadas, tan solo significaba que estaban haciendo arreglos mientras esperaban que la cigüeña de Francia les trajera un bebé. ¿O acaso era otra mentira que los bebés nacen en Francia bajo una planta de coles y son trasladados a España por una cigüeña?

Mari reunió las toallas y las colocó sobre la cama. Observó cómo su madrastra gritaba y resoplaba mientras tiraba las mantas de la cama a un lado y le pedía a Mari que colocara las toallas bajo sus piernas. Un torrente de líquido caliente y viscoso inundó las toallas, y el rostro de Dolores se distorsionó por completo mientras se aferraba a la parte superior de la cama a la vez que empujaba y hacía fuerza entre jadeos rápidos. Le dijo a su hijastra: "Sujeta una toalla con las manos y sujeta al bebé con la toalla cuando salga."

Mari esperó. Le pareció que llevaba sosteniendo la toalla y viendo a Dolores llorar y empujar mucho tiempo. Justo cuando Mari ya esperaba que apareciera un cerdito entre las piernas de su madrastra, surgió una masa de algo sanguinolento con pelo amarillo; era una cabeza muy pequeña, la de un bebé humano, no la de un cerdito. Mientras a Mari le caía el sudor por la cara, algo que parecía un pequeño cuerpo azulado siguió a la cabeza con pelo amarillo. ¡Era un bebé! Sujetando la toalla con las manos, Mari sacó de la cama a esa criatura increíblemente pequeña, pero cuando intentó alejarse con el bebé, sintió una fuerte resistencia, un tirón procedente de un cordón grisáceo de aspecto gomoso que salía de entre las piernas de Dolores y estaba unido al estómago del bebé.

Mari miró a su madrastra. Sin saber qué hacer, Mari intentó no llorar cuando una Dolores sonriente le dijo que pusiera al bebé en la cama y que cogiera una cinta y unas tijeras de la cómoda.

Dolores le dijo: "Mari, todo va a salir bien. No tengas miedo; esto se llama el cordón umbilical del bebé. Así es como el bebé se alimentaba y crecía dentro de mí, pero el bebé ya no lo necesita. Vamos a cortar y anudar el cordón umbilical, y después de cortarlo, el bebé quedará completamente solo. Bueno, en realidad no estará solo; nos tendrá a nosotras para amarlo y cuidarlo."

Mari observó con fascinación cómo Dolores se incorporaba a medias en la cama y anudaba un trozo de cinta alrededor del cordón brillante que salía del vientre del bebé. Le pidió a Mari que cortara el cordón un poco por debajo de la cinta.

Mari cortó el cordón. Sangre mezclada con líquido salió a borbotones desde el otro extremo.

Dolores le explicó: "Mari, ya casi hemos terminado. Tráeme más toallas e intenta limpiar un poco al bebé con una de ellas. Luego envuélvelo en una manta."

Con el bebé en brazos, Mari se dio cuenta de que el bebé emitía unos leves sonidos de asfixia. De nuevo, sin saber qué hacer, miró a su madrastra con lágrimas cayéndole por la cara.

"Ponlo boca abajo," dijo Dolores. "Métele los dedos en la boca y límpiale los mocos."

Mari siguió las instrucciones de su madrastra. Como si se tratase de un milagro, un grito agudo y desgarrador llenó la habitación. Mari miró fijamente a la personita que tenía en sus brazos. Se dio cuenta de que "él" era "ella", ¡y que respiraba y lloraba! Era una hermana diminuta, una hermana pequeña, gruñona y barrigona, con el pelo rubio, diez dedos en las manos y diez en los pies, con una boca que no se callaba.

Agotada, Dolores se recostó en la cama y cerró los ojos. Le dijo a Mari que dejara al bebé junto a ella y que fuera al apartamento de arriba a decirle a la madre de Lucía que el bebé había nacido y que todo estaba bien.

Mari le dio la buena noticia a la madre de Lucía, Paquita, que entonces soltó un gritito y bajó corriendo las escaleras de su piso. Después de comprobar cómo estaban Dolores y el bebé, Paquita se fue de inmediato a buscar a los padres de Dolores. Dejó a Mari a cargo del cuidado de su madrastra y del bebé durante el resto del día.

Dolores dormía a ratos, tocando la cara del bebé cuando se despertaba. Luego sonreía y volvía a dormir tranquilamente, repleta de sueños muy bonitos. Su hija había nacido sana y completa. Su marido volvía a casa. Ella y su hijastra habían entablado una relación fuerte y afectuosa. La vida pronto volvería a la normalidad en cuanto la familia al completo volviera a estar junta.

Antes de marcharse, la madre de Lucía le enseñó a Mari a utilizar el biberón y le pidió que le diera agua al bebé cada dos horas. Paquita dijo que volvería lo antes posible con la familia de Dolores. Mari ya le había dado agua al bebé dos veces, y aún no había acudido nadie. Cuando el sol inundó el apartamento a mediodía, se quedó dormida a los pies de la cama, con el bebé en brazos.

Mari se despertó cuando oyó que los padres de Dolores, así como la madre de Lucía y varios vecinos más, se habían reunido alrededor de la cama de Dolores, hablando y riendo. De repente aparecieron cuencos con sopa humeante y sándwiches de queso hechos con pan fresco, y se pasaban pequeñas copas de vino tinto en la habitación. Mari estaba desconcertada, preguntándose de dónde procedía toda la comida y el vino.

Dolores se sentó en la cama, radiante, hablando y respondiendo a las preguntas sobre el nacimiento de la niña. Cuando el bebé lloró, Dolores lo sostuvo contra su pecho en un primer intento de amamantarlo. El bebé se agarró al pecho y empezó a mamar mientras Dolores la abrazaba con fuerza, tarareando rimas de su infancia.

Mari observó la escena con fascinación y sentimientos encontrados. Su propia lengua buscó el paladar, simulando pequeños movimientos de succión. En su mente aparecieron imágenes de una mujer de pelo negro rizado que sostenía a un bebé y le besaba la cara. De repente recordó a la mujer y su nombre. Su nombre era Mommy, y la niña que Mommy tenía en brazos y la cara que la mujer besaba era la cara que aparecía en las fotos de bebés de hacía tiempo, su cara. Corrió a su habitación. Cerró la puerta y amortiguó sus gritos con una almohada durante mucho rato hasta que la madre de Dolores entró en la habitación.

Esta retiró la almohada y ofreció comida a Mari. "Come, niña. Hoy has ayudado a un alma joven a venir a este mundo. Esto te hace en parte responsable del bebé, y la responsabilidad debe hacerte sentir orgullosa.

Estás creciendo, y tu hermana va a necesitar que la ayudes a crecer siendo inteligente y buena como tú."

Mari comió en silencio. Cuando la mujer se fue, Mari se quedó mirando por la ventana hasta que los últimos rayos de sol desaparecieron. A partir de ese momento, nunca más volvió a sentirse como una niña. [Esto es bueno].

Mientras el tiempo transcurría sin que tuvieran noticias desde Madrid, don Juan trató de ser paciente y realista. Vivía su vida día a día, trabajando en el campo hasta bien entrada la tarde. Por la noche, se sentaba en la plaza del pueblo, comentando el tiempo y el trabajo del día con la familia y los vecinos, compartiendo trozos de jamón y embutido y pasándose una bota de vino. Por la noche, cuando todos estaban cansados y ya se habían retirado, don Juan se sentaba tras su máquina de escribir, escribiendo en un diario que comenzó cuando llegó a la aldea. En este diario, expuso los numerosos problemas que finalmente condujeron a la caida de la Segunda República Española.

"Siempre ha sido lo mismo," escribió. "Siempre hemos sido un pueblo obstinado y políticamente inmaduro, sin la capacidad emocional de aceptar nuestras carencias y modificar nuestros problemas para poder entrar en una forma pacífica de entendimiento democrático sobre nuestras necesidades y que permita a España autogobernarse. Siempre hemos permitido que gobernantes tiranos y crueles nos aparten, sin derechos ni medios para poder educarnos. Siempre hemos sabido que se necesitan líderes fuertes y bien educados para sacar a un país de la opresión, líderes con la fuerza y la inteligencia necesarias para implementar la educación para el pueblo, líderes con la fuerza necesaria para dejar de lado el beneficio personal y fomentar el crecimiento y la independencia de su país hasta que el propio pueblo pueda unirse y gobernarse a sí mismo."

Don Juan escribía en su diario cada noche. Las entradas se asemejaban a una especie de biblia política para guiar y educar a una sociedad hacia la autodisciplina y la responsabilidad para construir su propio gobierno y librarse de reyes y dictaduras. Escribir en su libro y compartir el modo de vida de la gente del pueblo ayudó a don Juan a ser menos impaciente tras la larga e inesperada estancia en el pueblo sin recibir noticias de Madrid ni del resto de España. Ahora estudiaba cómo aquel pueblo había sobrevivido durante generaciones utilizando los métodos que les habían enseñado las generaciones anteriores de agricultores. Les habían enseñado a cultivar sus propios alimentos, a fabricar su propio jabón, a hacer su propio vino y a mantener un liderazgo autónomo. Todo esto fascinaba a don Juan.

En una zona en la que las sequías eran habituales, el suministro de agua de este pueblo era abundante. El agua llegaba a la ciudad desde el río y desde la nieve derretida de la montaña, canalizada en acequias para el riego, un arte que aprendieron durante la ocupación árabe, y a una fuente en la plaza de la que las mujeres llenaban cántaros y de la que bebían a diario caballos, burros y mulas. El ganado, los cerdos y las ovejas abundaban. Cientos de gallinas vagaban por los campos después de poner sus huevos en los gallineros que se habían construido junto a cada casa.

Las conversaciones nocturnas de los que se reunían en la plaza cada noche nunca incluían política. Este fue un acuerdo tácito desde el final de la guerra, un acuerdo para no identificar las creencias o la posición política de nadie durante los años de la guerra. Este acuerdo silencioso evitaba las discusiones y las enemistades. El pueblo llevaba muchas generaciones sobreviviendo bajo la simple regla de ocuparse de sus propios asuntos, una lección que aprendieron de los terribles días de la Inquisición española. Ahora, cientos de años después, tras otra ronda de carnicerías brutales autodestructivas, culpar a otros ya no era importante. A través de todos los cambios y creencias contradictorias, y con una posible herencia judía, los aldeanos poco a poco fueron renunciando silenciosamente al Vaticano, permaneciendo como católicos por consejo de su sacerdote, que también se había separado del Vaticano. Este sacerdote trabajaba los campos durante la semana y los domingos traducía las misas del latín al español. Celebraba matrimonios y bautizos llevando pantalones anchos remangados sin que los aldeanos le hicieran preguntas ni le criticaran.

Los hombres del pueblo siempre habían dirigido las finanzas y los servicios de la ciudad. Se turnaban para asumir las responsabilidades como alcaldes a media jornada, ayudados por miembros voluntarios del consejo. El pueblo no tenía médico. Una comadrona autodidacta asistía a las mujeres embarazadas durante el parto, así como con los problemas que pudieran surgir antes y después del mismo. El cuidado de la salud familiar se asignaba a las esposas, madres y abuelas, que atendían a las familias con hierbas naturales y la voluntad de Dios; ningún médico vivía o visitaba el pueblo.

Fascinado por la independencia de los habitantes del pueblo, don Juan escribió sobre ellos en su diario. Admiraba la lealtad que cada persona sentía hacia los demás y la capacidad de gobernarse sin traiciones políticas ni persecuciones religiosas. Todos eran terratenientes y comerciaban entre sí. Este era el arreglo más cercano a una sociedad marxista que había conocido, por lo que era un placer participar y trabajar en este ambiente ideal que le había brindado la iniciativa de escribir en su diario. Cada vez que sentía que había transcurrido demasiado tiempo sin recibir noticias de su hijo o de lo que ocurría en el país, pensaba en realizar un viaje clandestino a Madrid, pero su mujer y sus hijos siempre rechazaban la idea.

Su mujer le decía: "No hemos oído nada en absoluto, y no oír nada solo puede significar que ir a Madrid no es una buena idea. Puede que tengamos que instalarnos aquí para el resto de nuestras vidas, pero instalarnos aquí es mejor que acabar nuestros últimos días entre rejas, torturados y asesinados. Ten paciencia y termina tu libro."

Don Juan continuó su vida y sus escritos, ajeno a los serios cambios que se estaban produciendo en su familia, como lo eran la marcha de su hijo menor y su hija a Nueva York, el encarcelamiento de su hijo mayor y el nacimiento de su nieta.

Había pasado ya casi un año y medio desde que Dolores fue informada de que su marido "saldría pronto de la cárcel." Después, le dijeron que había habido un retraso por parte de la oficina principal en la revisión del caso de la liberación de su marido.

La puesta en libertad de Alfonso se produjo solo dos semanas después de la última visita de Dolores. Dos guardias escoltaron a Alfonso hasta la puerta principal y le dijeron que era libre. No mencionaron condición, razón o detalle alguno. Se limitaron a entregarle un libro de cupones de comida y una tarjeta de identificación con su nombre y su fecha de salida de la cárcel. Alfonso guardó el DNI y los cupones de comida en el bolsillo del pantalón. Se encontraba de pie frente a la prisión, confundido por los sonidos y movimientos de un mundo exterior al que ya no estaba acostumbrado.

Era temprano por la mañana. Al no tener dinero para el billete, cuando un tranvía se detuvo frente a él para permitir el embarque de los pasajeros que iban a trabajar, Alfonso se dirigió a la parte de atrás, dispuesto a saltar sobre el parachoques trasero del tranvía, donde el conductor que cobraba el billete no podía verle, pero cuando el tranvía se alejó, Alfonso seguía de pie en la calle, mirando al suelo, avergonzado por la acción deshonesta que había considerado. Mirando a su alrededor, reconoció el centro de Madrid, a kilómetros de su casa. Por un instante, pensó en detener a alguien para explicarle su problema y pedirle unas monedas, pero se avergonzó tanto de este plan que, en su lugar, comenzó a caminar.

Alfonso siguió caminando durante seis horas bajo un sol abrasador. Con la garganta y los labios hinchados y resecos por la sed, Alfonso siguió el camino. Dio un giro brusco alrededor de la estatua de un león, el milagro de una fuente. De la boca abierta del león brotaba agua hacia una pequeña pileta circular. Bebía de la piscina y se empapaba la cara de agua cuando despacio cerca de la fuente, siguiendo la curva de la calle y deteniéndose en el otro extremo.

Después de tantas horas caminando bajo el sol abrasador sin comida ni agua, Alfonso decidió que ya no podía permitirse jugar al juego del bien y el mal. Era una cuestión de supervivencia. Sin sentir vergüenza, corrió hacia el tranvía únicamente cuando este empezó a moverse. Saltó sobre el parachoques trasero y se agarró del borde de una ventana trasera para apoyarse. Cerró los ojos para no tener que ver las posibles miradas de desaprobación de los pasajeros del tranvía o de la gente que caminaba por las calles, pero tales miradas no se produjeron. Todos los madrileños estaban ya acostumbrados a ver a gente en la parte trasera de los tranvías por no poder pagar el billete o porque el tranvía estaba demasiado lleno. Fue un viaje incómodo pero relativamente corto. El tranvía llegó a una intersección que cruzaba la calle donde vivía Alfonso.

Alfonso tan solo dio unos pasos sobre los adoquines familiares, cuando de repente fue detenido y registrado por dos policías de la Guardia Civil uniformados. Con el carné de identidad de Alfonso y los cupones de comida en las manos, uno de los agentes rodeó a Alfonso y lo miró de pies a cabeza, gruñendo: "Otro Rojo que camina por las calles como un mendigo harapiento sin corbata ni chaqueta. Sé que a los Rojos os gusta pasearos con las mangas de la camisa arremangadas para parecer trabajadores honrados, pero tenemos leyes que prohíben ese tipo de exhibición. Estas leyes se harán cumplir y se obedecerán. ¿Lo entiendes?"

Alfonso estaba confuso ante esta pregunta hasta que recordó algo que había oído en la cárcel sobre las nuevas leyes de vestimenta en la ciudad: los hombres debían llevar chaqueta y corbata, mientras que las mujeres debían llevar falda por debajo de la rodilla y los brazos cubiertos solo por encima de los codos, pero fingió no saberlo. "No sé qué he hecho mal. No tengo chaqueta ni corbata porque acabo de salir de la cárcel, como puedes ver en mi tarjeta de identificación, y…"

Antes de que Alfonso pudiera terminar su frase, el agente señaló con el dedo el carné de identidad y siseó: "Eres Comunista, ¿no? No vamos a permitir que los comunistas se sigan paseando por ahí, vestidos a su antojo. Si Franco dice que tienes que llevar corbata y chaqueta, llevarás corbata y chaqueta. Deberíamos meterte de nuevo en la cárcel, pero no quiero que sigas viviendo a costa del gobierno. Debes de haber estado en la cárcel durante un buen tiempo, camarada, porque existe un código de vestimenta ordenado por el propio Franco desde hace ya mucho tiempo. No es nada nuevo."

Consciente de que cualquier otra excusa o comentario por su parte sería peligroso, Alfonso bajó la mirada y se dirigió a los agentes en voz baja. "Sí. He estado en la cárcel durante mucho tiempo, pero no soy comunista. Me vestiré como es debido en cuanto llegue a casa, donde tengo mi ropa."

Devolviendo el carné de identidad y los cupones de comida a Alfonso, el agente escribió algo en un pequeño cuaderno. Dijo: "He anotado tu nombre y tu dirección, y quiero que te presentes en el Cuartel de la Guardia Civil, aquí en Cuatro Caminos, en el plazo de una semana, con chaqueta y corbata. ¿Entendido?"

Ahogado por la ira y la humillación, Alfonso asintió. "Sí, señor. Allí estaré."

Dolores abrió la puerta. Alfonso estaba de pie al otro lado y sonrió. Risas y lágrimas siguieron. Se abrazaron y se besaron, ajenos al mundo que les rodeaba.

Mari se quedó junto a la puerta de su habitación, observándolos y esperando que su padre se fijara en ella. Tras esperar y sentirse totalmente excluida, Mari volvió a su habitación.

Sin saber que un hombre había llegado al apartamento, la hermana pequeña de Mari, Candra, que ahora tenía casi dos años, estaba sentada en el suelo, jugando y sin mostrar ningún interés ni conciencia de lo que estaba ocurriendo.

Mari levantó a su hermana del suelo, la cogió de la mano y se dirigió con la pequeña a la cocina para saludar a Alfonso, que seguía abrazado a Dolores mientras reía y lloraba, sin darse cuenta de que había alguien o algo a su alrededor.

Candra frunció el ceño. Se sorprendió al ver que un hombre extraño abrazaba a su madre y la hacía llorar, y miró a su hermana. Candra no obtuvo respuesta a la mirada que le dirigió Mari, así que corrió hacia el hombre y le golpeó las piernas con los puños cerrados dándole una patada en las espinillas y gritando: "¡Mamá, mamá!"

Alfonso soltó a su mujer y miró con asombro a la intrépida y diminuta guerrera que defendía a su madre con tanto valor. Dijo: "¡Tú debes ser Candra! Ven aquí, Candra. No le estoy haciendo daño a tu mamá; ¡quiero a tu mamá! Díselo, Dolores. Dile que no te estoy haciendo daño. Dile quién soy."

La niña miró a su madre con los ojos llorosos.

Dolores se arrodilló frente a ella y le dijo: "No pasa nada, pequeña. No me está haciendo daño. Lloro porque estoy feliz. Este es tu papá. Ven, vamos a saludarle. Muéstrale lo contentos que estamos de que esté en casa."

Alfonso levantó a su hija. Él se rió, le besó la mejilla y bailó por toda la habitación. "¡Eres tan mayor y tan guapa! ¡Mírate! Pelo rubio y ojos verdes como tu papá. Ah, mujercita, tú y yo nos vamos a divertir mucho juntos." Alfonso se sentó y abrazó a su hija. Le contó lo infeliz que había sido por no poder estar en casa cuando ella nació, pero lo feliz que se sentía por estar al fin junto a ella.

Candra no entendía muy bien lo que decía su padre y, aburrida, se bajó del regazo de su padre y corrió hacia su hermana, que estaba de pie junto a la puerta. Candra volvió a mirar a su padre. "Esta es mi hermana. Me cuida y ahora me está enseñando a contar, hoy nos vamos a enterrar tesoros."

No fue hasta que Candra agarró la mano de Mari y tiró de ella hacia la puerta principal que Alfonso soltó un fuerte grito de sorpresa. "¡Ah, mi fuerte y bella Mari! Estabas ahí de pie todo este tiempo. ¿Por qué no has dicho nada? Ven aquí. Deja que te abrace. ¡Te he echado mucho de menos!" Besándola en las mejillas, Alfonso rodeó a su hija con los brazos durante mucho rato antes de decirle lo valiente que fue el día que se lo llevaron. Dijo que durante todo el tiempo que estuvo en prisión supo que ella cuidaría de Dolores y de la pequeña Candra. "Dolores me contó cómo la ayudaste el día que nació tu hermana. ¡Estoy muy orgulloso de ti!"

Llorando y tratando de no mostrar sus lágrimas, Mari tardó en contestar a su padre, pero cuando por fin pudo hablar, le contó cómo fue él el valiente el día que se lo llevaron a la cárcel. Nunca lloró cuando le rompieron los dientes o cuando le golpearon con las culatas de los rifles. Ella siempre le había querido, pero le quiso mucho más después de aquel día.

Dolores se sentó junto a ellos, y los tres compartieron el paso de sus tristes días, días solitarios sin el otro, y la infinita alegría de estar juntos en casa, a salvo.

Empezando a perder la paciencia, Candra tiró de la mano de Mari, queriendo que su hermana la acompañara a enterrar tesoros como le había prometido.

Mari sonrió y se dirigió hacia la puerta principal, cogiendo la mano de Candra. "Volveremos antes de que anochezca. Estoy segura de que los dos tenéis muchas cosas que compartir."

Mari le enseñó a su hermana a cavar agujeros pequeños en el suelo, rellenarlos con trozos de cristal roto de colores, cubrirlos con un trozo más grande de cristal liso, echar tierra, cepillar la tierra del centro del cristal y dejar al descubierto un tesoro de "joyas" multicolores. Mari compartió aquel momento viendo a Candra saltar de un lado a otro, lanzando gritos de alegría. Esto hizo que Mari se sintiera segura, querida y adorada por Candra.

El día siguiente al regreso de Alfonso, él y Dolores decidieron que estaría bien que Alfonso acudiera al cuartel de la Guardia Civil más cercano, tal y como le habían indicado los agentes; tanto él como Dolores pensaron que lo mejor era hacerlo cuanto antes y evitar cualquier problema posterior o que la Guardia Civil lo utilizara como excusa para registrar el piso. Después de acabar de vestirse y antes de salir del apartamento, Alfonso reunió de una carpeta guardada en el dormitorio algunos documentos que pensó que la Guardia Civil podría pedirle.

Dolores le pidió a Mari que se quedara en casa con Candra hasta que volvieran y le prometió que después irían todos a casa de los padres de Dolores para visitar y celebrar el regreso de Alfonso.

Mari aceptó quedarse en casa con su hermana y acompañó a Dolores y a su padre hasta la puerta. Después de darles un beso de despedida, se dirigió hacia su habitación, donde Candra jugaba, pero cuando llegó, Candra estaba en el dormitorio de su padre y jugaba con las fotos y los papeles que Alfonso había dejado encima de la cama. Mari empezó a recoger los papeles, pero antes de que pudiera devolverlos a la carpeta, se cayó una foto: la de un pequeño bebé que estaba sentado en la hierba junto a una mujer sonriente cuyos ojos grandes y oscuros miraban al bebé. El bebé era Mari, y reconoció a la mujer sentada a su lado, la mujer a la que había llamado Mommy, la mujer que su abuela decía que tenía mala sangre. Mari buscó más fotos, pero no había más, solo cartas, muchas de ellas escritas en español, firmadas "Mommy", y una escrita en un idioma que no entendía, firmada "Joseph."

Las cartas iban dirigidas a su padre. Todas tenían un sello de un lugar llamado Nueva York y empezaban con "My sweet baby girl" ("Mi dulce niña") y terminaban con "Mommy." Estas cartas decían que ella volvería a España en cuanto terminara con el tratamiento para su enfermedad. Los sellos postales eran de 1933, 1934 y 1935, y luego un intervalo de fechas hasta 1939, con una carta en un idioma extranjero firmada por alguien llamado Joseph y dirigida a su padre. No había más cartas en la carpeta, solo dos pequeños documentos escritos en la misma lengua extranjera que la carta escrita por Joseph. Mari reconoció uno de los documentos como su partida de nacimiento, porque tenía su nombre y la fecha de su nacimiento en la parte superior y el nombre de su madre, así como el de su padre, en las líneas inferiores. La fecha era 1936, y el nombre de un lugar llamado Nueva York aparecía estampado dentro de un sello redondo. Mari aún recordaba que su abuela le decía que su madre era etíope y que los etíopes de mala sangre venían de África.

Mari volvió a mirar los sobres y decidió que la ciudad de Nueva York debía estar en Etiopía, donde tenían mala sangre, pero nada de eso importaba; lo que importaba era no ser un ibérico puro. Durante su corta vida, la sangre había sido la esencia de la vida, así como el indicador incuestionable del valor y el honor de una persona. *"La sangre Española"* era el tema principal de cualquier canción de cuna de la infancia, de cualquier melodía popular, de cualquier historia de la grandeza española del pasado. La pureza de sangre era el mensaje que se había grabado en su conciencia. Era la identidad que siempre había deseado, la seguridad que necesitaba ante la pesadilla con la que había convivido desde que tenía memoria, una pesadilla de la que esperaba despertar para encontrar su sangre limpia de las impurezas asociadas a la sangre que no era ibérica.

Mari colocó el certificado de nacimiento dentro de la carpeta y miró el otro certificado. Tenía una gran cruz negra en la parte superior y el nombre de su madre. Una vez más, Mari no entendía el idioma, pero comprendía su significado. La mujer de ojos tristes, la mujer de pelo rizado, la mujer que ahora recordaba abrazándola y tarareando hasta que se dormía, había muerto. Sintió un tirón dentro de su pecho, pero antes de que las lágrimas pudieran llegar a sus ojos, sintió que el gran peso que llevaba sobre sus hombros desaparecía. Si su madre había muerto, su conexión con la sangre etíope se había roto, y ahora era ibérica, como su abuelo, como Dolores, igual que las chicas que marchaban por las calles con los uniformes de las Flechas.

Vestido con un traje, una camisa y una corbata inmaculados, Alfonso salía cada día a buscar trabajo. Dolores y Mari, después de pasar la mañana limpiando y haciendo cola para las raciones diarias de comida, pasaban las tardes en el balcón, cosiendo y leyendo mientras la pequeña Candra se entretenía, esperando a que su hermana terminara sus tareas y la lectura para poder ir a jugar con amigos a la calle hasta que oscureciera.

Mari no mencionó el hallazgo de las cartas a nadie, pero desde que las encontró, se mostraba reservada y malhumorada. Dolores y Alfonso atribuyeron este mal humor a los cambios hormonales y prefirieron no abordar el tema. Su mal humor continuó

Dos meses después de volver a casa, Alfonso encontró trabajo conduciendo un camión, y los ingresos añadidos hicieron que la vida fuera menos estresante, porque la comida que se vendía en el mercado negro era ahora más accesible.

Una mañana, durante el desayuno, Dolores habló sobre la posibilidad de que Mari fuera a la escuela, ya que Alfonso trabajaba, por lo que podían permitirse una modesta cuota escolar.

Mari escuchó la discusión de Dolores y Alfonso durante un tiempo sin participar en esta hasta que Dolores le preguntó si quería ir a la escuela. La respuesta fue rápida, tajante y rotunda. "Quiero unirme a las Flechas. Tienen escuelas de verdad con profesores de verdad, y no costará nada."

Alfonso dejó de comer. Sacudió la cabeza con una mirada de sorpresa. "¿Por qué, Mari? ¿Por qué quieres pertenecer a un grupo fascista?"

"Sé que mi madre ha muerto. Ya no tengo que ser etíope nunca más. Ahora puedo ser una española de verdad con sangre ibérica buena, como las Flechas."

"¿Etíope? ¿Quién es etíope?" Alfonso exigió una respuesta.

"Mi madre. Sus padres venían de Italia, e Italia está en Etiopía. Me lo dijo mi abuela María."

Alfonso se volvió hacia Dolores con una mirada de impotencia en su rostro y le suplicó: "Ayúdame. Por favor, ayúdame, Dolores. No tengo ni idea de lo que está hablando."

Dolores se levantó y se acercó a Mari. Dolores se arrodilló junto a Mari y le acarició suavemente la cara. "Tu madre no era etíope. La abuela María a veces se inventa cosas cuando se enfada. Tu madre era americana, y tú naciste siendo americana. Tu padre es español. Por lo tanto, tienes sangre española y no hace falta que te unas a las Flechas. Cuando tengas dieciocho años, podrás cambiar tu nacionalidad a la española."

Se produjo un silencio. Dolores volvió a su silla.

De repente, Mari gritó: "¡Quiero unirme a las Flechas *ahora*!"

Era peligroso negarle a su hija el ingreso a las Flechas sin que le tacharan de comunista y de enemigo del régimen. A la mañana siguiente, antes de ir a trabajar, Alfonso llevó a su hija a la sede de la Falange y le permitió solicitar su afiliación a las Flechas.

13

Hacía ya casi un año que Mari se había unido a las Flechas. Estaba supervisada por los miembros más veteranos de la Falange mediante largas horas de rígida disciplina militar, simulacros diarios, normas académicas impuestas y constantes recordatorios sobre la necesidad de ayudar a la patria a alcanzar la unidad para volver a ser "el imperio donde nunca se pone el sol." Cada mañana, antes de ir a la escuela, un oficial de la Falange inspeccionaba minuciosamente a las Flechas, empezando por una boina roja debidamente puesta y sujeta firmemente en la parte superior de la cabeza, una camisa azul limpia y planchada metida por dentro de una falda negra igual de limpia y planchada, seguida de un giro de la correa de cuero con su dedo sobre el pecho para asegurarse de que la correa estaba sujeta y pasaba por debajo de la charretera del hombro y bajaba por la espalda, quedando así sujeta por el cinturón. La correa de cuero y el cinturón de cuero tenían que estar pulidos y sin arañazos. Si todo estaba limpio y en su sitio, el agente daba por concluida la inspección, justo después de haber comprobado el brillo de los botines de cuero de la Flecha y de los calcetines de lana blanca doblados sobre ellos.

Tener que forzar la espalda para permanecer erguida durante largos periodos de tiempo, y tener que estar seria e inmaculadamente limpia todo el tiempo había sido difícil para Mari. Fue un trabajo duro, pero el sonido de los tambores, el ondear de las banderas y el nuevo sentido de la responsabilidad eran adictivos. Los nuevos hábitos en su vida la prepararon para dar su amor y obediencia a la patria sin preguntas ni dudas.

En casa, Dolores observó la capacidad de Mari para seguir y obedecer órdenes. Aprovechando este hecho, Dolores estableció un régimen diario para que Mari lavara y planchara su propio uniforme, así como para que lustrara sus botas y, a falta de bañera o ducha en el apartamento, se ocupara de su higiene personal diaria utilizando el fregadero de la cocina durante los días laborables y una bañera redonda de metal, más cómoda y portátil, los domingos por la mañana antes del desayuno.

A Candra le fascinaba el uniforme de su hermana y la seriedad con que lo llevaba. A veces se sentaba frente al espejo, colocándose la boina roja de Mari en la cabeza e inclinándola hacia distintos ángulos mientras movía el cuerpo de derecha a izquierda, imitando la seriedad y la rigidez de los músculos faciales de su hermana cuando llevaba la boina. "¿Cuándo podré yo unirme a las Flechas y llevar un uniforme como el tuyo?", preguntó a su hermana.

"En tu centésimo cumpleaños," interceptó Dolores antes de que Mari pudiera responder. "¿Y cuántos años son esos, Mamá?"

Dolores sonrió, cogió a la niña en brazos y le susurró: "Es un secreto, pero no son demasiados años y, con tu inteligencia, ¡pronto cumplirás cien años!"

La responsabilidad de Mari de ocuparse de su propia ropa e higiene personal sin ayuda no incluía sus deberes nocturnos. Como los deberes eran largos y a veces difíciles, Dolores ayudaba a Mari todas las noches explicándole y aclarándole los deberes de lectura y matemáticas.

A Dolores le gustaba ayudar a Mari; le sentaba bien volver a repasar cuestiones académicas y ecuaciones y recordar cosas que creía haber olvidado. Era como volver a sus días de escuela y al mismo tiempo ayudaba a Mari a terminar sus deberes y a que pudiera dormir toda la noche. A veces, Dolores y Mari se tomaban un descanso de los deberes para hablar de cuestiones que preocupaban o confundían a Mari: asuntos de la casa, cuestiones académicas o de lo que ocurría en todas partes en general.

Mari dijo: "Papá me dijo que solo los fascistas pertenecen a la Falange, y mi abuelo me dijo que los fascistas odiaban a otras razas y a la gente que no era católica. Los dirigentes de la Falange que hablan con nosotras no son así. Siempre nos recuerdan que todos los pueblos del mundo son hermanos. Dicen que todos debemos trabajar por encontrar la unidad de corazón y espíritu, aunque a veces no estemos de acuerdo unos con otros."

Dolores miró a Mari, sonrió y bajó la voz. "Me gustaría darte mi opinión, y lo haré si lo que tú y yo hablemos cuando estemos a solas se queda entre nosotras, convirtiéndolo en un secreto que compartimos porque nos queremos y confiamos la una en la otra. ¿Estás de acuerdo?"

"Sí, Dolores. Eres mi única amiga de verdad, además de mi abuelo, y os quiero mucho a los dos. Nunca revelaré nuestras conversaciones secretas."

"Yo también te quiero, Mari. Lo que la Falange te cuenta es en esencia muy bonito, si fuera cierto, pero sabes que cada día, desde que terminó la guerra, cientos de personas han sido ejecutadas porque sus creencias no coincidían con las del régimen actual. Cuando dicen que todos somos hermanos, se refieren a los que creen en lo que ellos creen, cosa que nadie en nuestra familia hace. En España hay millones de personas distintas, y es imposible que todos piensen igual."

En la escuela o mientras permanecía en posición de firmes con las demás Flechas, Mari seguía escuchando los discursos diarios que exaltaban la grandeza y la pureza de España. "Todos somos hermanos y hermanas, y debemos trabajar juntos para animar a algunos de nuestros hermanos y hermanas a librarse del miedo, salir de la clandestinidad y volver a sus hogares con sus familias."

Dolores y Mari siguieron compartiendo muchas tardes discutiendo temas que confundían a Mari y a veces a Dolores. Durante el día, Mari continuaba escuchando a los profesores y a los oficiales militares mencionar la "hermandad de los ibéricos" junto con "la guerra terminó hace tres años, ahora estamos en paz y todo ha sido perdonado." Mari le transmitía estos mensajes a Dolores, y Dolores los comentaba con Alfonso.

"Tengo miedo," le susurró Dolores a Alfonso una noche en la que estaban solos en la cama. "Parece que Mari se cree cada vez más las mentiras que le cuentan los de la Falange. Ahora habla de ir a Extremadura conmigo para convencer a tu padre de que venga a Madrid."

Alfonso saltó de la cama y se puso al lado de Dolores con los ojos muy abiertos. Por un instante, fue incapaz de articular palabra. Entonces dijo: "Dolores, por el amor de Dios. ¿No ves lo que están haciendo?"

"¿Qué crees que está pasando?"

"Le están lavando el cerebro. Eso es lo que ocurre. Al final, les dirá dónde encontrar a mi padre y a nuestros hermanos."

"Veré si puedo llegar a lo que realmente está sintiendo. Puede que solo eche de menos a tu padre. Le quiere un montón. Hace mucho tiempo que no le ve, y debe ser duro para ella estar lejos de él después de haber estado tan unidos."

"Hoy en día todo es duro. Demasiado sufrimiento," murmuró Alfonso antes de quedarse dormido. Tras tres años bajo la dictadura fascista de Franco, si no eran ejecutados, los presos políticos morían cada día de hambre y enfermedades, o por el trato bárbaro en las cárceles, campos de concentración o trabajos forzados. La dureza de estos tres años se notó en toda España. Los que habían sobrevivido sin ir a la cárcel se rodeaban de silencio y se distanciaban de los demás. Si los turistas les preguntaban sobre la guerra, solían responder: "Sí, tuvimos una guerra. Fue malo para ambas partes," y no hacían más comentarios. El español libre acudía al trabajo durante la semana y veía fútbol o corridas de toros cada domingo. Pero después del partido, desapareció la vieja costumbre de parar en un bar local o en un restaurante al aire libre para tomar un vaso de vino y discutir animadamente el partido.

Para el turista ocasional, los españoles eran felices viendo el fútbol o asistiendo a las corridas de toros, pero lo que el turista no podía ni veía era cómo casi todos los españoles que veían el fútbol o una corrida de toros los domingos también miraban con aprensión por encima del hombro, temiendo que alguien le acusara de repente de crímenes de guerra y le llevaran a la cárcel. Para los que lucharon contra Franco y aún seguían vivos tras finalizar la guerra, el sueño era escaso. Se despertaban durante la noche, creyendo que habían oído el sonido de la culata de un rifle rompiendo la puerta, y tenían pesadillas en las que los agentes de la Falange invadían su casa, violaban a las mujeres y se llevaban a los hombres a la cárcel.

La vida era difícil para los que vivían y habían luchado en zonas leales a la Segunda República Española durante la guerra. Las generaciones más mayores intentaron encontrar cierta unidad y acuerdo con sus vecinos durante las actividades diarias rutinarias, guardando silencio sobre la sangrienta discordia que había matado a sus hijos e hijas. En las escuelas y en los campos de entrenamiento de las Flechas, las generaciones más jóvenes creció aceptando el concepto de derechos que solo permitía la obediencia total a los dictados de la patria.

Al crecer en este entorno confuso, a Mari le resultaba más fácil aceptar lo que todos decían sin cuestionar ni rebatir a ninguna de las partes. No hacía comentarios, y eso hacía su vida más fácil y menos complicada que la de los adultos de su familia. Esta actitud despreocupada no se interrumpió el día en que la llamaron a la sede de la Falange. Fue sin miedo ni ideas preconcebidas. Un oficial de la Falange estaba sentado ante un gran escritorio decorado con banderas pequeñas. Sobre el escritorio había una foto de una mujer atractiva y bien vestida que cogía de la mano a dos chicos vestidos con el uniforme de las Flechas. El oficial se dio cuenta de que Mari miraba las fotos y sonrió. "Es mi familia, mi mujer y mis hijos."

Como no le dieron permiso para hablar, Mari se puso en posición de firmes y miró al frente, permaneciendo en silencio. El oficial le indicó a Mari que tomara asiento en la silla vacía que tenía delante. "Descanse, cadete. Descanse." Recostado en el respaldo de su silla, el oficial parecía benigno y tranquilo, con el rostro relajado y amable, mientras mordisqueaba un lápiz. Le dijo a Mari: "Es usted una cadete muy buena. Su teniente me ha enviado un memorando en el que la nombra para el rango de sargento, y yo apoyo la nominación. Dígame, soldado, ¿cree que puede enseñar y practicar los principios dirigidos por las leyes de esta nación y, si es necesario, dar su vida por el bien de su país?"

Mari respiró hondo. Sargento. ¡Y la había llamado soldado! Ah, sí. Podía ejercer como sargento. Si era necesario, podía dirigir un ejército, o aunque no fuera necesario, y desde luego estaba dispuesta a dar su vida si era por el bien de la patria. Como estaba totalmente absorta por la emoción, Mari no respondió a la pregunta del oficial. Volviendo lentamente a poner su silla en posición vertical, el oficial colocó el lápiz que estaba mordiendo sobre el escritorio. Mirando a Mari, volvió a preguntar: "¿Y bien? ¿Qué opina? ¿Tiene usted la formación y la lealtad suficientes para ser sargento?"

Mari se levantó. Arrastró los pies y miró al frente con atención. Ella saludó con la mano derecha al oficial. "¡Sí, señor! Gracias, señor."

"Muy bien, cadete. Enhorabuena. La semana que viene recibirá sus galones en esta oficina. Uno de sus padres debe estar presente. Si su padre trabaja, traiga a su madre. ¿Quién más vive en su casa?"

"Tengo una hermana pequeña."

"¿Dónde está el resto de su familia?"

"Mi madre está muerta, pero tengo una madrastra, y sus padres viven aquí en Madrid. El resto de mi familia son agricultores."

El oficial se inclinó hacia delante con una sonrisa. "Siempre he admirado a los agricultores. Son el corazón de una nación, y sin ellos no existiríamos. Es triste que tantos de nuestros magníficos agricultores se hayan ido a Francia después de la guerra. Algunas zonas de Francia tienen un suelo pobre y la agricultura es muy difícil. ¿En qué lugar de Francia está la granja de su familia?"

"Señor, mi familia no está en Francia." Mari se horrorizó de inmediato por lo que acababa de decir. La sangre desapareció de su rostro y trastabilló al hablar, tratando de corregir lo que había dicho. "Señor, Durante la guerra se fueron a América y desde entonces no han vuelto."

El oficial sacudió la cabeza. "No hay necesidad de que se deshonre con mentiras, cadete. No hay nada que temer. Su familia y todos los españoles que lucharon en al bando republicano son tan honorables como los españoles que lucharon con nuestro Caudillo Franco para liberar a España de los comunistas. Todos somos hermanos y todo se ha perdonado entre nosotros. Ya no es necesario que los miembros de su familia se escondan en silencio en algún lugar de España."

Mari se sentía impotente y completamente asfixiada por dos ideologías que luchaban en su interior. Realmente quería creer al oficial de la Falange. Si lo que decía era cierto, era muy bonito, como había dicho Dolores, y tal vez ya no se metería a nadie más en las cárceles. Hacía tiempo que no tenía noticias de alguien que hubiera sido apresado. En medio del silencio, oyó el tictac de un reloj. El tiempo pasaba. Tenía que tomar una decisión. Finalmente dijo: "Mi abuelo está en Extremadura. Nunca ha hecho daño a nadie; le gusta escribir y no sabe nada sobre las armas."

Transcurrió una semana, y tras haber sido avisada para asistir a la ceremonia de Mari, Dolores estaba preparando el café antes de arreglarse para su viaje al cuartel general de la Falange, donde a Mari se le iban a entregar los galones de sargento esa misma mañana. Era temprano, y Alfonso todavía estaba en casa vistiéndose para ir a trabajar. Mari le daba los últimos retoques a su uniforme en silencio.

Sin embargo, este silencio se vio interrumpido por unos golpes en la puerta principal. Dolores abrió la puerta, y la madre de Alfonso y un joven con una boina negra vestido con los pantalones anchos de los campesinos estaban de pie frente a ella, sosteniendo una bolsa. Antes de que el joven pudiera descubrirse la cabeza, Dolores y María primero se miraron, sin decir nada, y luego se abrazaron lloraron a lágrima viva. Tras unos minutos, María se apartó de la puerta, agarrando la mano de Dolores y secándose las lágrimas de la cara con el delantal. "Este es Fernando; es el único en el pueblo que sabe conducir. Tuvo la amabilidad de traerme en el camión que Felipe y Carlos dejaron atrás cuando les detuvieron ayer."

Al oír la voz de su madre, Alfonso salió corriendo de su habitación. Se abotonó la camisa, besó a su madre en la mejilla y le preguntó: "¿Qué ha pasado, Madre? Después de todo este tiempo, ¿cómo los han encontrado?"

Los ojos de María se volvieron a llenar de lágrimas y fue incapaz de hablar.

Dolores la ayudó a sentarse en una silla en la cocina. "Oh, Dios mío, María. Venga. Siéntese. Tome un poco de café y cuéntenos lo que ha pasado."

María siguió llorando, sin poder hablar. El joven Fernando, con la boina en la mano y mirando al suelo, se ofreció a dar información. "Vinieron por la tarde; aún estábamos en el campo cuando llegaron."

Dolores se dio cuenta de que el joven no se había movido de la puerta y le interrumpió para decirle: "Oh, lo siento mucho, Fernando. Por favor, pase. Siéntese y tome un poco de café."

Fernando entró en la cocina, se sentó junto a María y le cogió la mano. "Bueno, todavía estábamos en los campos cuando llegaron. Felipe estaba cargando un fardo de heno en el carro cuando le pusieron una pistola en la espalda y le dijeron que se arrodillara. Carlos vino por detrás y golpeó con su puño al tipo de la Falange en la cabeza. Todo terminó en un instante. Felipe recibió un disparo en la pierna y Carlos uno en el hombro antes de que dos camisas azules más salieran corriendo de un camión que estaba aparcado a un lado de la carretera. Después de detener la hemorragia y vendar las heridas, a Carlos y a Felipe les ataron las manos y los llevaron a su camión. Más tarde, encontraron a don Juan caminando hacia su casa con su esposa e hijos, y arrestaron a todos los hombres. Todos ellos están bajo custodia aquí en Madrid, a la espera de una audiencia.

"No sé qué más puedo deciros. Lamento lo que les ha pasado a don Juan y a los chicos, pero juro por la Santa Madre que nadie del pueblo ha tenido nada que ver." Cuando terminó de hablar, Fernando hizo la señal de la cruz en su pecho y volvió a la puerta. Recogió el paquete que había dejado allí cuando entró en la cocina. Miró a Dolores y le dijo en voz baja: "Te hemos traído un jamón y un poco de pan."

María dejó de llorar. Se levantó y ayudó a Fernando con el saco. Ella le acarició la mano y le dijo: "A nadie del pueblo se le ocurriría hacer algo así, Fernando. Ni siquiera estoy segura de si hubo alguien que tuviera algo que ver con ello. Quizá la policía fue a Extremadura en una de sus felices cacerías rutinarias."

Fernando vació la bolsa, dejando sobre la mesa un gran jamón serrano ahumado y varias hogazas crujientes.

María se volvió hacia Dolores y le explicó: "Fernando tiene que volver al pueblo. No queda nadie en su familia que pueda encargarse del riego. Necesita tu permiso para poder utilizar el camión de Felipe para volver y quedarse con el camión en el pueblo hasta que lo necesites o hasta que liberen a Felipe. Mientras tanto, te agradecería si pudiera quedarme aquí contigo hasta que sepamos qué va a pasar."

Alfonso abrazó a su madre y le besó la frente. "Dios mío, Madre ¿Es que tiene que preguntar? ¡Por supuesto que puede quedarse aquí!"

En medio de toda la confusión y la tristeza que la familia había compartido en la cocina se olvidaron de Mari. Volvió a su habitación, sin que nadie se diera cuenta, apretando y arrastrando su cuerpo contra el suelo, deslizándose bajo la cama y tratando de contener la respiración. Le habían mentido. Le dijeron que la guerra había terminado y que todo había sido perdonado. ¿Qué iba a pasar con su abuelo?

Tras meter una maleta con la ropa de María en el apartamento y terminar su taza de café, Fernando partió hacia Extremadura. El apartamento quedó en silencio. Cuando María le preguntó a su hijo si Mari estaba en la escuela, él miró a su mujer, y ambos, como dirigidos por manos invisibles, caminaron juntos hacia el dormitorio de Mari. Mari no estaba, pero Candra se estaba despertando. María cogió a su nieta y la besó y abrazó durante todo el camino de vuelta hasta la cocina.

"¡Virgen Santa, Jesús y el Espíritu Santo!", gritó María a su nieta. "¡Eres la princesa más bella del mundo entero!" Candra miró a la mujer desconocida que la sujetaba y trató de liberarse. María se rió y la abrazó aún más fuerte. "¡Soy tu abuela! Tu abuela María, la madre de tu papá."

Rodeando a su madre con el brazo, Alfonso le pidió que dejara bajar a Candra. "Déjela ir, Madre. Es demasiado joven para tantos cambios. Un día de estos le conocerá mejor y muy pronto la acabará queriendo. Es una niña muy especial."

Candra se puso aún más nerviosa antes de que su abuela pudiera dejarla en el suelo y logró liberarse por ella misma. Corrió al dormitorio para buscar a su hermana. Uno de los pies de Mari sobresalía. Candra se arrastró bajo la cama junto a ella.

Incapaz de encontrar a Mari e incapaz de explicar la desaparición de su hija, Alfonso se disculpó con su madre, pero antes de que pudiera decir nada, Dolores le interrumpió mientras señalaba hacia debajo de la cama, por donde la bota brillante de Mari asomaba.

La abuela se acercó. Se arrodilló y miró debajo de la cama, mirando fijamente un rostro muy pálido y asustado. "Mari, soy yo, tu abuela María. Sal, mi amor. ¡Déjame verte! Hace mucho tiempo que no nos vemos."

Mari se acercó a su abuela, que ahora estaba sentada en el suelo para poder alcanzarla. Mari lloró.

Todavía tumbada bajo la cama e incapaz de entender lo que estaba pasando, Candra le gritó a su abuela: "¡Déjela en paz! Está haciendo llorar a mi hermana."

Antes de que nadie pudiera decir o hacer nada, tres golpes rápidos llamaron a la puerta principal. Estaban allí, la policía de la Falange, con camisas azules, boinas rojas y botas brillantes. Llevaban rifles en la mano. Uno de ellos anunció: "La sargento Mari se ausentó de las Flechas durante el ejercicio matutino de hoy, además de no estar presente en el cuartel general para recibir sus galones de sargento. Ahora debe venir con nosotros, porque su abuelo está en la cárcel y ha pedido verla antes de su…" les miró a la cara y decidió no terminar la frase, aunque todos adivinaron que habría sido "ejecución."

Los segundos sucesivos pasaron como los restos de un mal sueño. Mari dio un paso al frente y saludó al oficial.

Después de que gritara un "¡Media vuelta!" y un "¡Adelante, marchen!" Mari siguió al grupo hasta las escaleras y luego la calle. No miró atrás.

Alfonso, Dolores y María se quedaron junto a la puerta, petrificados. Cada uno mostraba una mirada de incredulidad mientras veían salir a Mari.

Mari se sentó sola, erguida y en silencio, en la parte trasera del camión. La policía de la Falange recorrió las calles repletas de gente. Mari miró al frente, sin prestar atención a lo que ocurría a su alrededor. Los coches y los tranvías pasaban, y la gente miraba el camión con caras inexpresivas, sin que la visión de una niña pequeña sentada entre policías adultos armados de la Falange les afectara. Callada y asustada, Mari comenzó a explorar todo tipo de maneras de explicarle a su abuelo cómo la habían engañado para que revelara su escondite en Extremadura. Tenía la esperanza de que él no supiera que ella era la responsable de su arresto. ¿Cómo podía explicar que había sido tan crédula e ingenua como para creer que el gobierno fascista podía estrechar lazos con los liberales y perdonarlos por haber luchado contra los fascistas durante la guerra? No había manera de explicarlo. El hecho de haberse escondido debajo de la cama y haber huido del apartamento con la policía de la Falange sin saludar a su abuela ni despedirse de su padre ni de Dolores era imperdonable.

La policía de la Falange la sacó del camión y la llevó a una habitación del cuartel general, donde Mari se asustó al ver a su abuelo. No había nada más en la habitación a excepción de dos sillas y una pequeña mesa, además de una bombilla brillante que colgaba del techo, sujeta a un cable largo, creando sombras en unas paredes desnudas. El abuelo de Mari iba sin afeitar y desaliñado. Estaba sentado en una de las sillas con una mirada lejana que desapareció mientras se levantaba al ver entrar a su nieta por la puerta.

Exclamó: "Amor mío, amor mío, mi nieta más maravillosa, ¡cómo te he echado de menos!" Rodeó a Mari con sus brazos antes de mirar su rostro con admiración. "Estás creciendo. Te he echado de menos todos los días. Verte de nuevo es lo mejor que me ha pasado desde hace ya mucho tiempo."

Mientras se abrazaban, Mari no pudo contener las lágrimas. Susurró: "Abuelo. ¿Qué te va a pasar ahora?"

Don Juan sacudió la cabeza y apretó la mano de Mari. "Me iré a algún sitio, y te esperaré, no importa el tiempo que tardes en llegar. Sospecho que tardarás mucho tiempo. Si donde voy tienen una máquina de escribir, seguiré tecleando palabras para fomentar un universo pacífico y lleno de amor para todos los seres vivos." Respiró hondo. "Mari, tu abuela te dará un diario de los días que pasé en Extremadura. Con el tiempo, cuando seas un poco mayor, quiero que lo leas, lo inspecciones, analices mis palabras y tomes de ellas solo lo que te parezca honorable y con lo que te sientas cómoda. Prométeme que nunca permitirás que nadie ni nada te diga lo que tienes que pensar o lo que tienes que sentir. ¡Promételo!"

Dos guardias entraron en la habitación y se acercaron a don Juan. Anunciaron: "Es la hora."

Don Juan se puso de pie. Antes de salir de la habitación, se puso una mano sobre el corazón y sopló un beso en dirección a su nieta.

Cuando Mari intentó salir con él, una agente de la Falange la detuvo. La oficial dijo: "Tu abuelo se ha entregado y ha admitido ser un miembro activo del Partido Comunista. Estoy segura de que tú, como leal Flecha, comprendes que esto no se puede tolerar en el Nuevo Orden. Tu abuelo va a ser ejecutado, y tú vas a estar presente en la ejecución para que recuerdes lo serio que es mantener a España sin fisuras y un país católico devoto dispuesto a seguir y obedecer los mandatos de la iglesia y el estado."

Mari no escuchó nada de lo que dijo la mujer. Estaba confusa. No entendió el significado de lo que estaba ocurriendo ni de lo que se estaba diciendo hasta que se encontró en el patio de la prisión, donde vio a los hermanos de Dolores, Carlos y Felipe, de pie junto a su abuelo frente a un muro de hormigón que daba a la parte trasera de la prisión. Una hilera de soldados armados con fusiles les miraba directamente desde el otro lado del patio, esperando órdenes. Un joven oficial se situó junto a ellos con la mano derecha sobre la empuñadura de una espada sujeta a su cinturón. A Mari le ordenaron que se pusiera en posición de firmes, y vio cómo el joven oficial sacaba su espada y ordenaba a los soldados que dispararan. Carlos la miró y sonrió. Sus gafas resbalaron de su cara al suelo. La vida le abandonó. Cayó encima de sus gafas. Como si de un sueño se tratase, Mari vio cómo Felipe caía lentamente al suelo como un muñeco de trapo con el brazo doblado y cerrando el puño, su último saludo a la Segunda República Española. La pesadilla la dejó sin aliento cuando su abuelo se desplomó en el suelo de cemento tras soplar un beso en su dirección. Corrió hacia el muro de hormigón. Gritó: "¡Abuelo! ¡Abuelo!" y cayó sobre el cuerpo inerte de su abuelo.

El sol calentaba sobre su boina de lana roja. El frío y el calor devolvieron a su lugar los amargos fluidos que su estómago vacío empujaba hacia arriba contra su garganta.

Mari pasó toda la tarde en la oficina de primeros auxilios de la prisión. Ahora esperaba frente al edificio de la prisión a que su padre y Dolores la recogieran. Con el sol dándole en los ojos, sin ver ni oír nada, se sentó en la acera, casi en trance, sin saber que su padre, Dolores, y su abuela sabían lo que había pasado y estaban dentro de la cárcel, firmando la liberación de los cuerpos.

Cuando Mari oyó la llamada de Dolores, su corazón dio un vuelco dentro de su pecho, obstruyendo su respiración. ¿Cómo iba a mirar a su madrastra sin revivir las ejecuciones de Carlos y Felipe sabiendo que sus muertes eran culpa suya? ¿Cómo iba a poder Dolores mirarla sin recordar quién era la responsable de la muerte de sus hermanos? ¿Cómo podía vivir con su padre y su abuela cada día, sabiendo que ayudó a los fascistas a ejecutar a su abuelo?

Saltando de la acera, presa del pánico, Mari corrió a ciegas y sin dirección hasta que se encontró saltando sobre unos escalones que conducían a las calles y callejones de la Vieja Madrid. El día se estaba apagando cuando llegó a la Plaza Mayor, transitada por parejas que paseaban y grupos de jóvenes que hablaban y reían. Cruzó la Plaza. Tras atravesar unos callejones estrechos y empedrados, entró en el patio de una antigua capilla abandonada que tenía un pozo oculto en un huerto cubierto de maleza.

Mari miró alrededor de este hermoso lugar sin gente. Respiró hondo, se quitó la boina de la cabeza y las botas y los calcetines de los pies. Utilizando la correa que llevaba sobre el pecho y el cinturón de su uniforme, lo ató todo formando un bulto y lo colocó en el borde del pozo. Ya no quería pertenecer a nada nunca más. Ni a España, ni a la Reina Isabel, ni al Cid Campeador, ni al mundo de los trabajadores felices de su abuelo, ni a la Segunda República Española, ni a las Flechas. No quería pertenecer a este mundo. Ahora no pertenecía a nadie ni a nada. No quería pensar en las personas a las que habían disparado porque no pensaban o creían lo mismo que las personas que les dispararon. No quería pensar en las personas que disparaban a otras personas y que acababan siendo fusiladas porque tampoco pensaban o creían lo mismo que las personas a las que disparaban. La muerte parecía ser la recompensa por confiar, por creer o por pertenecer. Independientemente de la ideología, todos tenían algo en común: pedían a los niños que murieran por su país. ¿Pidió alguien a los niños que vivieran por su país? Acosada por estos pensamientos, Mari se sentó en el suelo y se apoyó contra la pared del pozo.

Mari dejó que una hilera de hormigas rojas y negras que circulaban co rapidez transportara trozos de comida por sus pies. Incluso las hormigas que viajaban tenían distintos colores, pero estas hormigas no eran ni todas rojas ni todas negras; eran de ambos colores. Ah, hormigas inteligentes, más inteligentes que las personas. Una suave brisa sopló entre los árboles. El sol mortecino parpadeaba entre las ramas que rodeaban la capilla, haciendo que Mari se sintiera en paz. Cuando estaba a punto de cerrar los ojos, la estatua de Jesús a tamaño natural con el rostro acribillado por los disparos de la guerra se encaró a ella desde detrás de los árboles.

Jesús de Nazaret, con los brazos extendidos, la miraba. Jesús, el mesías judío cuyas palabras temían los rabinos judíos. Se lo dijo su abuelo. Jesús, el hijo de María y José, era un socialista al que los rabinos judíos corruptos ordenaron a los romanos ejecutar en una cruz. Su abuelo le explicó que la muerte de Jesús era una cuestión política con el fin de obtener poder y beneficio económico, y que no tenía nada que ver con los pecados o la salvación. El abuelo de Mari casi siempre tenía razón. No siempre. Recordó la vez en que le dijo que la reina Isabel y Colón eran amantes y se disponían a huir de España cuando el rey Fernando mandó encerrar a Colón en un desván y le dejó morir allí. Ella le creyó hasta que su abuela le dijo que se lo había inventado solo para hacerse el gracioso, pero en aquel entonces le creyó.

Los abuelos de Mari discutían mucho por todo, especialmente por Dios y Jesús. Parecían tener el mismo problema que el resto de España, ideas diferentes y creer que las cosas sucedían por razones diferentes. "Jesús nunca dijo que fuera el único Hijo de Dios," argumentaba su abuelo. "Si hay un Dios, es el Infinito, una Cosa, no una persona, y todos somos partes y trozos de ese Infinito. Hay que respetar a Jesús como el primer socialista que no se dejó sobornar por los ricos y eligió, en cambio, morir por sus ideales, por su pueblo, por los pobres, por los trabajadores explotados. Oh, sí. Fue un mártir, un mártir socialista asesinado por los ricos y los poderosos, no por Dios, no por el diablo, solo por rabinos judíos gordos con la barriga repleta de albóndigas de matzah y el corazón de avaricia."

Mari sonrió, recordando cómo terminaban siempre las discusiones después de que su abuela la cogiera en brazos y saliera de la habitación, susurrando: "Querido Jesús, Hijo de Dios, por favor, perdona a mi marido, Juan. Es un buen hombre, pero a veces se pone tonto y terco y no sabe lo que dice." El abuelo de Mari era testarudo, pero no era tonto. Fue un buen escritor, un soñador, la persona más importante de su vida. Y ella había ayudado a matarlo. Deseó que siguiera vivo. Tenía que explicarle lo que había sucedido. Necesitaba que la perdonara.

Los ojos de Mari se cerraron una vez más, y los árboles tararearon y susurraron en un idioma extraño, enviando a Mari sin rumbo a un mundo sin sueños en el que todo estaba oscuro y en silencio, hasta que oyó una voz familiar que atravesaba la quietud y la oscuridad. Era la voz de su abuelo. La voz procedía de la estatua de Jesús que había detrás de los árboles. Se sentó, sorprendida, y escuchó. Era real. La oyó de nuevo. La estatua hablaba, pero la voz era la de su abuelo.

"Tú no me has matado, niña. Elegí mi propia muerte por razones que ya no importan, como la igualdad, el respeto y la libertad para mi país."

Sintiendo que los brazos extendidos de la estatua buscaban su mano, Mari se levantó cuando la voz de su abuelo volvió a hablar.

"Ven. Toma mi mano. Encontremos juntos las respuestas a las preguntas que te has estado haciendo desde el día en que aprendiste tu primera palabra. Veamos si tengo las respuestas correctas."

Subieron hasta el borde del pozo, cogidos de la mano, y saltaron hacia la seca oscuridad de un pozo que llevaba mucho tiempo sin agua. Cuando Mari llegó al fondo, no había nadie.

Su cuerpo yacía roto y lánguido en el fondo arenoso del pozo, solo, salvo por una rata hambrienta. "¿De qué iba todo eso?", preguntó Jesús.

"Ah, nada del otro mundo, muchacho," dijo Dios. "Tan solo otro niño lleno de preguntas que pronto tendré que responder."